ALI STANDISH

THE IMPROBABLE TALES OF BASKERVILLE

バスカヴィルホールのありえない物語 1

アリ・スタンディッシュ 著
イアコポ・ブルーノ 絵
代田亜香子 訳

ポプラ社

ALI STANDISH

バスカヴィルホールのありえない物語

1

アリ・スタンディッシュ 著
イアコポ・ブルーノ 絵
代田亜香子 訳

CONTENTS

目次

1
緋色《ひいろ》の研究

アーサーは間違《まちが》えない。学校では真っ先に答えを導き出し、しかもそれが当たっている。つまり、かなりウザい生徒だ。でも、アーサーが悪いんじゃない。それはクラスメートたちも分かっていた。頭がそういうつくりになってるだけだ、と。

だけどもしこの爽《さわ》やかな九月のある日、アーサー・コナン・ドイルにこう尋《たず》ねたとしよう。何か予感がしないか？　冒険《ぼうけん》（または危険《きけん》）が近づいてるって感じるだろう？　すると多分、アーサーは何の迷いもなく、あっさり答えただろう。そんなデタラメな占《うらな》いで小銭《こぜに》を騙《だま》し取ろうとしても無駄《むだ》ですよ、と。

さすがのアーサーも、たまには間違《まちが》えるらしい。この日起きるありえない出来事は、予想もつかなかっただろうから。

「えっ、これっぽっちですか？」アーサーはその運命の日の午後、買い物中に顔をしかめた。肉屋さんのフレーザーさんがカットして秤《はかり》にのせたマトンは、家族で七等分したらほんのひと口ずつしか食べられない。

「悪いなアーサー、それっぽっちの金じゃ、今日はこれで精一杯《せいいっぱい》だ」フレーザーさんが切なそうに笑《え》みを浮《う》かべる。目の下にくまがあるのに、アーサーは気づいた。

床《ゆか》におがくずを撒《ま》いた店の中に目を走らせる。いつもなら奥《おく》で仕事をしてるはずの奥《おく》さんがいない。そういえば奥《おく》さんは最近、どんどん目が悪くなってきたみたいだった。挨拶《あいさつ》すると、誰《だれ》かしらという風に目を細くするようになった。きっと満足に働けなくなっちゃったんだろう。ってことは、代わりの人を雇《やと》わなきゃいけない。

それはつまり、フレーザーさんにはもう、ちょっとでもおまけしてくれる余裕《よゆう》はないってことだ。

「分かりました」アーサーは返事をしてから、失礼になっちゃいけないと思って言った。「ありがとうございます」

紙に包んだマトンを持ってドアのほうに歩いていくとき、並《なら》んでいる他のお客さんを観察する。あの男の人は気もそぞろらしい。来る途中《とちゅう》で馬のフンを踏《ふ》んづけたのにも気づいてないくらいだから。あの女の人は、スカートの裂《さ》け目に有り合わせの当て布をしたんだな。ああ、あの若者《わかもの》はブーツのふくらみからして、護身用のナイフを隠《かく》し持ってるな。

そうやって気を紛《まぎ》らわせないと、カウンターに並《なら》んでいるおいしそうな子牛肉や豚肉《ぶたにく》についつい目がいってしまう。

うちの家族じゃない。どこかの家族が買いに来るのを待っている肉たちだ。

店からエディンバラの石畳《いしだたみ》の坂道に出てくると、ほっとした。通りは、買い物客やら新聞配達の少年やら馬やら町角に立つ花売りの少女やらで賑《にぎ》わっている。アーサーは自分に言い聞かせた。少なくとも今日は違《ちが》う。

バラクロウさんのベーカリーから焼き立てジンジャーケーキの匂《にお》いが漂《ただよ》ってくる。秋の訪《おとず》れを告げる南西の風が吹《ふ》いて、空気がひんやりしている。道ばたに立つ木々《きぎ》の葉っぱが楽しそうにざわめきながら、自分たちが落ちる番を待っている。

普段《ふだん》ならアーサーにとって、九月の午後は一番心踊《おど》るときだ。もうすぐ学校の新学年が始まる。新しい勉強、新しい科目が待っている。

だけど今日の九月の風は、心の中を寒々《さむざむ》しくするだけだ。

気づいたら、通りを渡《わた》って本屋さんの前にいた。店主が本を並《なら》べているのが見える。ウィンドウの外からだとタイトルまでは分からないけど、肉屋さんで見た高級な肉に負けずにそそられる。いや、肉以上だ。あの本の中には、いろんな土地のことが書いてあるんだろうな。スコットランドからはるか遠くのどこかには、いろんな冒険《ぼうけん》が待っているんだろう。

胸《むね》が憧《あこが》れでいっぱいになって、アーサーはふーっと息を吐《は》いた。ウィンドウが曇《くも》る。

僕《ぼく》には手が届《とど》かない。アーサーはまた自分に言い聞かせた。少なくとも今日は無理だ。家族が満足にお腹《なか》を満たすこともできないのに、僕《ぼく》の心を満たす本を買う余裕《よゆう》なんてあるはずがない。

その通りだ、という返事のように、ウィンドウの向こう側から指の関節をポキポキ鳴らす音がして、アーサーはハッとした。鉄みたいな色の髪《かみ》をした店主がこっちを睨《にら》みつけながら、しっしっと追い払《はら》う仕草をする。

人が溢《あふ》れる歩道に戻《もど》りながら、アーサーは決心した。

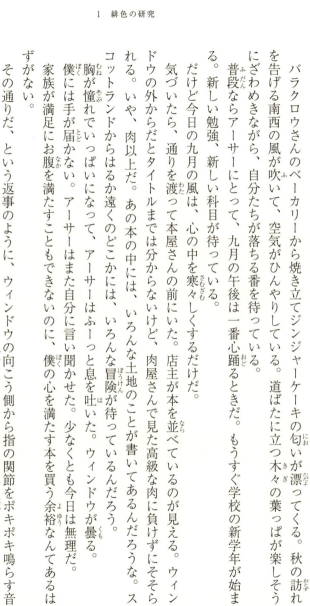

そういえばクラブツリー校長に言われたっけ。ニューイントン・アカデミーのぶっきらぼうな校長先生に、君ほど頭脳明晰《ずのうめいせき》なら世の中で何か大きなことを成し遂《と》げられるはずだ、って。

だけどもう、クラブツリー校長の説が正しいかどうか試してみることはない。来週からはニューイントン・アカデミーに戻《もど》らないつもりだから。

誰《だれ》かが家族のためにお金を稼《かせ》がなきゃいけない。そして父さんが働かなくなった今、その誰《だれ》かは僕《ぼく》しかいない。不安でしょうがないけど、もう決めたことだ。

明日になったらまたお肉屋さんに行って、フレーザーさんに見習いとして雇《やと》ってもらえないか聞いてみよう。

とにかく早く家に帰ろう。母さんが夕食の準備をはじめようと待ってるはずだ。

引き返そうとしたとき、乳母車《うばぐるま》を押《お》して曲がりくねった上り坂をやってくる女の人にぶつかりそうになった。

「あっ、すみません」

だけど女の人は、気づいてもいないみたいだ。

様子がおかしい。

アーサーはその人を観察した。きれいな人だけど、どこか痛《いた》そうに顔をしかめている。青白い顔が、肩《かた》からかけた鞄《かばん》からはみだしている明るい色の花束の上に浮《う》かぶ月みたいだ。ワンピースの濃《こ》い緋色《ひいろ》が、くすんだ色の服を着た行き交う人びとの中でひと際目を引く。

一瞬《いっしゅん》、その女の人が固まった。

それと同時に、アーサーの頭の中で三つのことがひとつになった。

まず、その女の人の服は新品だ。

次に、乳母車《うばぐるま》の中にいる赤ん坊《ぼう》はまだ生まれたばかり。多分生後二か月くらい。

三つ目、女の人の呼吸《こきゅう》が浅すぎる。

その瞬間《しゅんかん》、女の人の目が泳いで、水を入れ過ぎたやかんみたいに前にぐらりと傾《かたむ》いた。持っていたマトンの包みをポトッと落とし、アーサーは咄嗟《とっさ》に両腕《りょううで》を広げた。気絶して地面に頭を打ちつけるところだった女の人を抱《だ》きとめる。

ああ、よかった。何とか女の人をその場に座《すわ》らせる。女の人から出ていた、危《あや》ういサインを見逃《みのが》さずにすんだ。意識が戻《もど》れば、無事に赤ちゃんと一緒《いっしょ》に……。

赤ちゃん！

パッと振《ふ》り返ると、乳母車《うばぐるま》が坂道を転がり落ちようとしている。すかさず片手《かたて》を出したけど間に合わない。だんだん傾斜《けいしゃ》が急になる坂を、スピードを上げて下っていく。

ああっ！　乳母車《うばぐるま》が石に乗りあげて、道路のほうにガタンと傾《かたむ》く。そこに、大きな四頭の馬にひかれた馬車が物凄《ものすご》い勢いで走ってきた。

2

不思議な出会い

乳母車《うばぐるま》が馬車に轢《ひ》かれる！　ここから走っても間に合わない……アーサーは通りを素早く見《み》渡《わた》してから、小石を拾った。

「えいっ！」力まかせに投げる。どうか当たりますようにと祈《いの》りながら。

小石が、乳母車《うばぐるま》の前を歩いていた男の人の後頭部を直撃《ちょくげき》した。まさに狙《ねら》いどおり。男の人がパッと振《ふ》り返り、乳母車《うばぐるま》が坂道を突進《とっしん》してくるのに気づいた。咄嗟《とっさ》に前に飛び出し、ギリギリセーフでハンドルを掴《つか》む。その直後、馬車が走り過ぎて行った。

ああ、よかった……アーサーはほっとするあまり、その場にへたり込《こ》んだ。なんだなんだと集まってきた人たちが、乳母車《うばぐるま》を掴《つか》んでいる男の人を見ようと首を伸《の》ばしている。男の人は坂道を上がってきた。片手《かたて》で乳母車《うばぐるま》を押《お》して、もう片方《かたほう》の手で杖《つえ》のてっぺんをしっかり掴《つか》んでいる。アーサーはビックリした。えっ、お年寄りだったのか。それにしては、さっきの身のこなしは素早かった。

「石を投げたのは君か？」男の人が尋ねる声は、きびきびして聞き取りやすい。

アーサーは思わずじろじろとその人を見てしまった。杖《つえ》を片方《かたほう》の脇《わき》に挟《はさ》み、シルクハットをちょっとずらして頭の後ろをさすっている。皺《しわ》だらけの顔はこんがり日に焼けていて、まるで熱帯地方に行ってきたばかりみたいだ。真っ白い顎鬚《あごひげ》はきちんと整えられている。ほっそりした高い鼻にグレーの瞳《ひとみ》。オシャレなツイードのスーツにベストを着ている。杖《つえ》はいま気づいたけど、つやつやしたマホガニー製でてっぺんに銀色のカラスの頭の飾《かざ》りがついている。こんないかにも英国紳士《しんし》が、どうしてこんな地区にいるんだろう？

「本当にごめんなさい」アーサーは言った。「呼《よ》んでも気づいてもらえないと思ったんです。振《ふ》り向いてもらうには、ああするしかなくて」

その紳士《しんし》は長いことアーサーを見つめていた。ひげがピクッとする。「まあ、見ず知らずの人間の頭にこぶをつくる理由としてはかなりまともだな」

さっきのムスッとした店主が書店から出てきて、赤ん坊《ぼう》の母親を立たせてやっていた。母親はブランケットにくるまれていた赤ん坊《ぼう》を抱《だ》きあげて、胸《むね》にぎゅっとした。

「倒《たお》れそうになったとき支えてくださったそうですね」アーサーに言ってから、紳士《しんし》の方を向く。「ありがとうございます。この子の命を助けてくださって」

紳士《しんし》が首を横に振《ふ》る。「いやいや、この少年のおかげだよ。彼《かれ》が機転を利かせなかったら、悲劇《ひげき》が起きていたことだろう。かなり痛《いた》ましい悲劇《ひげき》がね」

それからひとしきり、母親が市場で買った花束を受け取ってほしいといって譲《ゆず》らなかったり、知らない人たちが握手《あくしゅ》を求めてきたりと、面倒臭《めんどうくさ》いやりとりが続いた。アーサーにしてみたら、じれったくてたまらない。早く家に帰りたいのに！　やっと母親と赤ん坊《ぼう》がその場を離《はな》れて見物人も散ってしまうと、あとにはアーサーと、好奇心《こうきしん》ではち切れそうな顔の紳士《しんし》が残された。

紳士《しんし》は本屋のウィンドウに寄りかかって、火のついていないパイプで口元をトントン叩《たた》きながら考え込《こ》んでいる。アーサーと目が合うと、瞳《ひとみ》がキラリと光った。

「さっきの母親をとっさの判断で支えたんだね？　余程、運動神経がいいのかな？」

「いいえ、そんなことありません」初対面の人にこんなにジロジロ見られたら落ち着かない。

「気絶しそうだって分かったので」

「ほほう？　なぜ？」

「はい、顔色が悪くて呼吸《こきゅう》が乱《みだ》れていました。赤ん坊《ぼう》が生まれたばかりにしては、買ったばかりらしい服のウエストが細すぎるように見えたんです。だから、服を買いに出たついでに、もうひとつ買いものをしたんじゃないかと考えました。つまり……」アーサーはここで声をひそめた。「コルセット、を」

どうかヘンだと怪《あや》しまれてませんように。女性がコルセットなんて下着をつけることを知ってるのは、なんたって、五人の姉妹と同じ部屋で暮《く》らしてるからだ。母さんは末《すえ》っ娘《こ》のコンスタンスを二か月前に産んだばっかりだし。

アーサーは、コホンと咳払《せきばら》いをした。「で、コルセットをきつく締《し》められすぎたんじゃないかと思ったんです。あの手の下着は空気の流れを制限しますし、そうなるときっと……」

「失神する。かなりの確率で」紳士《しんし》が引き継《つ》いで言った。

近くのニューイントン教会の鐘《かね》が鳴る。アーサーはハッとした。

「すみません、僕《ぼく》、帰らなくちゃ」そう言って、さっき落としたマトンの包みを拾った。

紳士《しんし》はそれじゃあ、というふうにシルクハットをちょいと傾《かたむ》けた。「その観察力のおかげで今日、幸運を手にしたな。おそらく、君が気づいているよりずっと大きな幸運だ」

意味不明な別れの挨拶《あいさつ》に返事もできずにいると、紳士《しんし》は人混みの中に消えていった。だけどアーサーはしっかり、その紳士《しんし》の不思議な行動に気づいていた。さっきまで右手でついていた杖《つえ》を、いまは左手に握《にぎ》ってスタスタ歩いていた。

3
もたらされた幸運

夕日が地平線に沈《しず》む頃《ころ》、アーサーは家に駆《か》け込《こ》んだ。五人姉妹はそれぞれ居間の隅《すみ》っこにネコみたいに丸くなっていたけど、アーサーが帰ったのを見るなり、当たり前のように突撃《とつげき》してきた。メアリーは短い両腕《りょううで》を首に巻《ま》きつけてきたし、キャロラインはテケテケ歩いてきて脚《あし》にしがみつき、ついでにふざけてガブリと膝《ひざ》に噛《か》みついた。

ふたりの姉、アンとキャサリンは暖炉《だんろ》の脇《わき》で靴下《くつした》を繕《つくろ》い、生まれたばかりのコンスタンスはふたりの間にあるゆりかごに納《おさ》まっている。

「遅《おそ》かったわね」アンが繕《つくろ》いものをほっぽった。アンはお裁縫《さいほう》が嫌《きら》いだ。「心配してたんだから！」

「キャサリンはお肉屋さんが混んでるんだって言ってたけど、あたしの推理《すいり》は違《ちが》っててね」メアリーがすかさず口を挟《はさ》む。「きっと追いはぎに誘拐《ゆうかい》されちゃったんだよ、って言ったんだ。そのほうがカッコいいもん」

「アーサー、なんで遅《おそ》くなったの？」キャサリンの真面目くさった顔が暖炉《だんろ》の炎《ほのお》に照らされている。「それになんなの、これ？」

「お花だ！」キャロラインが声を上げて、エリカとアザミの花束にパッと飛びついた。「あたしのお花！」

コンスタンスがキャロラインを見てきゃっきゃと笑いだす。すると、笑いが伝染《でんせん》してメアリーもけらけら笑った。アーサーもにんまりする。まだブーツも脱《ぬ》いでない。

「夕食のときにぜんぶ話すよ。まずは母さんにこれを渡《わた》さないと」

アーサーはお肉屋さんの包みを掲《かか》げて見せた。ブーツを脱《ぬ》ぎ捨《す》てると、花束をキャロラインに渡《わた》し、キッチンに行った。母さんが、コンロにかけた鍋《なべ》から立ちのぼる湯気でほっぺたを赤くしている。三つ編みにした暗い色の髪《かみ》がほつれてきている。

「おかえりなさい、アーサー！　よかった、ぎりぎり間に合ったわ」母さんが温かい笑みを浮《う》かべる。

「ごめん、足りないと思うけど」アーサーは小さな包みを手渡《てわた》した。「これしか買えなかったんだ」

母さんは笑みを浮《う》かべたままだけど、目に微《かす》かな動揺《どうよう》が見える。「うまくやるから任せて。それにね、さっきギリースさんが余ったジャガイモを分けてくださったの。今日はご馳走《ちそう》ね！」それから母さんは声を潜《ひそ》めた。「お父さんも一緒《いっしょ》に食べるか、見に行ってきてくれない？」

アーサーは、できるだけなんてことなさそうに答えた。「うん、分かった」

母さんがまた鍋《なべ》の方を向くと、アーサーは廊下《ろうか》に出て、足音をさせないように父さんの書斎《しょさい》に向かった。微《かす》かに開いているドアの隙間《すきま》からそーっと覗《のぞ》くと、父さんは机《つくえ》の前に座《すわ》って両手で頭を抱《かか》えていた。髪《かみ》はぼさぼさだし、肩《かた》をガクッと落としている。壁《かべ》には、インスピレーションを求めて切り抜《ぬ》いておいたありとあらゆる新聞記事が、父さんが描《か》いた妖精《ようせい》やらゴブリンやらいろんな空想上の生き物たちのスケッチの間に貼《は》ってある。床《ゆか》にはクシャクシャに丸めた紙くずと、空っぽの瓶《びん》が何本か転がっている。

近くのイーゼルに乗ってるのは、恐《おそ》ろしい怪物《かいぶつ》のスケッチ。チョッキを着て歯を剥《む》き出しにしている。父さんは児童書のイラストレーターで、『美女と野獣《やじゅう》』の新刊の挿《さ》し絵を描《か》いているところだ。というか、描《か》く予定だった。

父さんは病気に罹《かか》っている。水疱瘡《みずぼうそう》とか結核《けっかく》とかの肉体を蝕《むしば》む病気ではなくて、心の病だ。今の父さんは、アーサーが知っていた、そして今でも大好きな父さんの抜《ぬ》け殻《がら》だ。

「父さん？　夕食だけど、一緒《いっしょ》に食べる？」

「今夜はやめておくよ、アーサー」父さんはピクリとも動かない。「まだ仕事がたくさん残っているし、食欲《しょくよく》がないんだ」

予想どおりの返事だけど、やっぱり悲しい。昔の父さんに戻《もど》ってほしい。アーサーは部屋を出て、そっとドアを閉《し》めた。

こうして、赤ん坊《ぼう》を数に入れると七人の夕食が始まった。みんな、栗色《くりいろ》のくしゃくしゃっとした髪《かみ》に浅黒い肌《はだ》をして、揃《そろ》いも揃《そろ》って左のほっぺただけにエクボがひとつ。母さんが水っぽいシチューをボウルによそって、ひとりにつきひと口ぶんのパンをちぎる。自分の分を残してないのに、アーサーは気づいていた。

シチューはシャバシャバだしパンはカチカチだけど、それでも立派なご馳走《ちそう》だ。アーサーはテーブル中に飛びかう笑い声で胸《むね》がいっぱいになったし、姉妹たちの笑顔はキャンドルの光に輝《かがや》いていた。母さんは、乳母車《うばぐるま》が走りだした話をきいてヒィッと息をのんだ。

「ねえ、もう一度」キャサリンが眉《まゆ》を寄せる。「その女の人が気絶するってどうして分かったの？」

「馬のところ、もう一回話して！」メアリーがせがむ。大災害の話が大好物だ。ケガ人が出ないという条件つきだけど。「本当に誰《だれ》もケガしなかったんだよね？」

みんな、空いているイスがひとつあるのを忘《わす》れそうなくらい楽しそうだ。

夕食が終わると、アンとキャサリンは繕《つくろ》いものを再開したし、アーサーはキャロラインとメアリーを抱《だ》っこしてガタガタの階段《かいだん》を上り、きょうだい全員の部屋へ連れていった。ベッドに寝《ね》かせると脇《わき》に座《すわ》って、お話を聞かせてやった。『ティモシー・テイの向こうみずな冒険《ぼうけん》（と悲劇《ひげき》）：騎士《きし》の従者《じゅうしゃ》と（いくぶんかの）剣術家《けんじゅつか》』というタイトルの、メアリーを寝《ね》かしつけるためにつくった物語だ。小さいときに母さんにやってもらってたみたいに。

キャロラインがすーすー寝息《ねいき》を立て始めてメアリーの目がトロンとしてくると、アーサーはキッチンに戻《もど》った。母さんが洗《あら》い物をしながら深い溜息《ためいき》をついている。

「明日、フレーザーさんに仕事がないか聞いてみる。人手が足りないみたいだから」

てっきり喜んでくれると思っていたら、母さんはギクッとした。こちらに振《ふ》り返る丸い顔に辛そうな表情が浮《う》かんでいる。それでも目にはキッパリとした決意が見えた。

「アーサー」母さんが強い口調で言う。「そんなのダメ。もっと勉強したいんでしょう。母さんだってそうして欲《ほ》しい。あなたは学校に通うべきよ」

「母さんは夕食にパンを食べるべきだ。それにアンとキャサリンは新しい靴下《くつした》を履《は》くべきだよ。家族の誰《だれ》かが働かなきゃ」

母さんが首を横に振《ふ》る。「アーサー、あなたにはきっと大切な使命があるはずよ」

アーサーは肩《かた》で母さんの肩《かた》を突《つ》いた。「何よりも大切なのは家族だ」

本心だ。それでもやっぱりベッドに横になると、必死で頭から追い払《はら》おうとしていたことが一気に押《お》し寄せてきた。この世界には、たくさんの謎《なぞ》が解き明かされるのを待っている。世界は、答えを出さなきゃいけない疑問《ぎもん》に満ちている。

でもその謎《なぞ》を解き明かすのは、僕《ぼく》じゃないんだ。アーサーは自分に言い聞かせた。少なくとも今じゃない。まあ、永遠にそんなときは来ないかもしれないけれど。

そのうちアーサーは眠《ねむ》ってしまった。

不安な眠《ねむ》りだった。しかも夜明けにいきなり起こされた。物凄《ものすご》い音が家中に鳴り響《ひび》いたからだ。

4
招待

バン！　バン！

ノックの音が響《ひび》く。ドアを叩《たた》き壊《こわ》そうとしてるみたいな音だ。

バンバンバンバンバンッ！

アーサーは毛布を投げ飛ばすようにして、ふらつきながら階段《かいだん》を駆《か》け下りた。

「何かしら？」母さんの声がする。

「うん……」アーサーは身構えた。

ガウンをぎゅっと巻《ま》きつけて、母さんがゆっくりとドアに近づいていき、恐《おそ》る恐《おそ》る開いた。

誰《だれ》もいない。

「いたずらかな？」アーサーは言った。

母さんがかがみ込《こ》んで、落ちていたものを拾う。「ううん、これかも」そう言って、封筒《ふうとう》をアーサーに差し出した。

アーサー宛《あ》てだ。

「えっ、だって僕《ぼく》……手紙なんてもらったことないのに」

ごくたまに、ロンドンにいる父さんの兄弟から、高級そうな封筒《ふうとう》が届《とど》くことがある。内容は多分、嬉《うれ》しくないことだし、いつも母さん宛《あ》てだ。

「開けてみて」母さんが急かす。

アーサーは封筒《ふうとう》の紋章《もんしょう》入りシーリングワックスを剥《は》がして、入っていた二枚《まい》の便箋《びんせん》のうち一枚《まい》を取り出した。金の縁取《ふちど》りがある上質な白い紙だ。黒いインクで書かれた文字が紙の上をシュッシュッと滑《すべ》っていて、まるで踊《おど》っているみたいだ。あれ、気のせいかな？　紙から火薬の匂《にお》いがする。不意に、息が苦しくなってきた。

「で？　なんて書いてあるの？」母さんが聞く。

アーサーは読み上げた。

ヤングマスター・アーサー・ドイル殿《どの》

おめでとう。

この度、あなたが一八六八年度のバスカヴィルホールの新入生として選ばれたことをお知らせします。

バスカヴィルホールは、ブリテン諸島《しょとう》で最も厳格《げんかく》で革新的《かくしんてき》な学校であり、我々《われわれ》の時代において最も優《すぐ》れた才能を輩出《はいしゅつ》してきました。しかし、我々《われわれ》の研究は非常に機密性《きみつせい》が高く型破りなものであるため、学外に流出することのないように秘密《ひみつ》を厳守《げんしゅ》しています。そのため合格したことは、家族を除《のぞ》く他の誰《だれ》にも話してはなりません。

さて、知識の限界に挑《いど》む覚悟《かくご》はあるかな？

敬具《けいぐ》

ジョージ・エドワード・チャレンジャー
バスカヴィルホール校長

追伸《ついしん》：授業は明日開始する。

5
この時代の最も優《すぐ》れた知識人たち

玄関《げんかん》のドアが、開いた口が塞《ふさ》がらないみたいに開きっぱなしだ。思いがけない手紙に、家まで一緒《いっしょ》にビックリしているように見える。アーサーは便箋《びんせん》の上にある金色の紋章《もんしょう》を指でなぞって、夢じゃないのを確かめた。

バスカヴィルホール。名前を見ただけで、体中がじんじんしてくる。

「すごいじゃない！　見せて頂戴《ちょうだい》！」母さんが叫《さけ》ぶ。

母さんは手紙を読み終わると、封筒《ふうとう》の中を覗《のぞ》き込《こ》んだ。「あっ、もう一枚《まい》あるわよ！　先方のお名前ね。えーっと、J・H・ワトソン博士、解剖《かいぼう》学と生理学の教授。ダイナ・グレイ、理論《りろん》科学の教授。エティエンヌ・ジェラール准将《じゅんしょう》、言語学と乗馬芸術……」

アーサーは胸《むね》がドキドキしてきた。頭の中に、つやつやのオーク材の机《つくえ》や日差しの中で舞《ま》うチョークの粉のイメージが浮《う》かんでくる。

でもどうして合格したんだ？　出願もしてないのに。

そのとき、書斎《しょさい》のドアがギィィと開く音がした。父さんが、昨日の夜と同じ服でのそのそ出てくる。左のほっぺたにチャコールペンシルの跡《あと》がついている。スケッチの途中《とちゅう》で突《つ》っ伏《ぷ》して寝《ね》ちゃった、ってとこだろう。

「准将《じゅんしょう》がどうかしたのか？」

「きいて！　アーサーが学校に合格したの」母さんが言う。

父さんが不思議そうに顔を強張らせる。「学校？　だがアーサーはもともと学校に通っているじゃないか」

「特別な学校なの。バスカヴィルホールっていうのよ。名前からしてすごいでしょ。今、アーサーが教わる先生方の名前を読み上げていたところよ」

教わる先生方って……もう決定してるみたいないい方して。

「エティエンヌ・ジェラール准将《じゅんしょう》」父さんが、母さんの肩越《かたご》しに紙を覗《のぞ》き込《こ》む。「聞いたことがある。だがまさか……」

父さんは慌《あわ》てて書斎《しょさい》に向かった。少しして戻《もど》ってくると、壁《かべ》に貼《は》ってあったらしい新聞の切り抜《ぬ》きを掴《つか》んでいた。疑《うたが》わしそうな表情は消え、嬉《うれ》しそうに目を輝《かがや》かせている。父さんがこんなに生き生きしてるのは、すごく久しぶりだ。

「ほら、これ」父さんが口髭《くちひげ》のある男性のスケッチを指差した。広い胸《むね》にはメダルがぎっしりだ。「エティエンヌ・ジェラール准将《じゅんしょう》！　クリミア戦争で勇敢《ゆうかん》に戦った英雄《えいゆう》だ。セヴァストポリ包囲戦を率いたんだぞ！」

「そんなすごい方に教われるなんて！」母さんがはしゃぐ。

「ううん、それはないよ」アーサーはやっと気づいて、冷気が忍《しの》び込《こ》んでこないように玄関《げんかん》のドアを閉《し》めた。

母さんと父さんがアーサーを見つめる。

「アーサー、どういう意味?」母さんが尋《たず》ねた。

解剖学《かいぼう》に理論《りろん》科学に乗馬芸術……。なんて魅力的《みりょくてき》な学問だろう。だけど、僕《ぼく》には関係ない。

「こんな学校に通う余裕《よゆう》はうちにはないから」

母さんがアーサーの腕《うで》にそっと手を置く。「アーサー、これを読んで」

母さんが二枚目《まいめ》の紙をアーサーに渡《わた》した。

教授陣《じん》と科目のリストの下に、一枚目《まいめ》とは違《ちが》う人が書いたらしいメモがある。几帳面《きちょうめん》な小さい字だ。

ミスター・ドイル

チャレンジャー校長は慌《あわ》てるあまり大切なことを伝え忘《わす》れているようです。明日の朝六時きっかりに、ホリールード・パークの礼拝堂跡地《れいはいあとち》にいらしてください。荷物は最小限で。必要なものはすべてこちらで支給します。

学費や生活費は学校の負担《ふたん》です。卒業生の多くがそれぞれが選んだ職業で大きな成功をおさめているため、多大な寄付金があるのです。

到着《とうちゃく》を楽しみにお待ちしています。

敬具《けいぐ》

バスカヴィルホール副校長
ミセス・ルイーズ・ハドソン

「ねっ？」母さんが言う。「これは成功への大きなチャンスよ！」

アーサーの胸《むね》に希望の光が灯った。だけど、すぐに思い直す。いくら魅力的《みりょくてき》な誘《さそ》いだからって、簡単《かんたん》にのるわけにはいかない。「行けないよ」アーサーは呟《つぶや》いて、母さんを見上げた。父さんの目は見られない。「いくら学費がかからなくても、僕《ぼく》がいなくなったら家族が困《こま》るから」

視線《しせん》の隅《すみ》っこに、父さんが顔を赤くするのがうつる。怒《おこ》ったのかな。父さんが口を開いた。声を詰《つ》まらせている。

「アーサー……」父さんはアーサーの片方《かたほう》の肩《かた》を掴《つか》んだ。「確かに父さんはこのところ父親としての役目を果たしてなかった。だがそのせいで、お前がチャンスを犠牲《ぎせい》にするなんてことはあってはならない。これからは父さんも、母さんや姉さんや妹たちのためにできるだけのことをするつもりだ。だがお前は……お前は行きなさい」

アーサーはほんの一瞬《いっしゅん》、ためらったけど、すぐに父さんの腕《うで》の中に飛び込《こ》んだ。父さんもアーサーを抱《だ》きしめる。最初はぎこちなかったけれど、すぐに昔みたいに温かくぎゅっとしてくれた。

「アーサー、どっか行くの？」メアリーの声がする。

振《ふ》り返ると、姉妹たちが階段《かいだん》に集まってきていた。

「アーサーが一流校に合格したの」母さんが嬉《うれ》しそうに言う。「この時代の最も優《すぐ》れた知識人たちと一緒《いっしょ》に勉強するのよ！」

言われて初めて実感した。僕《ぼく》は本当に……バスカヴィルホールに行くんだ！

たちまち大騒《おおさわ》ぎになった。メアリーが、どうやって学校まで行くのとか、危険《きけん》な旅なのとか、矢継《やつ》ぎ早に質問しはじめる。「きっと船だよね。で、こわーい海賊《かいぞく》に会うの」嬉《うれ》しそうに想像する。「それか、列車に乗ってて脱線《だっせん》するとか。ねー、どんなに怖《こわ》かったか、手紙で教えてよ！」

赤ん坊《ぼう》のコンスタンスはアーサーの腕《うで》の中にストンと納《おさ》まって、涎《よだれ》を垂《た》らしながら何の騒《さわ》ぎかと口をぽかんと開けている。

キャロラインが膝《ひざ》にガブリと噛《か》みついてきたので、アーサーは悲鳴を上げた。痛《いた》がって跳《と》び上がると、コンスタンスがキャッキャ笑い出して止まらなくなる。よだれが飛び散った。

「さあさあ、そこまで！」母さんが大声で言いながら、ほっぺたにくっついたコンスタンスの涎《よだれ》を拭《ぬぐ》う。嬉《うれ》しい知らせに顔を輝《かがや》かせながらも、声は厳《きび》しい。「アーサーの出発は明日よ。準備しなくちゃ！」

それからの数時間は、人生で一番短く感じられた。新しい学校を見たくて気持ちがはやるけれど、家族と過ごす最後の日を大切に味わいたい。一瞬一瞬《いっしゅんいっしゅん》を心に焼きつけたいのに、まるでお日さまを掴《つか》もうとするみたいにスルッと時間が過ぎていった。暖炉《だんろ》の上に置いてある時計の針《はり》が、急にありえないほどやる気を出して進み出したみたいな感じだ。

夕食前に父さんがアーサーを書斎《しょさい》に呼《よ》んで、震《ふる》える手でスケッチを一枚《まい》、差し出した。

「これを持って行ったらどうかと思ってね」父さんが言う。

家族全員でテーブルを囲んでいる絵だ。父さんが元気だった頃《ころ》によくしていたみたいに。普《ふ》通《つう》のかしこまった肖像画《しょうぞうが》ではなく、みんなして面白いジョークを言い合ってるみたいに大笑いしている。みんなの巻《ま》き毛も笑顔もエクボも、完璧《かんぺき》に再現されていた。

アーサーはその絵をじっと見つめた。「ありがとう。すごくいい絵だね」

「家族のことを忘《わす》れないように。あと、みんながお前をどんなに誇《ほこ》らしく思っているかも」

ああ、嬉《うれ》しすぎる。父さんの絵も、父さんの言葉も。

母さんは母さんで、アーサーの大好物のジンジャーケーキを用意してくれた。パン屋さんのバラクロウさんが少し焦《こ》げてしまったからと半額にしてくれたものだ。

アーサーは、砂糖《さとう》とジンジャーの味をまだ舌《した》に感じながらベッドに入った。と思った次の瞬《しゅん》間《かん》、母さんにそっと揺《ゆ》り起こされた。

「起きて、アーサー、出発の時間よ」

6
アーサーの玉座《ぎょくざ》

エディンバラの曲がりくねった道はまだ真っ暗で、人気《ひとけ》もない。アーサーは母さんと一緒《いっしょ》に家を出た。大切なものだけを入れた旅行鞄《かばん》をしっかり掴《つか》んでいる。着ているのは同じく大切なウールのコート。母さんが夜なべして繕《つくろ》ってくれた。そのコートの襟元《えりもと》をぎゅっと引っぱって早朝の寒さを凌《しの》ぎながら、ホリールード・パークを目指して歩いていく。

真っ暗でも、公園は見逃《みのが》しようがない。エディンバラの町に乗り出してくるようにそびえているのが、ハリエニシダで覆《おお》われた丘《おか》、つまりアーサーの玉座《ぎょくざ》だ。公園の真ん中にあるもっとも高い丘《おか》で、円卓《えんたく》の騎士《きし》の物語で名高いアーサー王にちなんで名づけられた。ドイル家のアーサーもよくここで夏の朝を過ごして、頭の中で剣《けん》を振《ふ》り回したり、伝説の王になった想像をしたりした。自分と同じ名前のアーサー王の物語は、寝《ね》る前に母さんからさんざん聞かせてもらった。

「やっと丘《おか》に着いたよ」アーサーは丘《おか》の麓《ふもと》に到着《とうちゃく》すると、母さんに言った。「母さん、早く、遅《おく》れちゃうよ！」

手紙に書いてあった集合場所の古い礼拝堂跡地《れいはいどうあとち》は、丘《おか》の中腹《ちゅうふく》にある。アーサーは丘《おか》を登りながら、そこに誰《だれ》が待ってるんだろうと見上げた。

やっと跡地《あとち》に着いた頃《ころ》には、東に浮《う》かぶピンク色の雲が夜明けを告げていた。そろそろ六時だ。まだうす暗いとはいえ、馬車が待っていないのは分かる。そもそも誰《だれ》もいない。羊が二頭くらい、遠くからこちらを眺《なが》めているだけだ。

手紙を読み間違《まちが》えた？　それとも、やっぱり入学は取り消しとか？

「誰《だれ》もいないね」アーサーの髪《かみ》を微《かす》かな風が揺《ゆ》らす。

「じきに来るわよ。ちょっとばかり遅《おく》れてるだけでしょ」母さんが答えた。

「だけどもし……」

アーサーはそこで口をつぐんだ。風がいきなり強くなって、廃墟《はいきょ》の壁《かべ》の隙間《すきま》を駆《か》け抜《ぬ》けていく。そのとき、三つのことにアーサーは気づいた。

一つ目。風は廃墟《はいきょ》の周りを吹《ふ》き荒《あ》れてますます強くなるのに、向こう側の傾斜《けいしゃ》に立っている木はまったく揺《ゆ》れていない。どういうわけか、風は丘《おか》のこちら側だけに吹《ふ》いているらしい。

二つ目。馬車で迎《むか》えに来るならもっと便利な場所があるし、列車や船ならなおさらだ。つまり、移動手段《しゅだん》は別の方法のはず。

三つ目。巨大《きょだい》な雲がこちらに近づいてくる。と思ったら、雲じゃない！

「飛行船！」アーサーが叫《さけ》ぶ。

そう、飛行船だ。巨大《きょだい》なだ円形の気球がこちらに向かってヒューンと飛んでくる。まるで白クジラがいきなり空に飛び立ったみたいに。気球の底から何十本も伸《の》びている太くて赤いロープに、ピカピカの木製の船がぶらさがっている。スピードを上げてぐんぐん近づいてくると、やがて船の側面に手紙で見た紋章《もんしょう》が見えてきた。つる草で覆《おお》われた聖杯《せいはい》と剣《けん》と交差する黄金の鍵《かぎ》が描《か》かれた盾《たて》だ。

紋章《もんしょう》の下には文字が書かれている。「スイエンタ・ペア・エクスプロラティオーネム」。ラテン語で、「探究《たんきゅう》を通じた知識」という意味だ。

「下りてくるわ！」母さんがアーサーの腕《うで》にしがみついた。

確かに、飛行船はちょうどこちらの頭を目がけて真っ直ぐに飛んでくる。このままだと押《お》し潰《つぶ》される！

と思ったら、目の前でいきなり止まった。しばらく宙《ちゅう》に浮《う》かんでいると思ったら、何かがポイッと投げだされた。縄梯子《なわばしご》だ。一番下の段《だん》が、ちょうどアーサーの膝《ひざ》の前に下りてくる。

「すごい」アーサーは呟《つぶや》いた。

飛行船の手摺《てす》りの向こうに顔が現れた。逆光でよく見えない。「おはようございます、ミセス・ドイル」低い声がする。「降《お》りていってご挨拶《あいさつ》したいところなのですが、膝《ひざ》を悪くしているもので、ここから失礼します。若《わか》きミスター・ドイルがこちらに上がってきたら、すぐに出発としましょう」

母さんがあっけにとられて、背《せ》のびをしてよく見ようとする。「ウソでしょう……まさか飛行船なんて。危《あぶ》ないんじゃないの」

「もちろん安全そのものです」飛行船の上の人はキッパリと、でも礼儀《れいぎ》正しく、母さんのひとり言に答えた。「アーサーのことはお任せください」

「じゃあ……じゃあ、これでお別れなのね」母さんが言う。

アーサーは口を開こうとして、母さんにぐいっと引き寄せられて息が止まりそうなくらい強く抱《だ》きしめられた。「気をつけてね、アーサー」母さんが耳元で囁《ささや》く。「手紙を頂戴《ちょうだい》」

「うん、必ず書くよ、母さん」アーサーは声を振《ふ》り絞《しぼ》った。「行ってくるね。飛行船の話、メアリーにしてやって。きっと大喜びだろうから」

そしてアーサーは母さんに背《せ》を向けて、縄梯子《なわばしご》を登っていった。飛行船へ。そして、いつか飛行船が連れて行ってくれるかもしれないあらゆる場所へ。

7
空の旅

縄梯子《なわばしご》を登りながら、胸《むね》の奥《おく》がねじくれるような気がした。心が揺《ゆ》れているせいか、梯子《はしご》が揺《ゆ》れているせいかは分からない。何しろ、握《にぎ》り締《し》めている縄がグワングワン動いていたから。

やっとバランスがとれたと思うと、旅行鞄《かばん》が梯子《はしご》に叩《たた》きつけられてまた激《はげ》しく揺《ゆ》れだす。

早朝でまだ肌寒《はださむ》いというのに手のひらが汗《あせ》びっしょりになってきて、ヌルヌル滑《すべ》る。

残り三段《だん》……。

あと二段《だん》……。

ツルッ……手が滑《すべ》った！

「うわぁぁ！」背中《せなか》から後ろに落っこちそうになる。地面まで十メートルくらいある。

そのとき、手首をぐいっと掴《つか》まれて体ごと引き上げられるのを感じた。気づいたら、飛行船のデッキにどさりと降ろされていた。

「生きてるか？」がなり声がする。アーサーは目をぱちくりさせながら顔を上げた。助けてくれた人が、目をぎらつかせてこちらを見下ろしている。深くて明るいブロンズ色の肌《はだ》。そんなに背《せ》は高くないけれど堂々《どうどう》としていて、胸板《むないた》が厚く、大きな頭に黒い巻《ま》き毛と同じくふさふさの顎鬚《あごひげ》が印象的。シャープな輪郭《りんかく》は彫刻《ちょうこく》みたいにくっきりしている。

「で？　どうなんだ？」

「はっ、はい、生きてます」アーサーは焦《あせ》って答えた。

「だったら何をぐずぐずしとる？　さっさと立って梯子《はしご》を引き上げろ。遅刻《ちこく》だ」

その人が舵《かじ》の方へとずんずん歩いていく。アーサーは指示に従《したが》った。梯子《はしご》を引き上げた途端《とたん》、突然《とつぜん》の揺《ゆ》れでアーサーは後ろによろめいた。何とかバランスを取り戻《もど》してふと見ると、まわりじゅうを雲に囲まれていた。

うわぁ……すごい。興奮《こうふん》のあまり、恐怖《きょうふ》なんか吹《ふ》き飛んでしまう。これは寝《ね》る前に母さんが読んでくれた物語でも、『ガリバー旅行記』の一ページでもない。手を伸《の》ばせば、この指で雲に触《ふ》れられるんだ。僕《ぼく》は飛んでる……本当に空を飛んでるんだ！

「ほれっ！　こっちに来てこの空気袋《ぶくろ》の操縦《そうじゅう》を手伝っとくれ！」船長らしきその人が叫《さけ》ぶ。お日さまが雲間から顔を出して、ほっぺたがあったまってくる。信じられないな、このぶっきらぼうにがなり立てる人が、さっき母さんにあんなに丁寧《ていねい》に話し掛《か》けてたのと同一人物とは。だけど、アーサーは満面の笑みを浮《う》かべた。「はい、分かりました！」

船の両側面にふたつずつ積み込《こ》んである巨大《きょだい》な四つの錨《いかり》を通り過ぎて、船首まで行った。頭上に気球の底面が広がっているのを、あっけにとられて見つめる。

「よーし」船長が言う。「ここからは君が操縦《そうじゅう》しろ。こっちは昨晩《さくばん》寝《ね》とらんもんでね。学校に着く前に仮眠《かみん》をとらにゃいかん」

船長が後ずさりすると、滑車《かっしゃ》やらレバーやらがごちゃごちゃついている装置《そうち》が見えた。取っ手のある舵輪《だりん》が真ん中にある。「僕《ぼく》が……操縦《そうじゅう》？　だって、やり方知りません」

船長は無視《むし》して、木製の床《ゆか》にある跳《は》ね上げ戸をぐいっと開けた。「目指すは南」そう言って、さっさと階段《かいだん》を下りていく。「イングランドに入ったら起こせ」

「え、でも……」

跳《は》ね上げ戸がパタンと閉《し》まり、アーサーは気球のデッキにとり残された。ウソだろ……。下の船室から、ゴーゴーといびきが響《ひび》いてくる。

これって何かのテストなのかな？　それともあの船長、単にどうかしてるとか？　どっちにしても、操縦《そうじゅう》するしかない。ふーっと息を吐《は》いてから、舵輪《だりん》の前に立った。「大丈夫《だいじょうぶ》、できる」自分に言い聞かせる。

まずは周囲の状況確認《じょうきょうかくにん》だ。舵輪《だりん》の上に大きな羅針盤《らしんばん》がある。針《はり》は南西を指している。アーサーはわずかに左に舵《かじ》を切った。すると羅針盤《らしんばん》の針《はり》が動いて南を指した。

なーんだ、楽勝じゃないか。

手描《てが》きの地図が舵輪《だりん》の脇《わき》に貼《は》ってある。例の入学許可の手紙で見覚えのある踊《おど》ってるみたいな字で、目印が書き込《こ》まれていた。目を細くしてじっと見る。エディンバラにリバプール、マンチェスターにロンドン。そして……イングランドの北西の隅《すみ》っこに森が描《か》かれていて、その森の中にちんまりと納《おさ》まるように小さい建物のスケッチがあった。〝バスカヴィルホール〟と書いてある。

アーサーは視線《しせん》を北に移した。イングランドとスコットランドの国境地帯にくねくねと線が引いてあり、「ハドリアヌスの長城」と記されている。この大昔の城壁《じょうへき》の事は本で読んで知っている。ローマ皇帝《こうてい》がブリタニアまで領土を拡大《かくだい》させていた時代に北イングランドとスコットランドの国境線として建設した城壁《じょうへき》だ。ああ、よかった。この城壁《じょうへき》が見えたらもうすぐイングランドだと分かる。そうなったら、船長を起こせばいい。

舵輪《だりん》の反対側には、滑車《かっしゃ》やらレバーやらが並《なら》んでいる。ラベルが貼《は》ってあるものも、ないものもある。ひとつの大きいレバーにロープが結んであって、そのロープが船を気球に固定している。このレバーはきっと、船と気球の距離《きょり》をコントロールするものだ。別のレバーには、Hというラベルが貼《は》ってある。うーん、これはどういう意味だ？

かなり長いこと、アーサーはきらめく海を見渡《みわた》すように、眼下を過ぎていく荒《あ》れ野や山々《やまやま》に目を見張っていた。あちらこちらにあらわれる町がシリング硬貨《こうか》みたいに小さく見える。

あっ、あれは……黒い曲がりくねったものが見える。城壁《じょうへき》？　川？　ううん、線路だ。線路の上を蒸気《じょうき》機関車がゆっくり走っている。この飛行船のほうが速く進んでいるみたいに感じる。ヘンだな。飛行船ってスピードが遅《おそ》いはずなのに。それに考えてみたら、一度に何キロも飛行できないはずだ。うーん……。

そのとき、地平線に何かが見えた。前方に黒い雲が集まって、その間に一筋《ひとすじ》の稲妻《いなずま》が走っている。灰色《はいいろ》のウールの生地を貫《つらぬ》く光る針《はり》みたいだ。

アーサーは、Ｈというラベルのレバーに視線《しせん》を戻《もど》した。ああ、そうか、分かったぞ。そういう意味だったのか。

水素。ハイドロゲンのＨだ。

水素はあらゆる気体の中で最も軽い。空気より軽い。だから気球には水素が入っている。安くて軽い。そして、燃えやすい。

空にまたしても稲妻《いなずま》が光り、雷鳴《らいめい》が船を揺《ゆ》らした。飛行船は真っ直ぐ嵐《あらし》に向かって突《つ》き進んでいる。もし気球に雷《かみなり》が落ちたら、爆発《ばくはつ》して火の玉になってしまう。

「ううう、まずいぞ」アーサーは呟《つぶや》いた。船長に助けを求めようかとも思ったけど、もしこれがテストだったら落第ってことになる。そもそもデッキの下に降りていって船長を起こしてる時間はない。すぐに行動を開始しなきゃ。

考えろ、アーサー。目の前の空は真っ暗。嵐《あらし》を回避《かいひ》するのはムリだ。引き返そうにも、黒い雲にあっという間に飲み込《こ》まれてしまうだろう。

目指すは下。それしかない。いそいで高度を下げれば、稲妻《いなずま》が届《とど》かない場所をかすめ飛ぶことができる。

そこは楽勝だ。気球の中に水素がたくさん入っていればいるほど、軽くなって高く飛べる。逆に水素が少なくなれば、落ちるはずだ。だけど、稲妻《いなずま》を避《さ》けるだけのスピードが出せるだろうか？

一か八かやってみるしかない。空にまた稲妻《いなずま》が光る。さっきより近くて、電流がビリビリするのが分かるほどだ。アーサーは水素のレバーに手を伸《の》ばしてグイッと下ろした。

一瞬《いっしゅん》、宙《ちゅう》に浮《う》かんでいるように感じた。

雷《かみなり》があちらこちらで轟《とどろ》いている。お腹《なか》を空かせたオオカミの群れが近づいてくるみたいに。

アーサーは息をのんだ。

不意に、胃《い》のあたりがグワンとなった。船が雲の間に飛び込《こ》んでいく。

「よし！　うまくいったぞ！」

船が落ちていく。ぐんぐん、ぐんぐん、落ちていって、空の色が明るくなり、雨が小降《こぶ》りになってきた。次に光った稲妻《いなずま》は、はるか頭上にある嵐《あらし》の雲の間にぼんやりとしか見えなかった。

やった！

安心したのも束の間、アーサーはまたもやまずいことに気づいてしまった。

船はさらに落下し続けている。ぐんぐんスピードを上げて。

アーサーは慌《あわ》ててレバーを掴《つか》んだ。水素を戻《もど》して高度を上げなきゃ。

だけど、レバーはびくともしない。

真下は農園だ。牛たちが草を食《は》んでいるのが小さく見える。巨大《きょだい》な気球がぐんぐん迫《せま》ってきているとも知らずにのんびりと。アーサーはレバーに全体重をかけた。でも、動かない。

一旦《いったん》後ろに下がってからダーッと突進《とっしん》して勢いをつけ、頑固《がんこ》なレバーの下に肩《かた》を突《つ》っ込《こ》む。

ダメだ。肩《かた》が痛《いた》くなっただけ。

やれやれ、メアリーが好きそうな土産話ができたってわけか。まあ、話してやるためには生き残るのが前提だけど。

そんなヒサンなことを考えていたら、四つの錨《いかり》のうちひとつが目に入った。

気球の浮力《ふりょく》をあげるのが不可能なら、船の重さを減らしたらどうだろう。デッキを走り回って、ひとつ目の錨《いかり》を取り外す。力を振《ふ》り絞《しぼ》って、手摺《てす》りの向こうに投げた。落ちていくのを確《かく》認《にん》してるヒマはない。不意にバランスを崩《くず》した船が、右に大きく傾《かたむ》く。アーサーが左側の錨《いかり》に飛びついたとき、ひとつ目の錨《いかり》が地面に落っこちてズシンという音がした。と同時に、不満そうなモーッという鳴き声が響《ひび》いてくる。

ふたつ目の錨《いかり》をさっきと反対側から落っことすと、船尾《せんび》のほうに移動して三つ目の錨《いかり》を取り外す。高度は上がってきているけど、まだペースが遅《おそ》い。このまま行けば大きな納屋《なや》に激突《げきとつ》コースだ。

最後の錨《いかり》を投げ飛ばしたとき、木と木が擦《こす》れ合う音がした。間に合わなかった……納屋《なや》にぶつかる！　アーサーは最悪の事態を覚悟《かくご》して、その場にへたり込《こ》んだ。前からずっと、ワクワクドキドキの冒険《ぼうけん》を夢見ていた。まさかこんなにあっさり冒険《ぼうけん》が終わるとは思ってなかった。

不意に、音が止んだ。すると、飛行船がぐんぐん上昇《じょうしょう》をはじめた。ああ、よかった……。あんまりホッとして力が抜《ぬ》ける。納屋《なや》の屋根をかすめただけですんだ！

呼吸《こきゅう》を整える間もなく、跳《は》ね上げ戸がパタンとあいて船長が現れた。

「何事だ？　ピタゴラスもビックリってか？」船長ががなり立てる。

船長はあたりの様子を見て取ると、舵《かじ》に飛びついた。水素レバーの下に体を突《つ》っ込《こ》んで体重をかけて押《お》し上げ、雲の間に戻《もど》っていく。嵐《あらし》は、納屋《なや》とともにはるか後ろに見えなくなっていた。

「おいおい」船長がアーサーに向かって目をぎらつかせる。「わしの船を壊《こわ》す気か？　しかも、昼寝《ひるね》の邪魔《じゃま》までしおって」

「嵐《あらし》だったんです。雷《かみなり》に打たれたら火事になりますよね。それで、高度を下げて嵐《あらし》を避《さ》けました。だけどレバーが動かなくて、高度を戻《もど》せなくなって。錨《いかり》を落とすしかなかったんです」

アーサーは息を殺して待った。これで納得《なっとく》してもらえたかな？　それとも、もう用済《ようず》みってことでエディンバラに逆戻《ぎゃくもど》り？

船長はしばらくの間、まじまじとアーサーを見つめていた。そして、溜息《ためいき》をついた。「ポンコツレバーめ、しょうもないな。前から直さにゃいかんと思っとったんだ。あとで誰《だれ》かに錨《いかり》を回収《かいしゅう》してもらおう。ところで、どのあたりまで来た?」

アーサーは雲の間を指差した。ちょうど崩《くず》れかけの壁《かべ》が姿《すがた》を表したところだ。見渡《みわた》す限り、延々《えんえん》と続いている。ハドリアヌスの長城だ!

「ちょうどイングランドに入ったところです」

「ほほう」船長はがっちりとした肩《かた》をすくめた。「何とか灰《はい》にならずにすんだってわけだな。まあ、ここからはわしが引き継《つ》ぐしかなさそうだ」

「じゃあ、テストは合格ですか?」

「テスト? 何のことかね?」

アーサーは目をぱちくりさせて、ニマニマしそうになるのを抑《おさ》えた。バスカヴィルホールに行けるんだ! しかも、ひとりで飛行船を操縦《そうじゅう》した。

「あの、船長? 少し前に蒸気《じょうき》機関車を見かけました。この船、機関車よりスピードが速いような気がしたんです。だけど、そんなのありえませんよね。飛行船が機関車よりはやく進むなんてムリなはずです」

初めて船長の顔に笑みが浮《う》かんだ。前歯の一本を見て、アーサーはギョッとした。銀でできてる?

「わしの飛行船を舐《な》めるな」船長が言う。

「でも、どうやって?」

「理解するには高度な動力学の知識が必要だ。で、そういった知識を学ぶには、ライトニング・サークルに入らねばならんな」

ライトニング・サークル？　何のことかさっぱり分からない。だいたいギリギリセーフで焼死をまぬがれたというのに、稲妻《いなずま》のサークルって？　稲妻《いなずま》なんて今はこりごりだ。「こんな飛行船、人が見たらなんて思うか……」アーサーは考えていたことをつい口に出してしまった。

船長がゲラゲラ笑う。「自分はどうかしてると思うだろうな。まあそのうち、何が正しいのか気づくときが来るだろうよ！」

うーん……もしかしてここにいるこの人の方がどうかしちゃってるんじゃないか。

「船長も学校で暮《く》らしてるんですか？」アーサーは尋《たず》ねた。失礼に聞こえないといいけど。でも、こんなガサツそうな人が名門校で働いてるなんて信じられない。きっと馬車の御者的《ぎょしゃてき》な役《やく》割《わり》をしてるんだろうな。飛行船を操縦《そうじゅう》して、学校のために秘密《ひみつ》の用事をしてるのかも。

船長はふんっと言った。「まあ、そりゃあそうだろうよ。わしの学校だからな。ひょっとして自己紹介《じこしょうかい》がまだだったかね、ドイル君？」そういうと、アーサーの方を見つめてもう一度ニヤッとした。朝日に銀歯がギラリと光る。それから、タコだらけで硬《かた》くなった大きい手を差し出していう。「ジョージ・エドワード・チャレンジャー、バスカヴィルホールの校長だ」

8

バスカヴィルホール

アーサーがショックから立ち直る間もなく、飛行船はぐんぐん下降《かこう》しはじめた。

「しっかり掴《つか》まれ、ドイル君！」校長が声を張り上げる。

どうやら谷間を蛇行《だこう》する川に沿《そ》って飛んでいるらしい。下を見ると、雲の影《かげ》がエメラルド色のなだらかな丘《おか》の上をゆっくりと過ぎていく。丘《おか》の間にあらわれた秋の森が、だんだんと琥珀《こはく》色の草地になっていく。

もうすぐ地上だ。小さい村の中に家々《いえいえ》の屋根が見えてきた。それから飛行船は急に向きをかえて、深い森の中へ入っていった。森を通る細い道の先には、レバノン杉《すぎ》にかこまれた砂利道《じゃりみち》があった。道幅《みちはば》がだんだん広くなり、起伏《きふく》のある広大な敷地《しきち》へと繋《つな》がる。そこには、ずっしりとした石造りの屋敷《やしき》が堂々《どうどう》とそびえたっていた。

空から見ると、屋敷《やしき》は一辺が欠けた正方形のように見える。屋根は中心線から二方向に落ちている切妻※で、数えきれないほどたくさんの煙突《えんとつ》がある。燃えるような深紅《しんく》とオレンジのツタがびっしりと絡《から》まっている。捻《ね》じれた巨木《きょぼく》がガラスのドーム型の屋根からどういうわけか突《つ》き出していて、てっぺん近くの枝が屋敷《やしき》の煙突《えんとつ》のうちひとつを握《にぎ》り締《し》めるようにガチッと掴《つか》んでいる。爽《さわ》やかな日差しの中で、窓《まど》がアーサーにウィンクするようにキラリと光った。

「ここなんですね？　バスカヴィルホール！」アーサーは思わず叫《さけ》んだ。

「その通り」校長は呟《つぶや》きながら懐中時計《かいちゅう》を確認《かくにん》した。「ぐずぐずしとられんぞ」

近づいていくと、西の翼棟《よくとう》からガラス張りの温室らしき建物が長く伸《の》びているのが見えた。その後ろに手入れのいきとどいた庭園があって、迷路のような砂利《じゃり》の小道が生垣《いけがき》や花壇《かだん》の間をうねうねしていた。

屋敷《やしき》の向こうには、大きさも修復状態も様々《さまざま》なコテージや馬小屋やいろんな建物が、芝生《しばふ》に散らばるように立っている。そのうちひとつの建物の煙突《えんとつ》から、明るい緑と紫《むらさき》の煙《けむり》が上っていた。

校長は飛行船を、ほとんど木々《きぎ》に隠《かく》れて見えない巨大《きょだい》な納屋《なや》のような建物の外に近づけていった。着陸しようというとき、くちばしの先がフックのように曲がって翼《つばさ》がやけに短い大きな鳥が一羽、大慌《おおあわ》てでバタバタと目の前を横切っていった。校長が慌《あわ》てて舵《かじ》を左に切る。あ、この鳥、前に本のイラストで見たことある。『不思議の国のアリス』っていう物語に出てくるドードーっていうヘンテコな鳥にそっくりだ。だけどまさか、そんなはずは……。

「ディーディー！　どかんか！」校長が叫《さけ》ぶ。

「校長、ドードーの間違《まちが》いでは？」

「このディーディーは、ドードー鳥に一番近い生き物だよ。わしらの知る限り、ドードー科の鳥の中で最後の一羽だ」

ズシン！　突然《とつぜん》音が響《ひび》いて全身に振動《しんどう》が走ったかと思うと、飛行船は着陸した。

「ほれ、着いたぞ。バスカヴィルホールだ。じゃ、これにて失礼」校長が言う。

「あの、校長?」

すぐ近くに大きな看板《かんばん》が立っているのが見える。

立ち入り禁止! この先に超危険《ちょうきけん》な沼地《ぬまち》あり 泥炭化《でいたんか》したくなかったらすぐに引き返すこと
この先にどんなひどい結末が待っているかもしれません
校長がアーサーの視線《しせん》を追う。「ドイル君、心配はいらんよ。詮索《せんさく》好きな視線《しせん》をかわさにゃならんからね」

「チャレンジャー校長!」

外国の軍服を着て腰《こし》に剣《けん》を差した男の人が、飛行船の格納庫《かくのうこ》に向かって走ってきた。

「なんだ、准将《じゅんしょう》!」校長が飛行船から荒《あら》っぽく飛び降《お》りた。ドスンと着地すると、腰《こし》のあたりに片手《かたて》をあてて小さく唸《うな》る。

「すぐにいらしてください」准将《じゅんしょう》が叫《さけ》ぶ。アーサーが通っていたニューイントン・アカデミーにいるフランス語の先生と同じアクセントだ。アーサーに気づくと、二度見した。「ああ、てっきりおひとりかと思っていました」

「どこに目をつけとるんだ。准将《じゅんしょう》、何事だ?」校長も叫《さけ》ぶ。

この人がエティエンヌ・ジェラール准将《じゅんしょう》だな、とアーサーは思った。父さんが興奮《こうふん》して語ってたクリミア戦争の英雄《えいゆう》だ。ああ、ドキドキしてくる。

准将《じゅんしょう》はまたアーサーの方を見てから、さっきより声を潜《ひそ》めて言った。「実はまた……新たな事件がありまして」

校長の顔が曇《くも》る。そのまま准将《じゅんしょう》と一緒《いっしょ》にずんずん歩いていってしまうので、アーサーは慌《あわ》てて鞄《かばん》を持って飛行船からなんとか降《お》りた。足が地面につく頃《ころ》には、校長と准将《じゅんしょう》はもう校舎の入り口に続く階段《かいだん》を上がろうとしていた。何があったんだろう？　事件って？

校舎に近づいていくと、怪物《かいぶつ》の彫刻《ちょうこく》、ガーゴイルが護衛隊のようにずらっと並《なら》んでいるのが見えた。パンサーやライオンの形をしているのもいるけど、海の怪物《かいぶつ》や凶暴《きょうぼう》なゴブリンのような架空《かくう》の生き物っぽいものもいる。ひとつはどう見ても、鼻をホジホジしてるサルだ。

階段《かいだん》の上の正面玄関《げんかん》に視線《しせん》をうつすと、扉《とびら》は校長と准将《じゅんしょう》が入ってすぐに閉《し》められていた。手紙についていたのと同じ紋章《もんしょう》が石に彫《ほ》ってある。あと、例のラテン語も。

「スイエンタ・ペア・エクスプロラティオーネム」アーサーは呟《つぶや》いた。

「探究《たんきゅう》を通じた知識」近くで声がした。「バスカヴィルホールのモットーよ」

声の主を見て、アーサーはビックリした。女の子がすぐ隣《となり》に立ってた。ステッカーがベタベタ貼《は》ってある大きなトランクを引っぱっている。アーサーより少し背《せ》が低く、しっかりした肩《かた》に丸顔、栗《くり》みたいに赤みがかった優《やさ》しいブラウンの肌《はだ》。キラキラした大きな目をして、帽子《ぼうし》から覗《のぞ》いた黒い髪《かみ》は、くるくるの前髪《まえがみ》はそのままおろして、後ろはゆったりとした三つ編みにしている。

「ここの生徒？」アーサーは思わず尋《たず》ねた。

女の子がアーサーを冷ややかな目で見る。「当たり前でしょ」

女子生徒もいるとは思ってなかった。だけど、考えてみたら当然だ。この学校が本当に優《すぐ》れた若者《わかもの》たちを選んで集めているなら、女の子もたくさんいなきゃおかしい。アーサーは、姉や妹のことを思い出した。キャサリンは合理的な考えにかけてはピカイチだし、メアリーの想像力ときたら無限大だ。

アーサーは自己紹介《じこしょうかい》をして、握手《あくしゅ》をしようと手を差し出した。女の子に手を握《にぎ》られたとき、ふわっと漂《ただよ》ってきた香りで故郷《こきょう》を思い出す。

「アイリーン。アイリーン・イーグルよ」

アイリーンは聞き慣れないアクセントで話した。着ている服も、珍《めずら》しいものばかり。身頃《みごろ》がピタッとした赤いワンピースの袖口《そでぐち》にはゴールドのボタンがついていて、ふわっと広がるティアードスカート。面白いのは、スカートの前部分だけ短い膝上丈《ひざうえたけ》で、下からズボンが覗《のぞ》いていることだ。ズボンは黒いピカピカのブーツの中にたくし込《こ》んである。金色の懐中《かいちゅう》時計がビスチェに留めてあった。

アーサーは不意に、自分の布鞄《かばん》とつぎはぎだらけのコートが恥《は》ずかしくなった。「ずいぶん遠くから来たんだね。アメリカから?」アーサーは尋《たず》ねた。

アイリーンが眉《まゆ》を寄せる。「正解。なんで分かったの?」

アーサーはアイリーンの荷物の方を手で示した。「そういうトランクは、蒸気《じょうき》機関車か蒸気《じょうき》船《せん》に乗るような長旅用だろ。だけど手からジンジャーの香りがしたから、船酔《ふなよ》い予防だろうなと思って。つまり船旅だ。それに時計が五時間遅《おく》れてる。時間を合わせようとも思わなかったなんて、相当船酔《ふなよ》いがきつかったんだね」

アイリーンが咄嗟《とっさ》に懐中時計《かいちゅう》に手をやる。「適当なこと言わないで。まあね、こんなに陸地に立ってるのが嬉《うれ》しいのって人生で初めて」

アーサーはここまでの旅のことを考えてニヤッとした。「よく分かるよ」

「あなたも船で来たの？」

「まあ、そうとも言うかな」

ふたりは一緒《いっしょ》に階段《かいだん》を上りはじめた。アーサーはアイリーンの重たそうなトランクを支えてやる。「ご両親は外交官とか？」

「なんでそう思うの？」アイリーンがアーサーをジロリと見る。

「トランクにステッカーがたくさん貼《は》ってあるから。たくさん移動したんだろうなと思って」

「ふたりともオペラ歌手なの。コンサートツアーについて回ってたから。だけど、そろそろ落ち着いて暮《く》らしたほうがいいんじゃないかってことになって。で、ここに来たわけ」

「オペラ歌手かあ」オペラなんて聴《き》いたこともない。「へえ、すごいな」

「聞こえはいいけど、そんなにいいもんじゃないの。本当に」

そのときアーサーは、視線《しせん》の隅《すみ》っこで何かが動くのを感じた。木々《きぎ》に隠《かく》れてよく見えないけど、黒い馬に乗っている人がいる。ダークグリーンのマントに身を包んで、なぜかぴくりとも動かない。馬の尻尾《しっぽ》だけが動いている。マントのフードを深くかぶっていて顔は分からないけど、じっと見つめられている気がしてアーサーは胸《むね》がざわついた。

「ね、あそこ」アーサーはアイリーンの方をむいて小声で言った。「人がいるよね?」

「ん、どこ?」

ええっ、ウソだろ。視線《しせん》を戻《もど》すと、馬は乗っていた人もろとも姿《すがた》を消していた。

アーサーがそれ以上何も言えないうちに、扉《とびら》がサッと開いた。立っていたのは、ほっぺたを赤らめた色白でふくよかな女の人。おでこがつやつやで、グレーのちりちりの髪《かみ》をひとまとめにしているけどピンピン飛び出している。全身、黄色い服だ。「荷物はここに置きっぱなしでいいわ」焦《あせ》った口調で言う。「部屋に運んでおいてもらうから。あなたたちが最後よ、スケジュールが秒刻《びょうきざ》みなの」

アーサーとアイリーンはぽかんとして突《つ》っ立ったまま、その女の人が連れている動物を見つめていた。黄色いスカートの後ろから、ものすごく大きい灰色《はいいろ》の動物がこちらを覗《のぞ》いている。

「え、その子って……」

「オオカミ?」アイリーンが小声で続けた。その動物があくびをしたとき、釘《くぎ》みたいに長くて鋭《するど》い歯が見えたからだ。

「ええそうよ、この子はトバイアス。トビーって呼《よ》んでいるの。校長が動物学にかなり興味を持っていてね。長年かけて世界中からいろんな生き物を連れかえってきたから、会えるのを楽しみにしてらっしゃいな」

「ディーディーも?」アーサーが尋《たず》ねる。

「その通り。わたしの一番のお気に入りはトビーなの。大人しくて可愛い子よ。そうそう、わたしは副校長のハドソン。あなたたちは、ミス・イーグルとミスター・ドイルね。さ、こっちにいらっしゃい。みんな、わたしのラウンジに集まってるから」

ハドソン副校長が回れ右をすると……ああ、よかった、トビーも立ち上がって黙《だま》って副校長について行く。トビーはハドソン副校長とかわらないくらい大きい。


「レディファースト。どうぞお先に」アーサーは言った。あのとても可愛らしいとは言えない歯が頭から離《はな》れない。

「いいえ、結構」アイリーンがオオカミみたいな笑みを浮《う》かべて答えた。

※切妻…屋根の形状の一つ。切妻造、切妻屋根ともいう。棟（屋根のいちばん高い部分）の両側に四角形の屋根を斜めにふき下ろしてつくる山型の屋根。

9 グローバーとポケット

アーサーは、広々《ひろびろ》としたオーク材の校舎に足を踏《ふ》み入れた。美しい螺旋階段《らせんかいだん》がすぐ目の前にあるけど、ハドソン副校長は「大人しくて可愛い子」と一緒《いっしょ》に左手にあるドアに入っていく。

アーサーとアイリーンもあとをついていくと、そこは広いリビングルームのような部屋だった。

ざっと見て二十人くらいの生徒がすでに集まっていて、小さなグループに分かれてソファとか暖炉脇《だんろわき》とかでおしゃべりをしている。みんな、アーサーよりはるかに上等な服を着ている。だけどきっと、夜中までコートを繕《つくろ》ってくれたのは僕《ぼく》の母さんだけだ。アーサーはそう思って、両手でコートを擦《さす》った。

ハドソン副校長のラウンジはインテリアが黄色で統一され、壁紙《かべがみ》にはサフランイエローのバラの模様《もよう》が散っていた。奥《おく》にシルバーのティーセットが用意され、ビスケットやタルトがのったお皿も並《なら》んでいる。ぐぅぅ……アーサーのお腹《なか》が鳴る。

アーサーとアイリーンはティーセットのテーブルのほうに近づいていった。タルトまで黄色だ。

「統一されたテーマがあるんだね」アーサーはアイリーンに言った。「レモン、かな?」

「残念ながらパイナップルですね」暗い声がする。

ひと際背《せ》が高くものすごくガリガリでとんでもなく暗い表情をした男の子が、テーブルの脇《わき》にひとりでぽつんと立っている。全身黒ずくめ。髪《かみ》まで真っ黒で、カラスの羽みたいにつやつやだ。黄褐色《おうかっしょく》の肌《はだ》に、小さな丸めがねをちょこんと掛《か》けている。

「パイナップル?」アーサーは繰《く》り返した。パイナップルという果物があるのは知っていたけど、食べるどころか見たこともない。

「ええ、そうです。ここの温室にありますよ」男の子が答える。「他にも熱帯のくだものがいろいろ。ワタシが好きなのはレモンですがね。ああ、ところでワタシはグローバー・クマール」

「アイリーン・イーグルよ。で、こっちがアーサー……」アイリーンが手を差しだすと、グローバーはその手をふわりととった。

「ドイル」アーサーが引き継《つ》いで名字をいう。「それにしても……すごいや！　こんな豪華《ごうか》な場所、今まで見たことないよ。授業はいつ始まるのかな？」

グローバーが肩《かた》をすくめる。「さあ。ワタシは時間を意識してないものでね。刻一刻《こくいっこく》と時間がすぎると、そのぶん避《さ》けられない死に近づくというだけのことですから。死といえば、墓石の拓本《たくほん》のコレクション、見せてあげましょうか？」

グローバーが、いろんな大きさの紙が挟《はさ》まってるノートを取り出す。アイリーンとアーサーは顔を見合わせた。

「えっ……墓石を紙で写して回ってるの？」アーサーが尋《たず》ねる。

「もちろん。本当は動物の骨《ほね》を集めてたんですけどお母さんに禁止されて。あのときはひどくガッカリしましたね」

「そっかうんうん。じゃあ、そのうち見せてね」アイリーンが失礼にならないように言う。

「とりあえず何か食べようかな、ってとこだったから」

グローバーは肩《かた》をすくめると、ポケットに手を入れた。そして、取り出したレモンドロップを口の中にほうり込《こ》むとフラフラと歩いていった。

アーサーはアイリーンの方を見て言った。「初めて会ったよ、あんな……」

「グローバーってほんと変人だよねッ」女の子の声がする。柄《がら》がバラバラのティーカップのひとつにお茶を注いでいた。「でもね、慣れてくるとホント愉快《ゆかい》な人だって分かるから」

そばかすが散った血色のいい顔に、くるくるの赤毛。このアクセントからすると、アイルランド出身だな。不思議なワンピースを着ていて、まるでありとあらゆるポケットを繋《つな》ぎ合わせたみたいに見える。そのポケットから、いろんなものがはみだしてる。オレンジ色の糸、ローズマリーの小枝、渦巻状《うずまきじょう》の針金《はりがね》。

「あたし、メアリー。友だちからはポケットって呼《よ》ばれてるんだッ」

「うん、分かる。そうなるよね」アイリーンが言う。

ポケットを見て、アーサーは妹のメアリーを思い出した。ああ、みんな今頃《いまごろ》どうしてるかな。胸《むね》がチクッとする。

ポケットがケラケラ笑う。「女の子にはポケットが必要だもん。でしょ？　でなきゃ、カエルとかミミズとか他にも大切なものをどこに入れとけばいいのって話ッ！」

「ネズミとか？」アーサーはニヤッとして、ポケットの肩《かた》のポケットのひとつから飛びでてきたピンク色のちっちゃい鼻を指差した。

「そ。その通り」ポケットがビスケットの欠片《かけら》をあげると、ネズミはまた肩《かた》のポケットの中に収《おさ》まった。

「ここにはいつ着いたの？」アイリーンが尋《たず》ねる。

「昨日。ね、もともと来る予定だった？　それとも入学許可の手紙がサプライズで来た？」

「僕《ぼく》はサプライズだった。昨日手紙もらったばっかりだし」アーサーが答える。

ポケットが目をまん丸くする。「昨日？　うっそー、あたしは何週間も前にもらったんだ。まッ、それだってすっごいサプライズ。あたし、通ってた学校の校長先生に多分好かれてなかったし、っていうかあたしが教室にいろいろ持ってくるのが気に入らないみたいだったから。なのに推薦《すいせん》してくれたみたい」

アーサーは眉《まゆ》を寄せた。どうして僕《ぼく》のところにはみんなより遅《おそ》く手紙が来たんだろう？　そもそも、誰《だれ》が推薦《すいせん》してくれたんだ？

「わたしの場合はね、両親が出願したって聞いてる」アイリーンが言う。

「ふーん、それってジミーと一緒《いっしょ》だね。ほら、そこにいる」ポケットが指差した先には、背《せ》の低い猫背《ねこぜ》の男の子がいた。チャコールグレーの髪《かみ》にオリーブ色の肌《はだ》。華《はな》やかなグループの中にいる。男子はみんなシュッとしたジャケット、女子は光沢《こうたく》のあるワンピースというオシャレな生徒ばかりだ。「ジミーのお父さん、ここの卒業生なんだって。実業界の大物だから、ま、入学確定だったたってわけ」

アーサーがじっと見つめていると、ジミーが不意にこちらを向いて目が合った。どちらもそのまま目を逸《そ》らさずに、お互《たが》いを見つめていた。

そして、同時に頷《うなず》いた。

「あれって、ロンドン出身のグループ。まッ、あの子たちは誰《だれ》も、入学許可をもらってもビックリしなかったでしょうね。ハリエット・ラッセルのお母さんは公爵《こうしゃく》夫人で女王さまの侍女《じじょ》をしていた。自分の枕《まくら》カバーはヴィクトリア女王のものだったって自慢《じまん》してる。あと、あれがセバスチャン・モラン。お父さんが議員だよ」

ポケットが指差す方をアーサーが見ると、顎《あご》がしゃくれたブロンドの男の子がいた。グループの中でひと際背《せ》が高い。ここからでも、その子が前に鼻の骨《ほね》を折ったことがあるのが分かった。もちろんうまく治療《ちりょう》されているけれど。

セバスチャンの方もこちらを向いた。新入りか、というふうにアーサーを見る目にはずる賢《がし》こそうな表情が浮《う》かんでいる。

アーサーは、うずくまるように机《つくえ》に向かっている父さんの姿を思い浮《う》かべた。「ここの生徒の家ってみんな、お金持ちだったり有名だったりするのかな?」

「うちは違《ちが》う!」ポケットが即答《そくとう》する。「グローバーのとこも。ごくごく普通《ふつう》の家の子だってたくさんいるから。あっ、ほら、アーマッド・サイイドだ。なんかね、アーマッドのお父さんがアフガニスタンでワトソン博士の命を救ったらしいよ。アーマッドは地質学オタク。石がどうの、石がこうのって」

白いチュニックにブルーのベストを着たほっそりした男の子がこちらに手を振《ふ》る。ポケットはそのあとも、次々《つぎつぎ》に新しいクラスメート情報を教えてくれた。アーマッドとアイリーン以外にも外国から来た子がいるし、みんな名家の出身だったり、素晴らしい才能があったり、珍《めずら》しいものに深い興味を持っていたり。アーサーは、手紙が来るのが遅《おそ》かった理由なんてどうでもよくなってきた。そもそもどうして僕《ぼく》のところに手紙が来たんだ？　お墓に埋《う》められてその上を歩かれたみたいな顔とかいうやつ」アイリーンが心配する。

「ね、大丈夫《だいじょうぶ》？　なんか、顔色悪いよ。ほら、よく言う、お墓に埋められてその上を歩かれたみたいな顔とかいうやつ」アイリーンが心配する。

「何ともないよ。ちょっと疲《つか》れただけ」アーサーは明るく答えた。

「お墓って聞こえた気がしますけど」グローバーがふらふら戻《もど》ってくる。

そのときドアがバーンとあいて、チャレンジャー校長が勢いよく入ってきた。ハドソン副校長が、パンと手を叩《たた》いて静粛《せいしゅく》にと合図する。

「校長！　ジャケットが！」アーマッドが声を上げた。

校長が下を見ると、ジャケットのポケットに火がついていた。ふんっといって、パンパン叩《たた》いて火を消す。まったくもって平然と。ジャケットが燃えるなんてよくあること、みたいに。

アイリーンが笑いたいのを我慢《がまん》している。

「よーし、それでは」校長の声が響《ひび》き渡《わた》る。「バスカヴィルホールにようこそ。そのうち分かるだろうが、ここはいわゆる普通《ふつう》の学校とはまったく異《こと》なる。文法の授業で時間を無駄《むだ》にすることもないし、ここでは行儀《ぎょうぎ》作法などどうでもよろしい」

ぽかんとしてごまかし笑いをする生徒もいた。ハドソン副校長がまったくもうという風に溜《ため》息《いき》をついて、近くの車いすに座《すわ》っている男の人と顔を見合わせた。青白い顔色をした痩《や》せた人で、シャキッと姿勢《しせい》がいい。また始まったな、みたいに副校長に目配せしているけど、その瞳《ひとみ》は楽しそうにきらめき、きちんと揃《そろ》えた細めの口髭《くちひげ》を撫《な》でている。

「我《わ》が校は、新しい考え方や創造力《そうぞうりょく》を大いに評価しとる。ここそこ見張るおせっかいな教師や小うるさいチューターはおらん。知識を得るにはリスクを犯す必要があるものだからな。君たちにはそのリスクをどんどんとってもらいたい」

確信はないけど、アーサーは校長に目で合図された気がした。心が踊《おど》る。あのときは軽く流していたけど、本当は僕《ぼく》が飛行船を操縦《そうじゅう》したことを認《みと》めてくれてるんだ。

ハドソン副校長がコホンと咳払《せきばら》いする。

「はいはい、承知《しょうち》しとるさ」校長が言う。「とはいえ、バスカヴィルのような学校にも規則はある。それには従《したが》ってもらわねばならん。ここではお尻《しり》をはたいたり耳をひっぱたいたりはせんし、それ以外のどんな体罰《たいばつ》も行わない。そんな必要はないのでね。規則を破るときは、自己《じこ》責任でするように」

校長が部屋全体を見渡《みわた》す。異論《いろん》がある者は申し出ろ、というふうに。セバスチャンの隣《となり》の男子がニヤニヤしながらセバスチャンを肘《ひじ》で突《つ》いてるのが見える。セバスチャンは校長からじっと目を逸《そ》らさずにいる。

「では、我《わ》が校の誇《ほこ》る素晴らしい教職員を紹介《しょうかい》しよう。ワトソン博士、解剖《かいぼう》学および生理学教授」

副校長の隣《となり》に座《すわ》っている男の人が頭を下げる。

「ジェラール准将《じゅんしょう》……」

飛行船に校長を呼《よ》びに来た恰幅《かっぷく》のいい男の人が前に一歩出ようとしたとき……。

ドッカーン！

破裂音《はれつおん》がして、ラウンジの窓《まど》が揺《ゆ》れる。生徒たちはあ然とした。悲鳴を上げる生徒もいた。

グローバーが眉《まゆ》をくいっと吊《つ》り上げる。初めて表情が生き生きしてきた。

「またか！」校長が唸《うな》る。

そしてそれ以上何も言わずに、校長はずんずん部屋を出て行った。

10

ボクシングリング

「なんか、ここ好きかも」ポケットは、校長がいなくなると言った。

「うん、小うるさい教師やチューターがいないってのも気に入ったわ」アイリーンがニコニコして言う。

「リスクをとれっていうのもよかったたな。子どもにそんなことという人、見たことないよ」アーサーも言った。

ハドソン副校長が、はいはい静かにというふうに手を叩《たた》く。「さあ、校長はいま手が……その、実験で手が離《はな》せなくなってしまいましたので、校内ツアーを続けます」

部屋から出されるとき、アーサーはパイナップルタルトを掴《つか》んで口の中に放り込《こ》んだ。目を瞑《つぶ》って、舌《した》に広がる甘《あま》みを味わう。こんなの、食べたことない。

目を開けると、副校長が正面玄関《げんかん》の先にある二重扉《とびら》を開けているところだった。

「ここは図書館です。いずれは皆《みな》さんも、ここにある多くの宝物《たからもの》と触《ふ》れあうようになるでしょう」

胸《むね》が弾む。アーサーは図書館の中を覗《のぞ》き込《こ》んだ。広い部屋に本がびっしりだ。床《ゆか》から高いアーチ型の天井まである本棚《ほんだな》に、何列もずらずら並《なら》んでいる。ひとつの角に馬車ほども大きな地球儀《ちきゅうぎ》が据《す》え付けられ、天井には金箔《きんぱく》で星座《せいざ》が描《か》かれている。館内の二階と三階へ続く狭《せま》い階《かい》段《だん》があって、ところどころに濃《こ》い紫《むらさき》色の制服を着た生徒たちの姿《すがた》が見えた。三階から上はどんどん小さくなるフロアに分割《ぶんかつ》されていて、それが天井まで続いている。ぐしゃっと押《お》し潰《つぶ》されたケーキの層《そう》みたいだ。それぞれのフロアには、安定感がいまいちそうな螺旋階段《らせんかいだん》で行けるようになっている。くしゃくしゃの銀色の巻《ま》き毛の老人が、長い木の机《つくえ》の向こうで居眠《いねむ》りしていた。

「我《わ》が校が誇《ほこ》る司書、ミスター・アンダーヒルを紹介《しょうかい》します。ミスター・アンダーヒル？」副校長が声をかける。返事がないのでもう一度、今度は大きめの声で呼《よ》ぶ。アンダーヒルさんは目をパチパチさせたけど、また閉《と》じてしまった。

副校長は諦《あきら》めて溜息《ためいき》をつく。「まあ、いいわ。さ、行きましょう」

アーサーはアイリーンに話し掛《か》けようとして、隣《となり》に立っているジミーという男の子が興味津々《しんしん》という顔で図書館の中を見つめているのに気づいた。

そのとき、アイリーンにつんつん突《つつ》かれた。ハドソン副校長を先頭に、もう東棟《ひがしとう》に移動が始まっている。アーサーもあとを追いながら、さっきは気づかなかった細かいことに注目していた。校舎の正面玄関《げんかん》に、窓《まど》ガラスが無くなっている扉《とびら》がある。割《わ》れたガラスを外したらしい。

考え込《こ》んでいると、ジミーの視線《しせん》を感じて扉《とびら》から目を逸《そ》らした。

「授業はすべてこの本館校舎で行われます」副校長が説明しながらどんどん奥《おく》へ進んでいく。そんなに歩幅《ほはば》は広くないはずなのに、すごく歩くのが速い。「ただし生物学と馬術は温室と校庭で行います。食堂は西棟《にしとう》の一番奥《おく》です。門限は日没《にちぼつ》……」

アーサーは半分しか聞いてなかった。窓《まど》を通り過ぎるたびに、奇妙《きみょう》で素晴らしいものが目に入る。ある部屋は不思議な標本だらけ。深紅《しんく》とターコイズ色でタカくらいの大きさがある蛾《が》がガラスケースの中にピンで留められている。ホルマリン漬《づ》けの生き物が保存《ほぞん》されている瓶《びん》が棚《たな》にずらっと並《なら》んでいる。人体の骨格模型《こっかくもけい》は長いこと目玉がないはずなのにこちらをじっと見つめているように見える。またある部屋は、霧《きり》が立ち込《こ》めていた。丸いテーブルに向かい合った生徒がふたり、手を繋《つな》いで呪文《じゅもん》を唱えている。

「降霊術《こうれいじゅつ》かなんかとか？」アイリーンが小声で言う。

グローバーが、息でガラスが曇《くも》るほど窓《まど》に接近して眺《なが》めている。窓《まど》の向こう側に男子生徒が近づいてきて、顔をしかめてカーテンを引いてしまった。

隣《となり》の部屋では、脇《わき》に黒いボタンがずらっとついている長い白衣を着た年配の女の人が、いろんなワイヤーをほぐす作業をしていた。顔を上げてニコッとすると、青ざめた顔の中で青い目がきらめいた。天井からガラスのベルがいくつもロープで吊《つ》り下げられていて、その内側で小さな雷《かみなり》みたいな光がちらついていた。

アーサーは息をのんだ。「え、あれって……」

「電気だね」アイリーンが囁《ささや》く。

気づくと、アーサーは後ろからトビーに長い鼻で突《つつ》かれていた。物言いたげな目でこちらを見ている。

「急がないとはぐれるぞ、ってことだよね」アーサーは呟《つぶや》いた。

「そして最後に、ここが講堂です」アーサーとアイリーンが追いついたとき、副校長が説明していた。「ここに集まって……ああ、ストーン教授、こちらにいらしたんですね」

副校長に先導されて、生徒たちは大きくて暗い部屋に入っていった。イスが何列も並《なら》び、その先にステージがある。ステージ上には、ボクシングのリングが設置してあった。がたいが大きい男の人がリングに立って、グローブをつけてシャドーボクシングをしている。こちらを向いたとき、血色のいい顔に紫《むらさき》色の傷跡《きずあと》が走っているのが見えた。そのせいでブルドッグに似て見える。

「ああ、ハドソン副校長、新人を連れてきてくれたんですね！」楽しそうに叫《さけ》んだ。「よしよし、いいぞ。さあ、入った入った。よーく顔を見せてくれ」

生徒たちはおどおどとリングに近づいていった。

「あの人が教授?」ハリエットが囁《ささや》く。例のヴィクトリア女王の枕《まくら》カバーの子だ。

ストーン教授はおでこの汗《あせ》をぬぐって、生徒たちをじっと見下ろした。

「えっえっ、ボクシングの授業?」ポケットが声を上げた。興奮《こうふん》してそわそわしている。

「その通り」ストーン教授が答える。

「でも……どうして?」ハリエットが尋《たず》ねた。

ストーン教授がロープから身を乗り出してニタッとした。「ボクシングは力とスピードがすべてじゃない。まあ、一般的《いっぱんてき》に何と言われてるかは知っている。ボクサーなんて野蛮人《やばんじん》の集まりだ、とね。だけどリングで生き残るには、動揺《どうよう》しちゃいけない。プレッシャーに負けちゃいけないんだ。そうだろう?　ボクシングを覚えることで、どんなピンチのときでも頭を冷静に保てるようになる」

「そもそもピンチに陥《おちい》らないようにするって考え方もあるわよね」ハリエットが呟《つぶや》く。

「さてさて……」ストーン教授がニヤリとする。「ハドソン副校長に各々《おのおの》の部屋に連れていってもらう前に、一、二試合する時間がありそうだな。自分の目で確かめるといい」

「先生、僕《ぼく》志願します!」ハキハキした声がして、みんなが振《ふ》り向いた。セバスチャン・モランが、自信満々《まんまん》の顔つきで進み出てきた。そりゃそうだ。他の子たちよりも頭ひとつ背《せ》が高い。戦って勝てそうな子なんていない。もしかするとセバスチャンの鼻が折れているのは、前にも試合をしたことがあるからかもしれないな。

「素晴らしい!」ストーン教授が叫《さけ》ぶ。「で、相手に立候補《りっこうほ》する者は?」

沈黙《ちんもく》が流れる。ポケットさえも、そこまでムチャじゃない。

アーサーはアイリーンに耳打ちした。「ここ、どういう学校なんだろうね？」

「やる気があるかどうかにかかっている、ってことじゃない」アイリーンも囁《ささや》いた。

そのとき、アーサーは後ろから押《お》されてつんのめった。またトビーかと思って振《ふ》り返ると、ロンドン出身者のグループが立っている。みんなしらーっと前を見ているけど、ニヤニヤしている子もいる。ジミーは少し離《はな》れたところに立って俯《うつむ》いていた。

「ブラヴォー！　もうひとりの志願者か！」ストーン教授が叫《さけ》ぶ。

アーサーは固まったまま、ゆっくりとステージの方を振《ふ》り向いた。ストーン教授がこちらをじっと見据《みす》えている。いや、他のみんなもだ。

アーサーの隣《となり》に立っていたグローバーが小さくペコッと頭を下げる。「きみの死亡《しぼう》記事を読むのを心から楽しみにしています」

11
好敵手《こうてきしゅ》

アーサーはゴクリと息をのんだ。ケンカの経験ならそれなりにある。近所の年下で貧しい子たちを、通りの反対エリアに住んでいるいじめっ子たちから守るためだ。セバスチャンを見てると、あの威張《いば》り腐《くさ》ったヤツらを思い出す。

アイリーンがアーサーの肩《かた》をぎゅっとして囁《ささや》いた。「応援《おうえん》してるからね」

「あたしもッ！　目に物見せてやれって話！」アイリーンに続いて、ポケットも声を上げた。

アーサーは不安を振《ふ》り払《はら》いながらリングに登った。

「クイーンズベリー・ルールを適用する」ストーン教授が大声で言いながらグローブをセバスチャンに、それからアーサーに向かって投げた。「グローブを着用。三ラウンド制で、一ラウンドは三分間またはどちらかが十秒間ダウンするまで。よし、それぞれのコーナーにつけ」

セバスチャンは自分のコーナーにつくと、両腕《りょううで》を前に突《つ》き出してファイティングポーズをとり、アーサーに向かって冷たく笑った。アーサーも心臓《しんぞう》をばくばくさせながらも両手を上げて見せた。ただし、肘《ひじ》は曲げて顔の前にピタッとつけたままだ。顎《あご》にパンチを食らってノックアウトされるのってどんな感じだろう。そんな考えが浮《う》かんですぐ、頭から振《ふ》り払《はら》う。集中しろ！　自分に言い聞かせた。

ストーン教授がリングの真ん中に進み出てくる。「準備はいいか？　では……ファイト！」

試合開始のゴングを鳴らすと、リングの隅《すみ》に飛びのいた。

セバスチャンとアーサーはじりじりと距離《きょり》を詰《つ》めながら相手を見定めた。セバスチャンの腕《うで》を伸《の》ばした構えは、対戦相手と安全な距離《きょり》を保つためのものだ。だけどそのせいで、パンチするために手を引き寄せようとしたら時間をとられる。でも体格の割《わり》にとんでもなく足が速くてリングを縦横無尽《じゅうおうむじん》に移動するので、アーサーは攻撃《こうげき》しようにもなかなか近づけない。不意に、セバスチャンが突進《とっしん》してきてアーサーの肩《かた》にジャブを打った。ハッとして一瞬《いっしゅん》バランスを失ったけど、すぐに立ち直ってセバスチャンの右のこめかみ目がけてフックを打つ。身軽なセバスチャンはあっさりかわして、アーサーに向かってニヤッとした。

「負けても恥《は》じなくていいぞ」セバスチャンが挑発《ちょうはつ》する。ふたりとも相手にパンチを打たせないように右に左に移動を続ける。「まあ、そこまで恥《は》ずかしいことじゃないさ。そうだ、ほら、一発好きにパンチしていいぞ。お前の顔を立たせてやるよ」

セバスチャンがガードをといて腕《うで》を下す。「さあ、ドイル。またとないチャンスだぞ」

アーサーには分かっていた。その手には乗らない。こっちが誘《さそ》いにのるタイミングをセバスチャンは待ってるんだ。背《せ》の高い相手の顎《あご》を打つためにジャンプしたら、腹部《ふくぶ》がガラ空きになる。そうなったらみぞおちに強烈《きょうれつ》なパンチを食らわせてノックダウン、っていうのがセバスチャンの計画だ。

そっちがその気なら、こっちも合わせてやろうじゃないか。

「一発好きにパンチしていいの？」アーサーは尋《たず》ねた。

セバスチャンが頷《うなず》く。「ああ、やれよ」

アーサーが飛び上がって、今にも相手の顔面にフックを打とうとする。と見せかけて、すかさず腰《こし》を落として脇《わき》によけた。セバスチャンの拳《こぶし》が左の肩《かた》の上をかすめるのを感じる。セバスチャンの左が無防備になったタイミングで、アーサーは脇腹《わきばら》にパンチを打った。

セバスチャンが顔を歪《ゆが》め、肋骨《ろっこつ》を守ろうと肘《ひじ》を下ろした。それを見てアーサーは次の作戦を思いついた。すると次の瞬間《しゅんかん》……。

バンッ！

ほんの一瞬《いっしゅん》気をとられただけで、敵《てき》が顔面に強烈《きょうれつ》なパンチを繰《く》り出すには十分だった。幸いアーサーはガードを高くしていたので、グローブがパンチの威力《いりょく》のほとんどを受け止めてくれた。それでもしばらく、衝撃《しょうげき》で頭がぐわんぐわんした。歓声《かんせい》が上がる中、アーサーはふらつきながらも何とかバランスを保っていた。倒《たお》れさえしなければ……。

不意にゴングが鳴って、ストーン教授が駆《か》けつけて来た。「第一ラウンド終了《しゅうりょう》。両者ともナイスファイトだ。それぞれのコーナーに戻《もど》って、第二ラウンドに備えろ」

セバスチャンが、大盛《も》り上がりの仲間たちに向かってニヤッとする。アーサーは肩《かた》の痛《いた》みを意識しないようにして、セバスチャンの左手に注意を向けた。まだあばら骨《ぼね》を押《お》さえている。

よし、いいぞ。

ゴングが鳴って第二ラウンドが始まる頃《ころ》には、アーサーの計画は固まっていた。

今度はあちこち移動しない。すぐさまセバスチャンのみぞおちを狙《ねら》ってパンチを繰《く》り出した。セバスチャンは何とかギリギリでブロックする。

もう一度同じパンチを出すと、セバスチャンは今度はあっさりブロックした。三度目は、余《よ》裕《ゆう》さえ感じられた。「飽《あ》きてきたぜ」セバスチャンは言って、右手でジャブを打ってきた。

アーサーは腰《こし》を落としてギリギリかわす。「けどさ、もともとスコットランド人とはめったに絡《から》んだことないからな」

アーサーは挑発《ちょうはつ》には乗らずに、ひたすらセバスチャンのあばら骨《ぼね》から視線《しせん》を逸《そ》らさないようにしていた。何度も何度も同じ場所を狙《ねら》ってフックを打ち、その度にブロックされて斜《なな》めから反撃《はんげき》された。第二ラウンドが終わる頃《ころ》には、アーサーは顔を真っ赤にして息をぜーはーさせていた。一方セバスチャンは、これからアフタヌーンティでもしに行くみたいに悠々《ゆうゆう》と自分のコーナーに戻《もど》っていく。

「第三ラウンド、ファイナルだ！」ストーン教授が叫《さけ》ぶ。

アーサーとセバスチャンはじりじりと近づいていった。「せっかく第一ラウンドで情けをかけてやったのにな」セバスチャンが囁《ささや》く。「あのとき大人しく倒《たお》れてたら、そこまで恥《はじ》をかかなくてすんだものを……」

セバスチャンが言い終えないうちに、アーサーは拳《こぶし》をできるだけ引いて、またしてもあばら骨《ぼね》を狙《ねら》う構えをした。セバスチャンがまたかというふうに両腕《りょううで》を下ろしてブロックの準備をした瞬間《しゅんかん》、アーサーは素早く腕《うで》をずらしてセバスチャンのこめかみを直撃《ちょくげき》した。セバスチャンは一瞬《いっしゅん》目を大きく見開いたかと思うと、脚《あし》がガクッとなり、どさりと倒《たお》れ込《こ》んだ。

ストーン教授が駆《か》け寄ってきて、カウントを取る。十まで数えると、アーサーの右手を取って高々《たかだか》と持ち上げた。「勝者が決まったぞ、レディースアンドジェントルマン！」

興奮《こうふん》が体を駆《か》け抜《ぬ》ける。アーサーはニヤッとしてグローブを掲《かか》げた。痛《いた》いしクタクタだけど、スカッとした。

生徒たちが拍手《はくしゅ》する。しぶしぶという感じの子もいた。

ストーン教授はアーサーの右手を離《はな》すと、今度はぶ厚い手で背中《せなか》をバンバン叩《たた》いてきた。つんのめりそうになりながら、アーサーはセバスチャンを助け起こそうと手を伸《の》ばした。

「大丈夫《だいじょうぶ》？」そう尋《たず》ねる。

一瞬《いっしゅん》、セバスチャンはアーサーをじっと見つめていた。それからアーサーの手を取って立ち上がると、もう片方《かたほう》の手を出した。握手《あくしゅ》をしながらみんなに聞こえるような大声で言う。「いい戦いだった」

だけどアーサーが手をほどこうとすると、セバスチャンは物凄《ものすご》い力でぎゅうぎゅう締《し》めつけてきた。

「さすがゴミだめで育っただけあるな」セバスチャンが真っ白な歯を剥《む》きながら呟《つぶや》く。「いいか、覚えてろよ」

大人しく見守っていたハドソン副校長が後ろから出てきた。「さあ、ここはもうこれくらいにして……」

そのときもうひとり、前に進みでてきて手を挙げる者がいた。

ジミーだ。

「僕《ぼく》もいいですか」ジミーが小さな声で言う。「リングで。対戦したいです」

ジミーはアーサーを指さしている。

どうしてそんなことを言うんだろう？　アーサーはジミーをじっと見つめた。敵意《てきい》があるようには見えなかったのに。ジミーのほうもアーサーをじっと見つめ返してくる。

「よく言った！」ストーン教授が叫《さけ》ぶ。「現チャンピオンに挑戦《ちょうせん》か？　自分の力を証明したいのか？」

それからストーン教授は、ハドソン副校長に向かって言った。「どうでしょう、副校長？　もうひと試合しても構いませんか？」

「いいえ、そんな時間はありません」ハドソン副校長がキッパリ答える。

「では、一ラウンドだけ！　たった三分。おそらく極めて重大な三分間になるだろう」

ハドソン副校長はしょうがないと溜息《ためいき》をついて、元の席に戻《もど》った。ストーン教授がジミーにリングに登るように合図して、すかさずゴングを鳴らす。

ジミーはアーサーと同じくしっかり脇《わき》を締《し》めてエネルギーを溜《た》めながら、いつでも飛びかかれるように構えていた。アーサーより背《せ》が低くて痩《や》せている。小さな灰色《はいいろ》の目でじっとアーサーを見つめている。

ジミーがペロリと唇《くちびる》を舐《な》める。そしてそれを合図に飛び出してきた。その合図のおかげで、アーサーはジミーが狙《ねら》っていた一撃《いちげき》をかわす時間を稼《かせ》ぐことができた。

ふたりの目がもう一度合う。ふたりの間に電流が流れたような、不思議と繋《つな》がっているような感覚。ふたりとも、一定の距離《きょり》を保ちながら移動する。

「セバスチャンに、わざと疲《つか》れて動けないように思わせただろ？」ジミーが小さい声で尋《たず》ねる。

ジャブを打ってきて、アーサーはブロックした。

「僕《ぼく》ってよく、舐《な》められるから。それが有利に働くこともある」アーサーは言った。

今度はアーサーがジミーのお腹《なか》を狙《ねら》ってパンチを打つ。ジミーは予測していたらしくひょいと後ろに飛びのいたので、アーサーの拳《こぶし》はかすりもしなかった。

「何度も同じ場所を打って、他にも狙《ねら》える場所があるのを忘《わす》れてるフリをしてた。だけどもちろん、忘《わす》れちゃいない。相手が忘《わす》れるように仕向けたんだ」

「なんにも仕向けてないよ。僕《ぼく》はただ……誘導《ゆうどう》しただけだ」

ジミーがニヤッとする。だけどセバスチャンみたいな感じの悪いニヤリじゃない。分かってるよ、というニヤリだ。

次の瞬間《しゅんかん》、ジミーがまたパンチを打ってきた。今度は左の拳《こぶし》で。観ているみんながざわする。ふたりは同じタイミングでスタンスをかえながら、今度は距離《きょり》をとったまま反対方向に回り始めた。

ボクシングというより、ダンスをしているみたいだ。

その間ずっと、ふたりとも視線《しせん》を逸《そ》らさない。三分が終わろうとしているのに、どちらもまだまともなパンチを打ってない。ジミーがアーサーをどんどん引き寄せているのには目的があるらしく……。

ジミーが左でジャブを打った瞬間《しゅんかん》、アーサーも左の拳《こぶし》を突《つ》きだした。グローブがジミーのほっぺたに当たるのを感じたとき、自分も頭にパンチを食らって横倒《よこだお》しになった。気づいたら、頭がリングの上にあった。倒《たお》れたまま、ずいぶん長く感じたけどおそらくほんの数秒間、目の前に星がチカチカしていた。頭のぐるぐるが治まってくると、呻《うめ》き声を上げながら何とか体を起こす。

えっ……ジミーも倒《たお》れている。まったく同じタイミングでパンチを打ったらしい。ふたりは顔を見合わせて、びっくりして目をパチクリさせていた。ジミーの瞳《ひとみ》がキラリと光る。そしてニヤッと笑った。

大歓声《だいかんせい》が聞こえる。いい試合だったってことだ。

「左のフック、すごかった」ジミーが言う。

「そっちこそ」

「自己紹介《じこしょうかい》、まだだったよな」ふたりで立ち上がるとジミーが言った。

「アーサー・ドイルだよ、よろしく」アーサーはグローブをはずして手を差し出した。

「僕《ぼく》はジェームズ。でも友だちからはジミーって呼《よ》ばれてる。ジミー・モリアーティだ」

12
眺《なが》めのいい部屋

「ストーン教授、今日のところはもう十分」ハドソン副校長がキッパリ言う。「一八五七年の

〝ぺしゃんこ事件〟の再来なんてごめんです」

ストーン教授がちょっと顔をしかめる。「まあ、確かにあのとき下敷《したじ》きになった少年はあれ以来すっかり……」

一時間前にこんな話を聞かされていたら、アーサーはおじけづいていただろう。でも今は、バスカヴィルホールには常識は通用しないと分かっていた。そして気づいたらすっかり、ここを好きになりはじめていた。

ハドソン副校長がまたみんなを集めて西棟《にしとう》の見学のために広い校舎を戻《もど》っていく。ラウンジの前に来ると、校長の声が響《ひび》き渡《わた》っていた。大声で副校長を呼《よ》んでいる。さっきとは打って変わって心配そうな声だ。副校長がみんなを校舎の外に誘導《ゆうどう》するとき、アーサーはついていかずにドアに近づいて隙間《すきま》から中を覗《のぞ》いた。校長がワトソン博士とジェラール准将《じゅんしょう》と何やらコソコソしゃべっているのが見える。アーサーは耳を近づけた。

「セキュリティが」とか「何かしら対策《たいさく》を」とかいう言葉が聞き取れたとき、しきりに吠《ほ》える声がしたので下を見ると、トビーが非難《ひなん》がましい黄色い目でこちらをじっと見あげている。はいはい、分かったよ。トビーが正面の階段《かいだん》のほうにさっさと向かっていくと、アーサーもあとをついて行った。正面玄関《げんかん》を通り過ぎるとき、装飾《そうしょく》を施《ほどこ》されたオークの扉《とびら》に指を滑《すべ》らせ、割《わ》れた窓《まど》ガラスを観察した。

アーサーがクラスメートと合流したとき、副校長は通りがかりの男子生徒を呼《よ》び止めていた。ビックリして見開いた目に大きなメガネをかけた十六歳《さい》くらいの子だ。ブロンドの髪《かみ》がぽしゃ

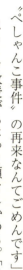

ぽしゃっと立っていて、困《こま》り顔の巨大《きょだい》タンポポみたいに見える。

「塔《とう》まで案内してくれればいいの」副校長が指示している。「いろいろ教えてあげて頂戴《ちょうだい》。みんなまだ新入生よ。ブルーノ、頼《たの》んだわよ」

「も……もちろんです。任せてください」ブルーノが答える。

自信なさそうな声だけど。

「よろしい。では」副校長がみんなの方に向き直る。「ここにいるブルーノが塔《とう》を案内してくれます。それぞれの部屋で一旦《いったん》落ち着いたら、食堂で夕食をとること」

副校長はそういうと、すたすたと校舎に戻《もど》っていった。

「えっと」ブルーノはまだ目の前の新入生たちに面食らった顔をしている。「うん。じゃあ。行こうか」

「塔《とう》って?」アイリーンが尋《たず》ねる。

ブルーノが敷地《しきち》の西端《せいたん》にそびえ立つ石造りの建物を指差した。森のほうに危《あぶ》なっかしく傾《かたむ》いている。「一年と二年は塔《とう》で暮《く》らすんだ、まだサークルを選ぶことが許されてないからね」

「サークルって?」アイリーンが声を上げる。

ブルーノは頷《うなず》いた。「研究サークル。ぜんぶで五つある。アイアン、ドーン、ライトニング、スピリット、シタデルだ。化学や冶金《やきん》学や工学に興味があるなら、アイアンに入ればいい。ドーンは大所帯で、生命科学ぜんぶを含《ふく》む。生物学、解剖《かいぼう》学、動物学あたりすべてだな。数学や物理学や天文学が好きな頭脳派《ずのうは》はライトニングに入る。スピリットは一番小さいグループで、まあハッキリ言っちゃうと一番変わってる。未解明の現象とか幽霊《ゆうれい》とか占《うらな》いとか、その手のものを研究してる。で、それ以外はみんな、ビジネスや政治に関わるつもりならシタデルに入る。総合的なサークルって感じだな。言語、音楽、軍事史、馬術科学、その他もろもろを研究する。王と会話をするために必要な知識すべてだ。僕は違《ちが》うけど。裕福《ゆうふく》な家の出の、公爵《こうしゃく》の子息とか議員の娘《むすめ》なんかはたいていシタデルに入るな。ま、僕は甲虫学者《こうちゅう》だから、ドーンに入ってる。サークルに入ると、指導教授と一緒《いっしょ》にそれぞれの寮《りょう》に移るんだ」

「甲虫《こうちゅう》学者ってなんですか？」アーサーが尋《たず》ねる。

ブルーノがムッとする。「はぁ？　甲虫《こうちゅう》を研究する学者に決まってるだろ。人間なんかよりはるかに興味深い」

アイリーンが笑いを噛《か》み殺している。

アーサーは、サークルに興味津々《しんしん》だった。どれもこれも面白そうで、ひとつを選ぶなんてできないな。変わってるように見えるスピリットだって、それなりの魅力《みりょく》がある。他のみんなは、さっそく自分のサークルを決めているようだ。

アイリーンとジミーはすぐに、シタデルが一番実用的だと話し始めた。グローバーはブルーノに、スピリットについて質問を浴びせている。死者との接触《せっしょく》に成功したことがあるのかとかなんとか。

「あたしは断然アイアン」ポケットが目を輝《かがや》かせる。「でも、ライトニングも面白そうだし……」

「両方に入ればいいさ」ブルーノが言った。「上級生になるとサークルをまたいでふたつ以上入る生徒もいる。まあ、かなりの負担《ふたん》だけどね。宿題の量だけ考えても……」

うん、僕《ぼく》はそうなりそうだな。アーサーは考えた。ぜんぶに入りたいくらいだ。

くねくねした小道を進むかわりに、ブルーノは背《せ》の高い草の間をずんずんと直進して塔《とう》に向かった。たとえ片側《かたがわ》に傾《かたむ》いていなかったとしてもおかしな建物にはかわりない。こんな田舎で見るとなおさらだ。丸くてツタがびっしり絡《から》まっているので、ぱっと見では巨木《きょぼく》の幹のようだ。てっぺんから煙突《えんとつ》が何本かひょこっと伸《の》びているだけで、時計や鐘《かね》はない。

塔《とう》の下に来ると、鉄の取っ手のついた古びた木戸があった。「さてと、僕《ぼく》はソッコーで戻《もど》らなくちゃ」ブルーノが言う。「解剖《かいぼう》の標本を待たせちゃってるからね。じゃ、よろしく……っていうか、えっと、うん、また」

ブルーノはぎこちなくお辞儀《じぎ》をして、しばらく大股《おおまた》で歩いてから、慣れない全力ダッシュでホールのほうに走って行った。

木戸は低くて、ほとんどの生徒たちはかがんで塔《とう》の中に入った。暗い玄関《げんかん》に入るとアイリーンがブルッと身震《みぶる》いする。あるのは擦《す》り切れたラグ、ガス灯がのったテーブル、シルバーの長い毛皮で覆《おお》われたベルベットの長イスだけ。目の前の扉《とびら》にネームプレートが掛《か》かっていて、彫《ほ》られた名前を読まなくてもアーサーはミセス・ハドソンの部屋だと分かった。長イスに乗っている毛皮のように見えるふわふわは、どうやらトビーの抜《ぬ》け毛だ。つまりトビーはここで寝《ね》ているということだ。副校長の部屋を警護《けいご》すること以外にトビーがここで寝《ね》る理由はない。

「なんかお墓みたい」アイリーンが腕《うで》を組む。隣《となり》にいる黒髪《くろかみ》の女の子がギョッとしてあたりを見回した。

「いやいや、似ても似つきません」後ろからグローバーの声がする。「墓のほうがずっと興味深いですよ。前に三日間、ひとりで籠《こも》ったことがありますからね」

「そっかそっか、楽しそうだね」アーサーは言った。

左手に、石造りの螺旋階段《らせんかいだん》が伸《の》びている。ひとりずつその階段《かいだん》を上り始めた。靴音《くつおと》が響《ひび》き渡《わた》る。すると丸い踊《おど》り場に出て、左右にひとつずつドアがあった。ひとつは半開きで、中で女の子がベッドに座《すわ》っていた。アーサーが見たこともないほど分厚い本をひらいて虫メガネで何やら調べていた。

「あら」女の子が顔を上げる。「新入生ね。部屋を探《さが》してる？」

何人かが頷《うなず》く。

「このままどんどん登って行くの。あなたたちの部屋はもっと上だから。二年生の部屋の上」

さらに階段《かいだん》を上がり、通り過ぎるドアに掛《か》かった小さなネームプレートを確認《かくにん》しながら自分の名前を探《さが》す。

「ね、わたしの気のせいかもだけど」アイリーンがイラッとした声でいう。「この塔《とう》、どんどん狭《せま》くなってきてない？」

次の踊《おど》り場に、アーマッドとグローバーの部屋があった。セバスチャンとローランド・スタンレーという馬面《うまづら》の男子の部屋の向かいだ。

ハリエットと、さっき不安そうにしていた黒髪《くろかみ》の女の子（ドアに掛《か》かっていたネームプレートでソフィア・デ・レオンという名前なのをアーサーは確認《かくにん》した）が次の踊《おど》り場で抜《ぬ》ける。残っている生徒は少なくなってきた。

次の踊《おど》り場に来ると、アーサーはひとつしかないドアに近づいて行ってネームプレートを確《かく》認《にん》した。

アーサー・ドイル
ジェームズ・モリアーティ

アーサーは振《ふ》り返って、ジミーに向かってニッコリした。ジミーが肩越《かたご》しに覗《のぞ》き込《こ》んでくる。

「君と僕《ぼく》の部屋らしいね」アーサーは言った。

ジミーが頷《うなず》く。「そうらしいな」

アイリーンとポケットはさらに階段《かいだん》を登っていく。「じゃ、夕食のときまた」アーサーは呼《よ》びかけた。

「部屋が見つかる日が来ればね」アイリーンが返事をしながら次の踊《おど》り場を目指していく。

「どうやらやっと、友だちとして話せるようだ。敵《てき》同士じゃなく」ジミーが言う。

アーサーは笑った。「ルームメートが君でよかったよ。セバスチャンの一味じゃなくて」言ってすぐ後悔《こうかい》する。もしかしたらジミーもあっちの仲間かもしれないじゃないか。

だけどジミーはイヤな顔ひとつしなかった。「僕《ぼく》の家族があいつの家族と昔からの知り合いなんだ。ほんと、いけすかないヤツだよ。とくによそ者にはね。あっ……っていうか、別に君が……」

「いいんだ」アーサーは、これで失言はおあいこだとホッとした。「僕《ぼく》、よそ者だし。イングランドに来るのは初めてだ」

ジミーが目を丸くする。「初めて？」

「ロンドンに親戚《しんせき》はいる。おばさんとおじさんが何人か」アーサーは慌《あわ》ててつけ加えた。

「でも、来たことなかったのか？」

ほっぺたがカーッと熱くなる。「あ、ほら、みんな、忙《いそが》しくしてるからさ」

友だちになったばかりのジミーに本当のことなんか言えやしない。父さんの兄弟はそこそこいい生活をしてるから、うちの家族とは関わりになりたがらない。病気ばかりしている父さんはドイル家の恥《はじ》だと思っているからだ。

「さ、入ろうか」アーサーはそれ以上質問されないうちに言った。「ハドソン副校長が夕食のこと言ってたよね。お腹《なか》ぺこぺこだよ」

それに、新しい部屋を見たくてたまらない。

小さい半円形の部屋で、窓《まど》がふたつ。それぞれの窓《まど》の下に押《お》し込《こ》まれるように机《つくえ》が置いてあり、その机《つくえ》の横に狭《せま》いベッドがひとつずつ。ドアの隣《となり》には洗面台《せんめんだい》、小さな石炭の暖炉《だんろ》、細長いタンスがふたつ。タンスの中には、プラム色のスーツと同じ色のネクタイと白シャツが入っていた。大股《おおまた》歩きで幅《はば》は三歩ほど、長さは六歩ほどの小さい部屋だ。なんだか船室みたいだな。

ただし窓《まど》の外に見えるのは青い海じゃなくて、びっしりと絡《から》まっている緑のツタだ。

景色を眺《なが》めてみたくて、アーサーは窓《まど》を押《お》し開けた。ツタを押《お》しのけると、草がぼうぼうの原っぱと曲がりくねった小道の上に沈《しず》んでいく夕日が見えた。光をあびて校舎の窓《まど》がキラキラしている。

「悪くないな」アーサーはふーっと息をついた。エディンバラの家から見えるのは、風に揺《ゆ》れる洗濯《せんたく》もののロープだけだった。

「まったく悪くない」ジミーも頷《うなず》く。「ん？ これ、なんに使うんだろう？」

ジミーが机《つくえ》と机《つくえ》の間を指差した。床板《ゆかいた》から突《つ》き出している鉄の錨《いかり》みたいなものに太いロープが巻《ま》きつけられている。

アーサーが窓《まど》から身を乗り出したままロープの使い道を考えていると、頭上に影《かげ》が落ちた。見上げると、真っ直ぐこちらに何かが落ちてくる。

「お――――い！ さっさと降伏《こうふく》しろ！ さもなくば命はないぞ！」

13
好奇心《こうきしん》の強い泥棒《どろぼう》

　アーサーが慌《あわ》てて窓《まど》から顔を引っ込《こ》めると、ぐるぐる巻《ま》きにしてあった太いロープがスルスルと落っこちてきた。次の瞬間《しゅんかん》に見えたのはブーツ、続いてパープルのスカート。それから不《ふ》敵《てき》な笑みと、きらめく片方《かたほう》の瞳《ひとみ》。

「ポケット！」アーサーは叫《さけ》んだ。ポケットが窓《まど》から入ってくる。

「じゃじゃーん、キャプテン・ポケット参上！」ポケットは、黒いアイパッチをしてないほうの目でウィンクした。

　ポケットが床《ゆか》にストンと降《お》り立った途端《とたん》、ブーツがもうひと組見えて、アイリーンも窓《まど》から入ってきた。ポケットよりかなりお上品に。ふたりとも新しい制服に着替《きが》えている。この部屋のタンスに掛《か》かっていたのと同じものだ。ポケットはスカートを履《は》いているし、アイリーンはパンツを選んだらしい。

「そうか、うん、少なくともこれでロープの使い道が判明したな」ジミーが呟《つぶや》く。

「ここをつくった人、火事を警戒《けいかい》してたらしいわね。まあ、ムリもないか。あの階段《かいだん》を延々《えんえん》と下りて避難《ひなん》するなんてありえないし」アイリーンはそう言って、ジミーの方を向いた。「もしかしてお邪魔《じゃま》だったかしら？」

「構わないよ。無事に部屋が見つかったらしいね」アーサーは言った。

「この部屋の真上だから超《ちょう》便利」ポケットがアイパッチを外す。

「ジミー、紹介《しょうかい》するよ。ポケットだよ」アーサーが言う。

「ああ、今朝会った」ジミーがポケットを見つめる。面白がってるような、面食らってるような顔だ。

「あ、そっか。で、こっちは……」

「アイリーンよ。アイリーン・イーグル」

アイリーンは手を差し出してジミーと握手《あくしゅ》した。「アメリカ人だね」ジミーが言う。

「半分」アイリーンがジミーをじっと見つめて訂正《ていせい》する。「母はアメリカ人。父はウェールズ生まれ」

「へーえ、ウェールズのアクセントは入ってないんだね」

「ウェールズに行ったことないからでしょうね。それで？　他に何かお気づきの事はあるかしら？」

ふたりは黙《だま》り込《こ》んで、お互《たが》いをじろじろ見つめていた。アーサーがコホンと咳払《せきばら》いをする。

参《まい》ったな、このふたり、会ってすぐにやけにバチバチしてる。

「いまジミーと、夕食前に着替《きが》えなきゃって話してたとこなんだ。遅《おく》れたりしたら、ハドソン副校長がトビーを迎《むか》えに来させかねないからね。できれば目をつけられたくないよ、あんな……」

「するどい牙《きば》の持ち主に？」アイリーンが続けて言った。

「そう。それ」

アーサーたち四人は、ちょうど部屋を出てきたアーマッドとグローバーと合流した。アーサーはアーマッドに自己紹介《じこしょうかい》して、本館までの道すがら、アーマッドのアフガニスタンからバスカヴィルホールまでの旅の話に耳を傾《かたむ》けた。アフガニスタンから乗った船が転覆《てんぷく》しそうになったり、ラクダや馬に乗って危険《きけん》な長い道のりを進んだり、イタリアに立ち寄ってポンペイの発掘《はっくつ》作業を見物したり、そんな話だ。

少し後ろでは、ジミーとアイリーンがどれだけ遠くへ旅行したことがあるか、競い合うようにしゃべっていた。シカゴ、ワルシャワ、イスタンブール。アーサーが本で読んだことしかない場所ばかりだ。さっきはややピリついていたジミーとアイリーンだったけど、偶然《ぐうぜん》パリの同じホテルに泊《と》まったことがあって同じギトギト顔のウェイターに接客されこともあると分かって盛《も》り上がっている。しかもそのウェイターが、誰《だれ》にも見られてないと思って耳をほじっているのをふたりとも目撃《もくげき》したことがあると分かって、すっかり打ち解けてきた。

ジミーがさっき口にしたよそ者という言葉が、今になって心に響《ひび》いてくる。みんなの話には興味津々《しんしん》だけど、羨《うらや》ましくてたまらない。僕《ぼく》にはみんなに話せるような面白い経験はひとつもない。つい今朝までスコットランドを出たこともなかったんだから。

本館の正面玄関《げんかん》まで来ると、アーサーはホッとした。階段《かいだん》をのぼる途中《とちゅう》、ハッとして不意に立ち止まる。そうか、分かった。正面の扉《とびら》の割《わ》れた窓《まど》ガラスのことがずっと引っかかってたけど、そういうことだったのか。

アーサーは盗《ぬす》みを働いたことはない。どうにもならなくて頭に浮《う》かんだことはあるけれど。ただ実行に移さなくても、さんざん現場を見てきた。スリだろうがピッキングだろうが、泥棒《どろぼう》が一番気をつけなきゃいけないのは注意を引かないことだ。

アイリーンとジミーが追い抜《ぬ》かそうとして振《ふ》り返る。

「アーサー、どうかした？」アイリーンが尋《たず》ねる。

「ここに着いた直後、チャレンジャー校長が准将《じゅんしょう》に呼《よ》ばれて慌《あわ》ててどこかに行ったんだ」アーサーは小さな声で説明した。「『あらたな事件』っていってたんだよ。そのあとふたりがこの階《かい》段《だん》を上りながらあの窓《まど》を指さしてるのを見た。さっき校舎を案内してもらったあと、先生方がセキュリティを強化するとか何とか言ってるのも聞こえてきた」

「不法侵入《しんにゅう》」ジミーとアイリーンが同時に言う。

アーサーは頷《うなず》いた。「そう考えるのが普通《ふつう》だよね。けどさ……どこの泥棒《どろぼう》が正面玄関《げんかん》から入ってくる？」

14
食堂

食堂は賑《にぎ》やかなおしゃべりで活気づき、おいしそうな匂《にお》いが漂《ただよ》い、テーブルについた生徒たちが湯気の立ち昇《のぼ》る料理を回していた。壁《かべ》はオーク材で、ドーム型の天井が高くて木の梁《はり》が渡《わた》してあり、広々《ひろびろ》としている。奥《おく》にある壁画《へきが》には、プロメテウスが神々《かみがみ》から火を盗《ぬす》むところが描《か》かれていた。

「新入生は、長テーブルのあっち側！」赤い顔をしたエプロン姿《すがた》の女の人が大声で言う。料理長らしい。いきなりアーサーたちの横に現れると、「ついでにこれ、持ってって」料理長は蓋《ふた》を被《かぶ》せたボウルをアーサーとジミーに押《お》しつけた。

他の新入生たちは、端《はし》から端《はし》まで長く伸《の》びているテーブルの一番奥《おく》に座《すわ》っていた。長テーブル以外に五つ、それより小さめのテーブルが散らばっている。草花が挿《さ》してある小さいジャムの瓶《びん》が置いてあるテーブルや、本の山や不思議な光る器具が陣取《じんど》っているテーブル。テーブルによって、座《すわ》っている生徒の雰囲気《ふんいき》も違《ちが》う。黙《だま》り込《こ》んで考え事にふけっている生徒もいるし、トランプをしている生徒もいる。奥《おく》のほうのテーブルには干《ほ》し草が下に敷《し》き詰《つ》められていたけど、そこの生徒は准将《じゅんしょう》の話に大笑いしていた。

「サークルごとにテーブルがあるみたいね」アイリーンが言った。

アーサーは頷《うなず》いて、それぞれのテーブルの近くに掛《か》かっている大きな五つのペナントを指差した。深い紫色《むらさき》のベルベットに、それぞれ違《ちが》う紋章《もんしょう》と、ラテン語のフレーズが白い糸で刺繍《ししゅう》されている。傍《そば》にあるペナントの紋章《もんしょう》は、光が中から燃え立っている半円、雷《かみなり》に打たれて割《わ》れた三角形、てっぺんに星のあるタワー。「ほら、見て」アーサーは言った。「あれってサークルの紋章《もんしょう》だね。ドーン、ライトニング、シタデル。座《すわ》ってる生徒の制服の肩《かた》のところにも、同じ紋章《もんしょう》のパッチが縫《ぬ》いつけてある」

アーサーたちが長テーブルに着こうとすると、セバスチャンがジミーを呼《よ》んだ。長テーブルのもう半分を陣取《じんど》ってる二年生に一番近い席に仲間たちと座《すわ》っている。

「おい、こっちこっち」セバスチャンが言う。アーサーとアイリーンにちらっと目をくれてから、またジミーを見た。「お前の席だ。ローランドからキツネ狩《が》りの話を聞いていたところでね。この手の話題はきっと、そっちの……連れには興味ないだろうけどな」

「ないわね。ぜんぜん興味ない」アイリーンが答える。

ジミーが黙《だま》ったまま、まばたきする。アーサーは一瞬《いっしゅん》、ジミーはあっちの席に座《すわ》るつもりかと思った。「ありがとう」ジミーがやっと口を開いて、料理長から渡《わた》されたボウルを上に掲《かか》げた。「けど、これを向こうに持って行かなきゃいけないからさ。またな、セバスチャン」

セバスチャンが薄笑《うすわら》いを浮《う》かべる。アーサーは思わずニンマリしそうになるのを我慢《がまん》した。

アーサーたちは長テーブルの一番端《はし》っこに座《すわ》った。

アーサーがボウルの蓋《ふた》を取るとロールパンが入っていた。ひとつ取って、みんなに回す。

ロールパンがそれぞれのお皿の上に乗った。

「すぐにサークルを選べたらいいのに」ポケットが言った。ポケットがうっとり見つめる先のテーブルには、白衣を着た年配の女の人が数人の生徒と一緒《いっしょ》に座《すわ》っている。校内ツアーのときに実験室で見た人だ。みんな、目を輝《かがや》かせて夢中でおしゃべりしている。生徒の制服の肩《かた》に、ガラスのフラスコと交差したハンマーの刺繍《ししゅう》が見えた。

きっとアイアンのテーブルだな。アーサーは思った。

「ダイナ・グレイ教授だよ」ポケットが言う。「あたし、関係のある本は片《かた》っぱしから読んでるんだ。電光をつくる研究をしてるんだけど、それだけじゃなくてッ！　電気に関係するあらゆること。乗用車とか自転車とかオーヴンとか……」

アーサーはポケットの話を理解しようとしながら、豆料理をスプーンですくっていた。ああ、こんなおいしそうな料理を前にしてたら話が頭に入ってこないや。こんなご馳走《ちそう》を食べるのは、いつぶりだろう。

「グローバーは？」アイリーンが尋《たず》ねる。「何の勉強したいか決まってるの？」

「死亡《しぼう》統計学者を目指しています」グローバーが答える。

「どんな仕事？」アーマッドが尋《たず》ねた。

「死亡《しぼう》記事を書いたり編集したり」

ジミーが眉《まゆ》を寄せた。「じゃあ、研究対象は……死人？」

グローバーがきょとんとする。「死よりも心惹《ひ》かれることなんてありますか？」そう言って、近くのテーブルに憧《あこが》れの眼差しを向ける。他よりもぐっと小さいそのテーブルはレースのクロスが掛《か》かっていて、細長いキャンドルで照らされていた。ふたりの生徒が熱心に話し込《こ》んでいるけど、あとは空席。あのふたり、校内ツアーのときに霧《きり》の立ち込《こ》めた部屋で呪文《じゅもん》を唱えているのを見かけたっけ。左側にいる男子は背《せ》が高いけど猫背《ねこぜ》で、肌《はだ》は青白くて髪《かみ》や瞳《ひとみ》の色は濃《こ》い。もうひとりは茶色の短髪《たんぱつ》で若《わか》く見えるけど、バラ色のほっぺたと上を向いた小さな鼻のせいかもしれない。

「スピリット・サークルです」グローバーは、アーサーもそっちを見ているのに気づくと言った。

「あのふたり、さっき見かけたよね」アーサーはテーブルにいるふたりを指差した。「あのときやってたの、何かの儀式《ぎしき》かな？」

他の生徒と違《ちが》って、そのふたりは真っ白い制服を着ている。肩《かた》にある刺繍《ししゅう》は、目がついた手のひらだ。

「二年生から聞いたところによると、トーマス・フッドとオリー・グリフィンだそうです。いつもふたりで行動しているそうですよ。いろんな噂《うわさ》があるらしいですね。何かしらの超《ちょう》能力があるとか、あの世が見えるとか」

背筋《せすじ》がぞくっとして、アーサーは怪《あや》しげなふたりから視線《しせん》を逸《そ》らした。

「ふーん」ジミーが疑《うたが》わしそうな顔で言う。「グローバーの好きそうな分野だな」

「ジミーのお父さんはここの出身なんだよね？　今は何の仕事してるの？」アーサーが尋《たず》ねる。

「ビジネスマンだよ」ジミーが曖昧《あいまい》に答える。「アーサーのお父さんは？」

「アーティストだよ」

「どんな種類の？」アイリーンが尋《たず》ねた。

「イラストレーター。いまは『美女と野獣《やじゅう》』のイラストを描《か》いてる」

今はっていうか、かなり前からだけどね。ほとんど筆が進んでないから。

「すっごーい！」ポケットが声を上げる。「うちのパパは羊毛業をしてるの。リッチでも有名でもないけど、うちの羊の毛はアイルランドで一番あったかいんだよ」

ジミーとアーサーの目が合う。ジミーの表情はどこか暗くて、アーサーは鏡を見ているような気がした。気持ち分かるよ、という無言のメッセージがやりとりされる。僕は父さんの事をごまかしたし、貧乏《びんぼう》だってことも言わなかった。ジミーにも言いたくないことがあるらしい。

「でもさ、そういうのはもう関係ないよね？」アーマッドが言う。「この学校ではみんな、好きなものになれるんだから」

アーサーは思わずうんうん頷《うなず》いていた。アーマッドの言う通りだ。贅沢《ぜいたく》な暮《く》らしをしてる裕《ゆう》福《ふく》な家の出じゃないからって、それがなんだっていうんだ？　僕《ぼく》にはみんなと同じ夢や考えがある。それに、まだ世界を旅したことがなくたって、これからすればいい。きっとできる。自信がある。

僕《ぼく》の物語はここから始まるんだ。今から、バスカヴィルホールで。その物語を書くのは、他の誰《だれ》でもない。僕《ぼく》なんだ。

15

ワトソン博士のトリック

次の日はドアのノックではなく、爆音《ばくおん》で起こされた。

フォンフォンフォーン！

アーサーとジミーはベッドから跳《と》び起きて、まぶしい朝日に目をごしごしした。

「何事だ？」ジミーが呟《つぶや》く。

アーサーはブランケットを剥《は》ぎ取って窓《まど》に駆《か》け寄った。軍服を着た人が馬で走りながらラッパを吹《ふ》いている。ジェラール准将《じゅんしょう》だ。あんまりやかましくてアーサーは耳を塞《ふさ》いだ。窓《まど》をバタンと閉《し》める。

「目覚ましの代わりかな」

ジミーが呻《うめ》き声を上げてブランケットを頭から被《かぶ》る。

「起きよう。朝食に遅《おく》れちゃうよ。ベーコンの匂《にお》いがする、間違《まちが》いない」アーサーは急かした。

朝食の席は、期待と興奮《こうふん》に満ちていた。みんな、赤ん坊《ぼう》のように（グローバーの場合は死人のように）眠《ねむ》ったか、または一睡《いっすい》もしてないかのどちらか。ポケットは夜中まで制服にポケットをたくさんつける作業をしていたので、文字通り手に汗握《あせにぎ》るハイテンション。ハリエットのルームメートのソフィアは、お皿の上に覆《おお》い被《かぶ》さりそうに俯《うつむ》いたままだ。

食べ終わる頃《ころ》ハドソン副校長が長テーブルの先頭にいそいそとやって来た。開いたノートを持っている。

「今学期の時間割《わり》を発表します。砂糖《さとう》十ポンドに五ガロンの……あらっ、違《ちが》う違《ちが》う。これじゃなくて」慌《あわ》ててノートのページをパラパラめくった。「あ、はいはい、これこれ。朝食のあとはすぐ、ワトソン博士の人類生物学……」

そのあとは、グレイ教授とストーン教授の授業と、ローリング教授という先生の自然界入門と続く。

「どの教室に行けばいいんだろう?」アーマッドが声を上げた。副校長に食堂から追い立てられたものの、何の指示ももらってない。

アーサーは、昨日通った教室のひとつに人体の骨格模型《こっかくもけい》があったのを思い出した。あれがワトソン博士の教室じゃないかな?

「多分、分かると思う」

アーサーが先導して廊下《ろうか》を歩き、すでに生徒たちでいっぱいの教室をいくつも通り過ぎ、模《も》型《けい》があった部屋にやって来た。ドアはあけっぱなしで、ワトソン博士が机《つくえ》の向こうに座《すわ》ってインク壺《つぼ》にペンを浸《ひた》している。

アーサーはコホンと咳払《せきばら》いした。「おはようございます、先生」

ワトソン博士が顔を上げて、優《やさ》しい笑みを浮《う》かべる。「ああ、やっと来たか。准将《じゅんしょう》に頼《たの》んで捜索《そうさく》隊を出してもらうところだったよ。准将《じゅんしょう》だったらはりきって引き受けてくれるからね。さあ、入りなさい」

ワトソン博士が机《つくえ》の向こうから車イスで部屋の真ん中に出てくる。アーサーたちはそれぞれ席について、棚《たな》に並《なら》んだ瓶《びん》を眺《なが》めていた。そのうちひとつには、人間の手が入っている。

「みんな、行儀《ぎょうぎ》よくしてたほうがいいよ。監視《かんし》の目がある！」アーマッドが言う。

アーマッドが指差す方を見ると、目の玉が入っている瓶《びん》があった。

アーサーはギョッとして目を思いっきり見開いた。自分の目の玉が飛びでたような気がしたけど、ああよかった、まだちゃんと目の中に納《おさ》まっている。

「そのうち慣れるさ」ワトソン博士が明るく言う。「恐《おそ》ろしく感じるかもしれないが、こういった標本の研究は、人体のはたらきと驚異《きょういてき》的な能力を理解するのに大いに役立つ」

クラスメートはみんな、ゾッとしたりワクワクしたりで忙《いそが》しい。あれ……ひとり足りない気がする。

「驚異的《きょういてき》な能力というのは、どういうものですか？」セバスチャンが尋《たず》ねた。

「例えばわたしは、危機的《ききてき》な状況《じょうきょう》に説明のつかない強さを発揮《はっき》した女性たちに会ったことがある」博士は言った。「致命的《ちめいてき》な傷《きず》を負って生還《せいかん》した男性たちもいる。この部屋にいるひとりひとりが、迫《せま》り来る危険《きけん》を察知する不思議な力を持っているのだよ。視線《しせん》を感じると腕《うで》の毛が逆立つだろう？　そうそう、わたし自身の膝《ひざ》も嵐《あらし》が近づいているのをかなりの正確さで予測できる。すべては、心とからだの不思議な結びつきによるものだ」

そのとき、ドアが開いてソフィア・デ・レオンが駆《か》け込《こ》んできた。真っ青な顔をして息を切らし、首の回りにアイボリー色のスカーフを巻《ま》いている。

「遅《おく》れてしまってすみません。あの……迷ってしまって」ソフィアが口ごもる。

「いやいや、いいところに来たな」ワトソン博士は言いながら、ソフィアのスカーフに目をやった。「ちょうどいまからフランツ・アントン・メスメルの理論《りろん》を説明しようとしていたところだ。メスメルの名前を聞いたことがある者はいるかな？」

アーサーは手を挙げた。前の学校の図書館で借りた本で読んだことがある。「動物磁気《じき》学の提唱者です。あらゆる生き物には目に見えない力があって、その力で病気を治すことができるという考えです。けれどもメスメルは……」

「その通り。それはそうと……名前は？」ワトソン博士がソフィアの方を見る。

アーサーは眉《まゆ》を寄せた。どうして僕《ぼく》の話を遮《さえぎ》ったんだろう？

「ソフィア・デ・レオンです」

「いい名前だ。さて、ミス・デ・レオン、そのスカーフをはずして、発疹《はっしん》を見せてもらっても構わないかな？」

ソフィアはギクッとして顔を上げたけど、ゆっくり頷《うなず》いた。

えっ……アーサーは思わず前のめりになった。ワトソン博士は、ソフィアに発疹《はっしん》があるって分かってたのか？

ソフィアがスカーフをほどくと、首に赤い点々《てんてん》が出ていた。

「たまにそういう発疹《はっしん》が出るのかな？　不安なときとか？　新しい学校の初日とか？」ワトソ

ン博士が尋《たず》ねた。

またしてもソフィが頷《うなず》く。

静まり返った教室で、ワトソン博士は黒板の下にある大釜《おおがま》を指差した。鉄の棒《ぼう》が何本も、おかしな角度で刺《さ》さっている。

「よくある病だ。そこで、よかったらわたしにメスメルの理論《りろん》を実演させてもらえないかな。その発疹《はっしん》を治すのに役立つはずだ。君はこの棒《ぼう》をひとつ、握《にぎ》っていてくれればいい」

ワトソン博士がその不思議な装置《そうち》を指し示すと、ソフィアは恐《おそ》る恐《おそ》る近づいてきて手を差し出して棒《ぼう》を握《にぎ》る。一瞬《いっしゅん》、ワトソン博士の手が大釜《おおがま》の中に消えたかと思うと、別の棒《ぼう》を握《にぎ》った。

「よろしい。では、そのまま視線《しせん》は手元に。そう、それでいい。ゆっくり呼吸《こきゅう》をして、この釜《かま》をじっと見ていてくれ。わたしが中にある磁石《じしゃく》を使って、エネルギーを送るから」

ワトソン博士が咳払《せきばら》いをする。次に口を開くと、さっきよりもゆっくりと深い声で言った。

「バスカヴィルホールにようこそ。これから青春時代の最も素晴らしい数年間が始まる。そうだろう？」

ワトソン博士が話をするにつれて、ソフィアの瞼《まぶた》がどんどん重たくなってきた。

「はい」ソフィアが夢見心地で答える。

「ここにいることを不安に感じる必要はどこにもない。そうだね？」

「はい」

アーサーの隣《となり》で、アイリーンが息をのんだ。アイリーンの視線《しせん》を追ってソフィアの首を見ると、赤かった部分がピンク色になってきている。

「だいぶ気持ちが軽くなってきたかな?」ワトソン博士が尋《たず》ねる。

「はい」ソフィアはまた言った。

ピンク色がオリーブ色になる。教室じゅうがざわめきはじめて、みんなも変化に気づいた。

「大変よろしい、ミス・デ・レオン。もう十分だろう。手を放して構わんよ」

ソフィアの手が大釜《おおがま》から離《はな》れると同時に、ワトソン博士が指をパチンと鳴らした。ソフィアは何度か目をパチパチさせて、〝ここはどこ〟みたいにきょろきょろした。首に手を走らせて、声を上げた。「えっ……消えてる?」

「ああ、消えたようだな」ワトソン博士が答える。

「えっ……治してくれたんですね!」

ソフィの声はもう不安に震《ふる》えてない。

「席について構わないよ」ワトソン博士はにこやかに頷《うなず》いた。

アーサーは眉《まゆ》を寄せた。ワトソン博士が話を遮《さえぎ》ってきた直前、僕《ぼく》は、メスメルが説を唱えた数十年後に動物磁気《じき》学が誤《あやま》っていると立証されたという話をしようとしていた。ワトソン博士は、それを見越《みこ》していたんだ!

だけど、みんながソフィアの発疹《はっしん》が消えるのを目撃《もくげき》した。ついさっきまで心配そうでビクビクしていたソフィアが、すっかり平和な表情で気味の悪い瓶《びん》が並《なら》んだ棚《たな》を眺《なが》めている。

「誰《だれ》か、今のちょっとした実演に質問がある者はいるかな?」

「仕掛《しか》けがあるんだと思います。ですよね？」アーマッドが声を上げる。

まさに今、僕《ぼく》が言おうとしてたことだ。

博士の顔に笑みが広がる。アーマッドを手招きして言った。「来なさい。自分の目で確かめてみるといい」

アーマッドはニヤッとしてすたすた近づいて行くと、大釜《おおがま》に刺《さ》さっている棒《ぼう》を握《にぎ》った。

「さあ、目線を下にしてくれるかな。わたしの声にじっと耳を傾《かたむ》けて」

アーサーは注意深く観察していた。博士の声が低く、ゆっくりになる。アーマッドの目がとろんとしてきた。さっきと同じく、博士の手が釜《かま》の中に伸《の》びたと思ったら、次の瞬間《しゅんかん》には鉄の棒《ぼう》を握《にぎ》っていた。

「さあ、ミスター・サイイド、初めて会った日の事を覚えているかな？」

アーマッドが頷《うなず》く。そういえばアーマッドのお父さんがアフガニスタンでワトソン博士と知り合ったたって言ってたな。

「わたしは君に歌を歌って聞かせた。たしか君が初めて英語で覚えた歌だったはずだ。今、思い出して歌ってくれるかな？」

一瞬《いっしゅん》の沈黙《ちんもく》ののち、アーマッドがいきなり歌い出した。

「キラキラ光るお空の星よ！　瞬《まばた》きしてはみんなを見てる！」

みんな、どっと笑った。博士までくすくす笑っている。

「それでいい」博士は、アーマッドが一番を歌い終わると言った。指をパチンと鳴らすと、アーマッドは口をあんぐりあけて固まっている。博士が拍手《はくしゅ》をした。一部の生徒が拍手《はくしゅ》に加わり、アーマッドがお辞儀《じぎ》をする。

アーサーは、大釜《おおがま》に目を釘《くぎ》づけにしていた。

「先生！」アーサーは、アーマッドが席に戻《もど》ると言った。「大釜《おおがま》の中にあるものを見せてください！」

博士は面白いことを言うなという顔でアーサーを見つめた。笑いをこらえているみたいに唇《くちびる》の端《はし》っこを引きつらせながら、大釜《おおがま》に手を伸《の》ばして何かを取り出す。

大きな白黒のコマ。博士が軽く回すと、コマはどんどんスピードをあげて回転して、黒と白が混ざりあってかすんでいき、そのうち……。

「催眠術《さいみんじゅつ》」アーサーは呟《つぶや》いた。「催眠術《さいみんじゅつ》をかけてたんですね！」

「その通り」博士は満面の笑みを浮《う》かべた。「どうして分かったんだ？」

「大釜《おおがま》の中に先生が手を入れるのを見たんです。それに、フランツ・メスメルの理論《りろん》が間違《まちが》っていると立証されたのは知っていました。だけど、メスメルが使用したテクニックには実際役に立つものがあったんです。メスマライズ、つまり催眠術《さいみんじゅつ》です。そもそもメスマライズっていうのは、メスメルの名前から来てるんですよね！」

教室中の視線《しせん》がアーサーに集まる。不意に、アーサーも首のあたりがカーッと熱くなってきた。

「でも、待って。ワトソン博士はふたりに催眠術《さいみんじゅつ》をかけたの？」ポケットが声を上げた。

「そうだよ」アーサーが答える。「大釜《おおがま》に神秘的《しんぴてき》な癒《いや》しの力があると思わせといて、実は力を持ってたのはワトソン博士の言葉だった。アーマッドがクラス全員の前で歌を歌ったり、ソフィアの体から発疹《はっしん》が消えたりしたのは、その力のせいだったんだよ」

「仕掛《しか》けがあったわけじゃなかったのか」ジミーが言う。「やっぱり心と体の結びつきだったんだな。ワトソン博士が言ってた通り」

するると今度はみんながソフィアの方を見た。ソフィアはビックリしてるけど、イヤそうな顔はしていない。

「ああ、ワトソン博士、すごいです！」ソフィアが手を叩《たた》いた。

博士がちょこんと頭を下げる。「ドイル君の言う通りだ。フランツ・メスメルの動物磁気《じき》学の理論《りろん》は間違《まちが》っていると証明されている。だが、メスメルが病人を救ったことに疑《うたが》いの余地はない。結局のところ、科学者たちは気づいたのだよ。メスメルの癒《いや》しの力の元は、奇妙《きみょう》な器具ではなく患者《かんじゃ》の心を開かせて催眠《さいみん》状態に導く力なのだと。メスメルは深く落ち着いた声色で話し掛《か》け、患者《かんじゃ》の目を疲《つか》れさせるための視覚的《しかくてき》な補助《ほじょ》を使った。一旦《いったん》、催眠《さいみん》状態になると、メスメルは患者《かんじゃ》が癒《いや》されるように誘導《ゆうどう》し、患者《かんじゃ》もそれを受け入れた。自覚なしにね」

「アーマッドは？　アーマッドは病気じゃなかったのに！」ポケットが尋《たず》ねる。

「そうだな」博士がアーマッドの方を優《やさ》しい目で見る。「だがわたしは、アーマッドが天性のパフォーマーだと知っていた。きっとほんの少し背中《せなか》を押《お》せば歌を聞かせてくれると信じていた」

アーマッドがニッコリする。

「ひとつ覚えておくといい。ここバスカヴィルホールで勉強を始めるにあたり、とても大切なことだ。心というものは、自分が思っているよりずっと強い。心に制限を加えているのは自分だ。自分で、心の限界を決めている。さてと、そろそろここにいるわが友、ナポレオンについての講義を始めるとしようか……」

ワトソン博士は車イスでナポレオン、つまり骨格模型《こっかくもけい》のほうに近づいていき、筋骨格系《きんこっかくけい》についての講義をはじめた。みんな集まってノートをとる。

授業のおわりに、博士はアーサーを自分の机《つくえ》に呼《よ》び寄せた。

「ドイル君、よくわたしのちょっとしたトリックを見抜《みぬ》いたな。わたしたちはともすると、人生の小道具に気をとられてしまう」そう言って、大釜《おおがま》を指差す。「そのせいで、本質を見失ってしまうんだ」

「ありがとうございます、先生。ものすごく面白い実演でした」

「お世辞でも嬉《うれ》しいな」博士は少しためらってからつけ足した。「なぜか思い出すよ。きみを見ていると……わたしの大切な友人のことをね」

「誰《だれ》ですか？　先生、それにどうして……」

さっきから、先生がどうして自分の名前を知っていたのか不思議に思っていた。ソフィアには名前を尋《たず》ねてたけど、僕《ぼく》は聞かれてない。

だけどそのときソフィアが博士にお礼をいいに来たので、アーサーの疑問《ぎもん》は宙《ちゅう》ぶらりんになってしまった。

16 解析《かいせき》できる魔法《まほう》

グレイ教授の研究室に入っていくとき、ポケットは緊張《きんちょう》のあまり気絶しそうになっていた。

「ポケット、息して！　神さまとご対面とかじゃないんだから」アイリーンが言う。

「神だよ」ポケットが思い出したように息を吐《は》く。「電気のこと、なんでも知ってるんだよ。それってある種、魔法《まほう》の力だもん」

「神は魔法《まほう》を使わない。使うのは魔女《まじょ》だ」ジミーが言う。

「若《わか》い頃《ころ》はもっとひどい名前で呼《よ》ばれたこともあったわね」深い滑《なめ》らかな声がした。

ジミーが青くなる。振《ふ》り返ると、グレイ教授がドアの横のスツールに座《すわ》っていた。スタイルも姿勢《しせい》もいいので、顔に皺《しわ》がたくさん刻《きざ》まれているのに若々《わかわか》しい。青い目をキラキラさせて、アーサーたちを見ている。

「申し訳《わけ》ないです、教授。そんなつもりでは……」ジミーが言う。

「友だちが失礼なこと言って、許してください」ポケットが口を挟《はさ》んだ。「しかも、まだ友だちってほどじゃなくて。昨日会ったばっかりだし。そもそも好きかどうかも分かんなくて。あッ、えっと、あたし、メアリーって言います。メアリー・モースタンです。ポケットって呼《よ》ばれてます。なんでもお好きなように呼《よ》んでください」

ポケットはヘンテコな自己紹介《じこしょうかい》をぎこちないお辞儀《じぎ》で締《し》めくくった。

「呼《よ》び方はポケットに決まりね。それに友だちを見限るのはまだ早いわよ。自然科学というものは、解析《かいせき》できる魔法《まほう》なの。だから、魔女《まじょ》は初期の科学者だと言ってもいいわね。さあ、席についいて」

ワトソン博士の部屋は瓶《びん》に入った標本だらけだったけど、グレイ教授の研究室は見当もつかない巨大《きょだい》なギラギラした装置《そうち》がずらっと並《なら》んでいた。それぞれの机《つくえ》には水が途中《とちゅう》まで入ったガラスのボトルがあり、コルクの栓《せん》がしてある。そのコルクから、ワイヤーが突《つ》き出していた。

「何が見える？」グレイ教授が近づいてきて尋《たず》ねた。

「ただの瓶《びん》です。なかに水が入っています」アイリーンが答える。

「他には？」

「ワイヤーがコルクから出ています」ハリエットが答える。

「これから三つ数えるわよ。三の合図で、針金《はりがね》の先をそっと握《にぎ》って。一……二……三」

アーサーがワイヤーをつまんだ途端《とたん》、手にビリビリッと痛《いた》みが走った。ビクッとして思わず飛びのく。クラスメートの悲鳴からして、みんな同じ痛《いた》みを感じたらしい。グレイ教授は平然としている。

「さあ、その瓶《びん》の中にほかに何が入っているか教えてくれる？」

　ポケットが震《ふる》える手を挙げた。「電気。これ、ライデン瓶《びん》ですね」

「その通り。仕組みを説明してもらえる？」

　ポケットが顎《あご》をツンと上げる。「ライデン瓶《びん》は、静電気を蓄《たくわ》える入れ物です。ワイヤーが静電気をガラス瓶《びん》の中に導いてそのまま閉《と》じ込《こ》めて、あたしたちの指がワイヤーに触《ふ》れた途端《とたん》、一気に放電されるんです」

「よくできました」グレイ教授が言う。ポケットは嬉《うれ》しそうだ。「電気はそこらじゅうに存在《そんざい》している目に見えない力のひとつで、無数の方法でわたしたちの生活を形づくっている。わたしたちはまだ、自分たちで同じものをつくり出す方法があるんじゃないかと夢を見始めたばかりの段階《だんかい》なの。この授業では、そういった力について学びます。錬金術《れんきんじゅつ》のようなものね。目には見えないけどありふれたもの、例えば摩擦《まさつ》みたいなものを、並《なみ》はずれたものに変化させる。突然《とつぜん》の雷《かみなり》とか。この授業を受ければ、夢を見ることができるようになるはずよ。だってね、合理的な考えしかできなかったら、わたしたちにいつか訪《おとず》れるかもしれない未来を想像することなんてできないから。知識を使って、無限の方法で世界を再構築することができる未来。そんな未来がやって来るはずなの。ただし、運よくそのときまで生きていられたら、だけど」

　いつの間にかアーサーは、グレイ教授の言葉のひとつひとつに聞き入っていた。そういえばポケットが、電灯とか乗用車がある世界のことを話してたっけ。エディンバラに戻《もど》ったらあちこちですごい機械がブンブン走っているところを想像してみる。空にはチャレンジャー校長の飛行船みたいな乗りものが飛びかっていて、町はもう病気に苦しむことがない人たちで賑《にぎ》わっている。

素晴らしい夢の世界だ。

授業のあとクラスのみんながランチに向かうと、ポケットはその場に残ってグレイ教授にサインを求めた。差し出したのは、教授が数年前に出版した女性科学者たちの研究に関する小冊子《しょうさっ》で、ポケットはそれを何十回も読み込《こ》んでいた。ポケットが食堂に現れたとき、アーサーはステーキ&キドニーパイにかぶりついてハフハフしているところだった。

「信じらんないッ！」ポケットがアイリーンとグローバーの間にストンと座《すわ》る。「グレイ教授、辞めちゃうんだって。今学期が終わったらリタイア」

「まあご高齢《こうれい》だし。だから、信じられないこともないかな」アイリーンが言う。

「けど、あたしの運のなさは信じられないよね？　何年も前からずっと会いたいって思ってたんだよ。で、やっと会えたらもうバイバイだなんて。ね、パイまだ残ってる？」

アイリーンが自分のお皿をポケットの方に滑《すべ》らせる。「わたしのぶん、どうぞ。正直、ステーキ&キドニーパイってちょっと。ハムサンドイッチでも出してくれたら大歓迎《だいかんげい》なのに」

「ただね、研究グループに入らないかって誘《さそ》ってもらっちゃった」ポケットは言いながら、アイリーンのパイを頬張《ほおば》った。「放課後に実験するとき、助手をするんだ。教授がいるうちに、できるだけたくさん吸収《きゅうしゅう》しなきゃ」

「うん、頑張《がんば》れ」アーサーは励《はげ》ました。

「こちらは頑張《がんば》ろうにもどうにもこうにも」グローバーが気だるそうにいう。「心霊《しんれい》学の授業はいつになったら始まるのでしょうか？　早く死者との交流をはじめたいのですよ、すでにウィリアム・シェイクスピアとエカチェリーナ二世への質問リストも完成しているというのに」

アーサーとジミーの目が合う。でも、すぐに逸《そ》らした。ゲラゲラ笑っちゃいそうだったから。

「温室へようこそ」三十分後、ローリング教授が温室に移動してきた生徒たちを出迎《でむか》えた。小《こ》柄《がら》で痩《や》せているけど筋肉質《きんにくしつ》で、毛のない頭頂部《とうちょうぶ》以外はボサボサの髪《かみ》、爪《つめ》の中は土が詰《つ》まってる。

「すごい」アイリーンが呟《つぶや》きながら、洞穴《ほらあな》のような温室の中を見渡《みわた》した。ねじくれた巨木《きょぼく》が翡《ひ》翠《すい》のタイルの床《ゆか》からニョキッと生えていて、その枝がドーム型のガラス天井を通り越《こ》して伸《の》びている。ガラスはほとんど割《わ》れてしまったらしい。巨木《きょぼく》のまわりには、人間の背丈《せたけ》ほどあるシダの群れやら始末に負えないほどもつれにもつれたツタやらが蔓延《はびこ》っている。

「見ての通りだが」ローリング教授が話を続ける。「バスカヴィルホールには木や草花、菌類《きんるい》や動物などが何百種と生息している。中には、世界のどこを探《さが》しても見つからない種もある」

アーサーは思い出した。そういえばディーディーはドードー鳥とは似て非なる種で最後の一羽だって、チャレンジャー校長が言ってたな。

ローリング教授はかなりの早口で、舌《した》が頭の回転に追いついてないという感じだ。

「動物はみな、少なくとも危険《きけん》な動物は、居住環境《かんきょう》を再現したケージで飼われているから心配いらない。クロコダイルが突然、君たちをそろそろオヤツにしようかなといきなり飛び出してくる、なんてことはないからね」ローリング教授がアハッ！　という大声を発する。アーサーは、笑い声だと解釈《かいしゃく》することにした。「しかし植物の多くには毒があり、致死性《ちしせい》のものもある。ほとんどは危険《きけん》植物専用《せんよう》の庭に植えてあるが、訳《わけ》あって別のエリアで育てなければいけないものもある。一見すると無害だが、気をつけるように。ドクニンジンなどはもっとも毒性が高いが、しばしばパースニップやニンジンと混同されるからな」

「それって、えっと……ややこしくない？」ポケットが言う。

「目障《めざわ》りなヤツを始末するには好都合だな」呟《つぶや》き声がする。アーサーが振《ふ》り返ると、セバスチャンがこちらを睨《にら》んでいた。

ジミーが呆《あき》れたように目玉をぐるんとさせる。「あいつのことは気にするな。昨日の試合のことをまだ根に持ってるらしい」

「何とも思ってないよ」アーサーは答えた。そもそも、よくもリングを降《お》りてまでバトルを続けようなんて思うな。「けど……セバスチャンにお茶に誘《さそ》われたらいちおうパスだな」

ローリング教授はついてくるよう手振《てぶ》りして、ガラス張りの温室に続く狭《せま》い通路をすたすた歩いて行った。履《は》いている長靴《ながぐつ》が歩くたびにキュッキュッと音を立てて、微《かす》かに泥《どろ》の足跡《あしあと》を残していく。

暗いトンネルを出ると、まるで違《ちが》う大陸に降《お》り立ったような感覚に襲《おそ》われた。空気がじっとりと濃《こ》くて、生い茂《しげ》る植物の香りで満ちている。まだ通路のうちから壁《かべ》がぜんぶガラス張りになっていて、両側に等間隔《とうかんかく》にドアがあり、その先にガラスの温室がいくつも連なっている。

「この温室はそれぞれ、異《こと》なった環境《かんきょう》を再現している」ローリング教授が説明する。「つまり、特定の種に合わせてつくられている。熱帯ハウス、亜熱帯《あねったい》ハウス、砂漠《さばく》ハウス、蘭《らん》ハウス、沼《ぬま》地《ち》ハウス、肉食植物ハウスなど、ぜんぶで三十のハウスがある」

「肉食植物って……植物が肉を食べるんですか？」アーマッドが声を上げる。

「食べるのはほとんど虫だ。中にはネズミを食うのもある。まあ、今のところ見つかっている範囲《はんい》でははってことだがね」

アーサーは話に集中しようとはしていたけど、どうしても小さなガラス温室の中がいちいち気になってしまう。こっちの温室はほとんどのスペースが巨大《きょだい》な水槽《すいそう》で埋《う》まっていて、水面にありとあらゆる色合いのスイレンがびっしりだ。あっちの温室は、針《はり》がツンツン好き勝手に突《つ》き出してるひょろっと細い植物だらけ。いろんな色で溢《あふ》れかえっている温室もたくさんある。何百もの透明《とうめい》な蝶《ちょう》が舞《ま》い飛んで、羽が小さいガラス窓《まど》みたいに見える温室もある。

「さあ、ここが動物園だ。それぞれの動物の居住環境《かんきょう》を再現して飼育している。こっちに、ここで最も興味深い居住者のひとりがいるよ」

ローリング教授が、ひと際大きいケージの前で立ち止まる。アーサーは中をチラッと見て、思わず二度見した。ヤシの木立の間に、髪《かみ》がチリチリのぽっちゃりした女の子が座《すわ》っている。女の子の前には、琥珀《こはく》色の大きな瞳《ひとみ》にぺちゃんこの鼻をした、体中を赤茶の毛で覆《おお》われた巨大《きょだい》な動物が座《すわ》っている。

「紹介《しょうかい》する、ラッキーだ」ローリング教授が誇《ほこ》らしげに言う。「わが動物園のチンパンジーだよ。ラッキーと呼《よ》んでいるのは、サーカスから救出されたからだ。飼育員からさんざん殴《なぐ》られて瀕死《ひんし》の状態だったからね」

かわいそうに、そもそも救出されなきゃいけないようなところで暮《く》らさなければもっとラッキーだったのに。アーサーは悲しくなった。

ラッキーと女の子の間に、カードが広がっている。

「えっ、トランプ？」アーサーは目を疑《うたが》った。

ローリング教授が頷《うなず》く。「そこにいるシネイドは、ラッキーがここに来てからずっと一番の友だちだ。ラッキーはまだ赤ん坊《ぼう》だったからね。シネイドはラッキーの知的能力を研究している。とくに記憶力《きおくりょく》に関係するゲームが得意なんだ。まあ、まだホイストのルールは掴《つか》みきれてないようだがね」

「近づいてもいいですか？」アイリーンが尋《たず》ねる。

「いや、ダメだ」ローリング教授がドアに掛《か》かっている〈立ち入り禁止〉のサインを指差す。「驚《おどろ》くべき知性に加えて、チンパンジーというのは成人男性の五倍の力を持っている。刺激《しげき》されると、極めて攻撃的《こうげきてき》になるんだ。だから、シネイドが一緒《いっしょ》にいるときを除《のぞ》いてケージに常にカギをかけている。さあ、次にこっちに注目……」

教授が部屋の反対側へ向かうので、アーサーもしぶしぶ振《ふ》り返った。そのとき、後ろのケージのほうから悲鳴が聞こえた。

「ラッキー！　ダメ！」

みんながいっせいに振《ふ》り向くと、ケージのドアが開いていた。ラッキーがドアのところに立って、あたりをきょろきょろしている。

「誰《だれ》がドアを開けたんだ？」ローリング教授が厳《きび》しい声で言いながら、ドアのほうに戻《もど》っていく。

「おいおいアーサー」アーサーの耳元で声がする。「ずいぶんムチャなことしてくれたもんだな」

セバスチャンだ。自分は何にも知りませんって顔ですぐ傍《そば》に立っている。隣《となり》でローランドがニヤニヤしていた。

「僕《ぼく》は……」アーサーは言いかけて、ハッとした。「君だな。そうだろう？」

「オレたち、お前が開けるのをこの目で見てるんだぞ。二対一だ」ローランドが言う。

さすがのアーサーもカッとした。セバスチャンにぐっと近づいたけど、そのときうっかり隣《となり》にいたグローバーにぶつかってしまった。グローバーが、持っていたノートを落としてしまう。

「ああっ、墓石の拓本《たくほん》が！」グローバーが叫《さけ》ぶ。挟《はさ》んでいた紙が散らばってしまった。

アイリーンがグローバーの腕《うで》を掴《つか》もうとする。「グローバー、今はダメ！」

だけどグローバーはもう、紙を拾おうとしてケージのほうに飛び出していた。

ラッキーが、いきなり近づいてきたグローバーに向かって牙《きば》を剥《む》く。グローバーは紙を拾うのに夢中だったけど、顔を上げてハッとした。

今すぐ何とかしないと、グローバーこそ死亡《しぼう》記事を書かれなきゃいけなくなってしまう。

17 ラッキーの幸運

「急死した人間は、霊界《れいかい》にうまく移動できないことがあるそうです」グローバーが震《ふる》える唇《くちびる》で呟《つぶや》いた。そして、悲鳴とも呻《うめ》きともつかない声をもらした。

「落ち着け」ローリング教授が落ち着いてない声で言う。

「ラッキー、戻《もど》ってらっしゃい」シネイドがまっ青な顔で呼《よ》びかける。

だけどラッキーには聞こえてないらしい。もう一歩前に出て、歯を剥《む》いた。

アイリーンが息をのむ。グローバーはもう泣きそうだ。セバスチャンさえ、怯《おび》えた顔をしている。

考えろ、アーサー、考えるんだ。

ラッキーが本気でグローバーを襲《おそ》いたがってるとは思えない。きっとグローバーがいきなり自分の前に出てきたから、怖《こわ》くなっちゃったんだ。人間を恐《おそ》れる理由なら山ほどあるから。どうすればラッキーは安心するんだろう。怖《こわ》くないよって理解させることさえできれば……。

あっ、そうだ！

ワトソン博士がいってたメスメルの手法を正確に思い出そうとする。博士は落ち着いた低い声色と、あとは相手の目を疲《つか》れさせるための視覚的《しかくてき》な道具を使っていた。

「懐中時計《かいちゅう》貸してくれる？」アイリーンに言う。

「えっ？　どうして？」

「いいから信じて」

アイリーンが制服の襟《えり》に留めてあった懐中時計《かいちゅう》を外して、アーサーに手渡《てわた》す。人間みたいにトランプができるチンパンジーなら、催眠術《さいみんじゅつ》にだってかかるはずだ。

証明してみせる。

「ラッキー！」アーサーは呼《よ》びかけた。低い落ち着いた声で、キッパリと。

ラッキーがアーサーに向かって歯を剥《む》く。

「大丈夫《だいじょうぶ》だ。危害《きがい》は加えない。きみは安全だ」アーサーはゆっくり言った。

話しかけながら、鎖《くさり》から下がっている懐中時計《かいちゅう》を掲《かか》げてゆらゆらさせる。

ラッキーは、信用ならないという顔をしている。次の瞬間《しゅんかん》、アーサーに近づいてきた。

逃《に》げろ！　アーサーの頭の中で声がする。

それでもアーサーは時計を揺《ゆ》らし続けた。

「ここにいる誰《だれ》も、君を傷《きず》つけたりしない」アーサーはできるだけワトソン博士っぽく言った。

「人間はもう二度と、君を傷《きず》つけない」

ラッキーがさらに距離《きょり》を縮《ちぢ》めてくる。アーサーは身構えた。今しかない。

「さあ、落ち着いて。ラッキー、そのままだ」

名前を呼《よ》ばれて、ラッキーが不意に立ち止まる。アーサーはラッキーの熱い息をほっぺたに感じた。ラッキーが、懐中《かいちゅう》時計に興味を示しはじめる。目を細くして、見入っている。アーサーは時計をゆらゆらさせた。ラッキーが目で追う。

「いい子だ、ラッキー」アーサーは、なだめるように言った。「この時計をじっと見てて。そう、それでいい」

ラッキーの顔から獰猛《どうもう》な表情が消える。瞳《ひとみ》がきらめき始める。よし、うまくいったぞ！　シネイドがケージからそろそろと出てきて、ちょっとずつ近づいてくる。

「おいで、ラッキー」シネイドが優《やさ》しく話しかける。「ゲームの続きをしよう。もう少しでラッキーが勝つとこだったよね？」

「ほら、シネイドが呼《よ》んでるよ。一緒《いっしょ》にゲームしたいだろう？」アーサーは言った。

ラッキーが目をぱちくりさせる。それからゆっくりと回れ右をして、ドアに近づいていった。シネイドが優《やさ》しく撫《な》でてやる。

ラッキーがケージの中に戻《もど》ると、ローリング教授がすかさずドアを閉めてカギをかけた。

グローバーは立ち上がったが、すぐにぐったり倒《たお》れそうになった。アーマッドが駆《か》け寄って抱《だ》きとめた。

アーサーはやっと生きた心地がして、震《ふる》える息を吐《は》いた。

ローリング教授が生徒たちの方に向き直る。顔が真っ赤だ。アーサーの方をじっと見つめて口を開いた。「君……今のは……」

「すっご────いッ！」ポケットが叫《さけ》ぶ。

「けど、先生」セバスチャンが口を挟《はさ》んだ。くやしくて顎《あご》がブルブルしている。「アーサーが……」

「グローバーの命を救った！」アイリーンがすかさず言って、懐中《かいちゅう》時計を思いがけない強い力でアーサーから引ったくる。そういえばお父さんからもらったって言ってたな、とアーサーは思い出した。あの重さからすると、かなり貴重《きちょう》なものだろう。

ラッキーとシネイドは再び、何事もなかったみたいに向かい合って座《すわ》った。シネイドが顔を上げて、アーサーに微《かす》かに笑いかける。

「あ、ありがとう……アーサー」グローバーがアーサーに向かって目をぱちぱちさせた。「もう少しでワタシは、永遠にこの世を彷徨《さまよ》う影《かげ》になっているところでした」

「うん、どういたしまして」アーサーはほっぺたが赤くなるのを感じた。

「アーサーにばんざい三唱！」アーマッドが叫《さけ》ぶ。

「勘弁《かんべん》してくれ」ローリング教授が慌《あわ》てて言う。「これ以上ラッキーを刺激《しげき》しないでもらいたいな。授業はここまで。解散」

「でも、先生！」ローランドが悪あがきする。

でも生徒たちはもうぞろぞろと通路を戻《もど》り始めていたので、セバスチャンとローランドも一《いっ》緒《しょ》に移動するしかなかった。

「まったく新入生っていうのは」教授が誰《だれ》にともなく呟《つぶや》くのをアーサーは耳にした。「決まって何かしら騒動《そうどう》を起こす」

18

バスカヴィル・バグルの未解明の謎《なぞ》

アーサーの向こうみずだけど勇気ある行動の噂《うわさ》はあっという間に広まり、次の朝には知らない生徒はひとりもいないほどだった。朝食のときは長テーブルの二年生エリアに呼《よ》び寄せられて、もう一度最初から話してほしいと言われた。アーサーは、前の学校でもみんなの前でスピーチをするのが苦手だったくらいなので、タイミングよくチャレンジャー校長が話があると呼《よ》びに来たときはホッとした。二年生の相手はアーマッドが引き継《つ》いでくれた。校長と連れ立って歩くアーサーに、食堂中の視線《しせん》が集まる。思い切って顔を上げて、アーサーはギョッとした。いつも自分たちの世界に入《こ》り込んでいるスピリットサークルの心霊《しんれい》ペア、トーマスとオリーまでこちらを見つめている。

「ドイル君」廊下《ろうか》に出るなり、校長が陽気に言った。「ローリング教授のチンパンジーがクマール君を八つ裂《ざ》きにしようとしたのを、催眠術《さいみんじゅつ》で食い止めたそうだな」

「はい、校長」

「二度とそんなバカなマネはせんように！」校長はそう言ってから声を潜《ひそ》めて続けた。「と、ローリング教授やハドソン副校長が言っとった。まあ、おかげで、クマール君のご両親に非常に言いにくい内容の手紙を書かずにすんだよ。ひとつ残念なのは、その場で見物できなかったことだ」

校長はそれだけ言うと、すたすたとどこかに行ってしまった。そのとき、ものすごく背《せ》が高くて黒い巻《ま》き毛のベリーショートの女の子が近づいてきた。「ね、ちょっと時間いい？　インタビューしたいんだ。一時間目が数分遅《おく》れになるだけですむから」

「インタビュー？」

「あたしアフィア。サークルはシタデル。学校新聞つくってるの。シネイドから聞いたんだけど、チンパンジーに催眠術《さいみんじゅつ》かけたんだって？　あなたの記事を書きたくて」

えっ、どうしよう。だけどそのとき、セバスチャンの顔が浮《う》かんできた。僕《ぼく》の英雄譚《えいゆうたん》を読んでいる悔《くや》しそうな顔。それに父さんが記事を読んだら、切り抜《ぬ》いて書斎《しょさい》の壁《かべ》に飾《かざ》るだろう。そうすれば、僕《ぼく》の留守中は自分が家族を守るっていう約束を忘《わす》れないはずだ。

「分かりました。そんなに時間がかからないなら」アーサーは答えた。

アフィアがニヤリとする。「ついてきて」

アフィアのあとをついて、アーサーは初めて校舎の二階へ上がって行った。教授室をいくつか通り過ぎる。そのうちひとつのドアにはハーブのドライフラワーが掛《か》かっていて、アガサ・フォックスというネームプレートが掛《か》かっている。名前の下に、メモが貼《は》られていた。「フォックス教授は妖精《ようせい》たちと外出中」

「このメモ……」

「ふざけてるのかって？　大マジメ。フォックス教授は心霊《しんれい》学を教えてて、スピリットサークルの指導教授。よく何週間もぶっ続けで外出しては、あの世に行ってたって言って戻《もど》ってくる。前に一度、ローリング教授の授業をサボる言い訳《わけ》に使ってみたら、罰《ばつ》としてヤマアラシのお風《ふ》呂《ろ》係をさせられたけどね。それでもスピリットサークルは年々《ねんねん》規模《きぼ》が大きくなってきてる。ま、他の四つと比べるとまだかなり小さいけどね。メンバーは見れば分かるよ。白い服しか着ないから」

カーンカーン！　ボーンボーン！

いきなりやかましい音が響《ひび》いてきて、アーサーはギクッとした。アフィアが笑う。「ここ、時計学クラブの部室だから」説明しながら、左手にあるドアを開ける。部屋の中は時計だらけで、それぞれ好き勝手な音で時間を知らせていた。

「時計学？」アーサーが尋《たず》ねる。

「時計をつくったり修理したり。どうやらベイカー卿《きょう》が、あ、この学校の創立者《そうりつしゃ》だけど、時計マニアだったらしくてね。ベイカー卿《きょう》のコレクションはここに永久保管するっていう決まりがあるんだ。で、時計学クラブってのができたんだけど、多分少なくとも三十年は部員ゼロじゃないかな」

アーサーは、ずらっと並《なら》んだ時計を眺《なが》めた。細かな彫刻《ちょうこく》をほどこしたハト時計、埃《ほこり》だらけの航海時計、金色のマントルピース時計、銀色の振《ふ》り子時計。床《ゆか》の中央には大きな日時計まである。部屋の中は隅々《すみずみ》まで時計で埋《う》めつくされていて、奥《おく》の壁《かべ》の真ん中だけ、ぽっかりと隙間《すきま》があった。

最後の時計が鳴り終わったとき、笛の音が聞こえてきた。アーサーがそちらを見ると、アフィアがもう廊下《ろうか》を半分くらい進んで、さっさとついてきてと手を振《ふ》っている。

アーサーが追いつくと、アフィアは大きい部屋にずんずん入っていった。真っ先に目に飛び込《こ》んできたのは、隅《すみ》っこにある大きな黒い機械。なんだか、一度も馬を見たことがない人がつくった馬の彫刻《ちょうこく》って感じだ。片方《かたほう》の側面にレバーがついたトレーがあって、下には車輪のようなものがついている。てっぺんには黄金のワシがとまっていた。

「わが部の印刷機」アフィアが言う。「アメリカのデザイン。アメリカ人ってワシが好きだから。でしょ？　さ、こっちに座《すわ》ろう」

アフィアが部屋の反対側に顔をぐっとやって示す。木製の長い机《つくえ》がいくつかあって、それぞれにガス灯が置いてある。そのほとんどに書類が散らばっている。ひとつの机《つくえ》の前に大柄《おおがら》な巻《ま》き毛の男の子が座《すわ》っていた。足を机《つくえ》にのっけて『スペクテーター』という雑誌《ざっし》を読んでいる。

アフィアは端《はし》っこの机《つくえ》の前に座《すわ》って、引き出しを探《さぐ》り始めた。「ちょっと待ってて、愛用のペンを探《さが》すから。あれないとムリ」

アフィアが探《さが》し物をしている間、アーサーは後ろの壁《かべ》を眺《なが》めていた。学校新聞バスカヴィル・バグルの古い記事がいくつもコルクボードにピンでとめてある。その上に、ひと言だけ書かれた紙が貼《は》ってあった。「未解決」

アーサーは近づいて記事をチェックした。ひとつは、校舎のまわりにある森で複数目撃《もくげき》された鬼火《おにび》に関する情報。別の記事は、ローリング教授が大切にしているボタンの花壇《かだん》で発生した謎《なぞ》の爆発《ばくはつ》について（「下手なイタズラか陰謀絡《いんぼうがら》みか？」）。ふたつ一緒《いっしょ》にピンで留められている記事もある。一七八九年に書かれたものと、もうひとつは一八二五年だけど、見出しはかなり似通っている。「肖像画《しょうぞうが》の落下により打撲《だぼく》を負った二年生が休学」というのがひとつ目。ふたつ目は、「絵画落下による死から辛《から》くも生還《せいかん》した教授が『精神錯乱《さくらん》』で退職《たいしょく》」。

「不思議だろう？」声がする。アーサーが振《ふ》り返ると、雑誌《ざっし》を読んでいた男の子がこちらを見つめていた。アイルランドの弾むようなアクセントに陽気な笑顔。「まったく同じ絵がたまたま通りかかったふたりの人間の上に三十年以上の年月を経て落ちてくる偶然《ぐうぜん》、どう思う？」

「どちらも同じ絵なんですか？」

男の子が頷《うなず》く。「ベイカー卿《きょう》の特大の肖像画《しょうぞうが》だ。どうやらベイカー卿《きょう》は、完成した絵が気に入らなかったらしいけどね。まあ、ムリもないんだよな。あんまりうまい絵じゃないんだ」

アフィアが笑う。「オスカーの言う通り。左右の目がそれぞれ違《ちが》う方向を見てるみたいに見えるし、この表情、足の指を踏《ふ》まれた人みたいでしょ。ま、伝説によると、この絵の悪口言いながら前を通るとベイカー卿《きょう》の幽霊《ゆうれい》が壁《かべ》から落として復讐《ふくしゅう》するらしいよ」

「えっ、そうなんですか？　それが、違《ちが》う時代の違《ちが》う人が同じ肖像画《しょうぞうが》に押《お》し潰《つぶ》されそうになった理由？」

オスカーが眉《まゆ》をクイッと上げる。「ベイカー卿《きょう》が聞いてるかもよ。自分の幽霊《ゆうれい》がそんな風にディスられてるのをね」

アーサーは前から、幽霊《ゆうれい》が生きている人間に混ざってうろついているのを想像するのが好きだった。だけど、自分の肖像画《しょうぞうが》をバカにされて人に重傷《じゅうしょう》を負わせようとする幽霊《ゆうれい》なんて、いるとは思えない。

「犠牲者《ぎせいしゃ》はふたりとも、二度と学校に戻《もど》ってこなかった」アフィアが言う。「きみの友だちのグローバーほどのツキはなかったってこと。その場には誰《だれ》もいなかったし。そうだ、本題に入らなくちゃ……」

アフィアはやっと愛用のペンを見つけてインク壺《つぼ》に浸《ひた》すと、アーサーの再現話のメモをとった。

アーサーが質問に答え終わると、アフィアはペンを置いて座《すわ》り直した。「知りたいことはぜんぶ聞いたかな。そっちから何かある？」

どうしよう。アーサーはためらった。ずっと気になってることがある。バスカヴィルホールの生活に慣れるのに忙《いそが》しくてなかなか集中して考えられずにいたけど。アーサーにとって何よりも心惹《ひ》かれるのは、未解決の謎《なぞ》だ。「えっと、実はひとつあるんです」

「何？」

「不法侵入《しんにゅう》のこと、聞いてますか？　二日前の話ですけど」

アフィアとオスカーが顔を見合わせる。「なんで知ってるの？」アフィアが尋《たず》ねた。

「あ、正面玄関《げんかん》の窓《まど》が壊《こわ》れてたというのがひとつです」

「だけど、侵入者《しんにゅうしゃ》とは限らないだろ。クリケットのボールが飛んできたとか、方向音痴《おんち》のコマドリとか」オスカーが言う。

「あと、教授たちが話をしてるのを聞いて」

アフィアが、そういうことかという顔をする。「ふーん、そっか、ひとまずここだけの話にしといてくれない？　調査中だから、記事を出すまでは大っぴらにしたくないんだよね」

やっぱり思った通りだったんだ。「何か盗《ぬす》まれたんですか？」

アフィアが耳打ちするように近づいてくる。「うーん、それが妙《みょう》なんだけど、何もなくなってないんだよね。わざわざ押《お》し入ってきて何にも盗《ぬす》まないなんてこと、ある？」

うーん……。「探《さが》してた物が見つからなかったとか？」

「ありえるね。とにかく、相当警戒《けいかい》してるみたい」アフィアが肩《かた》をすくめる。

「警戒《けいかい》？　どういう意味ですか？」

アフィアが窓《まど》を指差す。鉄格子が渡《わた》してあった。

「昨日の夜、取り付けられてた。校舎の窓《まど》ぜんぶに」

アーサーは鉄格子を見つめた。どうして今まで気づかなかったんだろう？

そのときドアがパッと開いて、馴染《なじ》みの顔が現れた。

「グローバー！」

「おや、アーサー」グローバーがのんびり言う。

「グローバー・クマール？　アーサーに助けられた？」アフィアが声を上げる。「あとで探《さが》しにいこうと思ってたから助かっちゃった。今インタビューしてもいいかな？」

「ワタシにインタビューですか？　まだ応募《おうぼ》もしてないのに？」

アフィアが、ん？　という顔をする。「応募《おうぼ》って何の？」

「バスカヴィル・バグルが死亡《しぼう》記事の記者を募集《ぼしゅう》してないか、聞きに来たんです」

アフィアがますます、んんん？　となる。

「お悔《く》やみ欄《らん》、新聞にありますよね？　その記事を書きたいらしいんです」アーサーが助け舟《ぶね》を出す。

「あ、ああ……えっと、今んとこ、人は足りてるんだよね。テスが『ディア・テス』のコラムを担当《たんとう》してて、ウィニーがご意見コーナー、ここにいるオスカーが『アート&カルチャー』の記事を書いてるし」

グローバーがガクッと肩《かた》を落として溜息《ためいき》をつく。アーサーはアフィアにせがむような眼差しを向けて「頼《たの》みます」と口パクした。

「じゃあ、トライアルとして記事を書いてみてくれる？」アフィアがしぶしぶ言う。

グローバーがいきなりシャキッとした。「ありがとう！　読んだことないようなカッコいい死亡《しぼう》記事、書いてきます！」

　そう言うなり、グローバーは部室を飛び出していった。謎《なぞ》の雄叫《おたけ》びを残して。もしかして今のって、喜びの叫《さけ》びかな？　そう考えながらアーサーはグローバーの後ろ姿《すがた》を見送った。グローバーは廊下《ろうか》を走っていき、フォックス教授の部屋から出てきた白ずくめの背《せ》の高い男の子と正面衝突《しょうとつ》しそうになった。男の子がグローバーを睨《にら》みつけて文句を言おうとしたとき、オスカーが声を上げた。

「トーマス、ガキはほっといてやれ。そもそも予言できてたはずだろ？　水晶玉《すいしょうだま》に映《うつ》しだされたのを見てたんじゃなかったのか？」

　トーマスが苦笑いをしている間にグローバーは、失礼しましたーっ、といつになくテンション高めの声で言いながら走っていく。

「待って！　インタビューは？　ああ、行っちゃった。ま、いっか」アフィアはそう言うと、アーサーの方を向いた。「なんかヘンな子。誰《だれ》の死亡《しぼう》記事を書くつもりだろ？　っていうか、今のとこ誰《だれ》も死んでないのに」

　アフィアは自分のジョークにウケてるけど、アーサーは背筋《せすじ》がゾクッとして、鉄格子を渡《わた》した窓《まど》に目をやった。この鉄格子は、外部から侵入《しんにゅう》しようとする者から学校を守るためのものだ。だけど、侵入者《しんにゅうしゃ》の目的は？　求めている物を手に入れるためにどこまでやるつもりだろう？　この学校に来たときに森の中で見かけた黒い馬に乗ってダークグリーンのマントを被《かぶ》った人のことを思い出す。この謎《なぞ》と何かしら関係があるんだろうか？

さっきのアフィアの言葉が頭の中にこだました。

誰《だれ》も死んでない……今のところ。

19
クローバー同盟《どうめい》

なんだろう……なんかヘンだ。

次の日の夜明けに目を覚ましたとき、アーサーは可笑しな気配を感じた。さっきまで誰《だれ》かが部屋の中にいたような感じがする。どうしてこんな早く目が覚めたんだろう？　准将《じゅんしょう》のラッパもまだなのに。

身体を起こすと、カサカサッという音がした。枕《まくら》をどかしてみてビックリ。昨日の夜はなかったものがある。

アーサー宛《あ》てのメモだ。

まだうす暗い中で目を細くして見ると、羊皮紙にエメラルドグリーンのインクで文字が書かれている。

この一週間で二度も、思いがけない手紙を受けとった。

今夜十二時、クローバー同盟《どうめい》のメンバーがお待ちしていますので、ぜひともお越《こ》しいただけますように。

三つ葉のクローバーをご持参のこと。

他言無用。

「君も受けとったんだね？」

顔を上げると、ジミーも起き上がって同じ紙を見つめていた。

「クローバー同盟《どうめい》って？」アーサーは尋《たず》ねた。

「秘密《ひみつ》結社。成功と権力《けんりょく》への近道みたいなものだ。うちの父もメンバーだったから、いつか招待状が来ると思ってたよ。ただ、こんなに早いとは意外だな」

ジミーはそう言いながら爪《つめ》を噛《か》んでいる。心配事でもあるみたいに。

「秘密《ひみつ》結社？　合い言葉とか儀式《ぎしき》とかそういうの？　成功への近道ってどういうこと？」

「うん、メンバーの多くは卒業すると、政治家とか将軍《しょうぐん》とか裁判官《さいばんかん》とか……まあ、その手の職業につく。で、後輩《こうはい》たちが同じ地位につけるようにはからってくれる。そういうコネクションがずっと続いてるんだよ」

そんなのってフェアじゃない気がする。だけど……成功への近道ってのは、家族を支えるためにまさに僕《ぼく》が求めてるものだ。

「どうして僕《ぼく》に？」

「グローバーを助けた噂《うわさ》を聞いたんじゃないかな」ジミーは両脚《りょうあし》をベッドから下ろしてのびをした。「だけど、喜ぶのはまだ早い。君が入れるかどうか、もちろん僕《ぼく》もだけど、決まってないんだから」

「だけど招待状が……」

「テストなんだ。しかも第一弾《だん》。どこで待ってるか、書いてないだろう？」

あっ……そういえば、興奮《こうふん》して細かいことを見落としてた。

「だったら、特定しなきゃだね。あと、朝食に行くときに三つ葉のクローバーを探《さが》そう」

芝生《しばふ》には先客がいた。アーサーとジミーが三つ葉のクローバーを探《さが》そうと塔《とう》を出ると、見覚えのある姿《すがた》が背《せ》の高い草むらにしゃがんでいた。

「アイリーン！」アーサーが声を上げる。「アイリーンのところにも……」

アイリーンがパッと顔を上げる。「しーっ！　大声出さないで」

「クローバーを探《さが》してるんだよね？」アーサーはアイリーンの隣《となり》にしゃがんで囁《ささや》いた。

アイリーンがチラッと後ろを見る。まだ朝早いから誰《だれ》もいない。「聞かれたらどうするの」

アーサーはニヤッとした。「ってことは、招待状受けとったんだね？」

ああ、よかった。友だちに隠《かく》し事をしないですんだ。

「見つかった？」ジミーがブーツで草をかき分けながらじっと見下ろす。

「まだ一個も」アイリーンがイラッとした声でいう。「ぜんぜん草を刈《か》ってないから、これじゃクローバーなんて育たない。けっこう前から探《さが》してるのに」

「どこかしらにあるはずだよ。きっと見つかるって」アーサーが言う。

「ま、そこは何とかなるだろうけどね。問題は、今夜どこへ行けばいいかだ」ジミーが言う。

「隠《かく》し部室みたいなのがあるんじゃないかな」アーサーが考えながら言う。「お父さん、何か言ってなかった？」

「何にも聞いてない。入れるよう努力しろ、それだけだ」ジミーが呟《つぶや》く。

ああ、そうか。ジミーが不安そうに見えたのはそういうわけか。

「みんなで探《さが》そう。きっと大丈夫《だいじょうぶ》だよ。僕《ぼく》だって入りたいし。はやく家族を養えるようにならなくちゃ。そのためにはできるだけのことをするよ」

ジミーとアイリーンがビックリして同時に顔を上げる。

「お父さんがいるのに？」ジミーが尋《たず》ねる。

アーサーはしばらく口をつぐんでいた。家族のことを友だちに話し過ぎないように気をつけていた。信用してしゃべってもいいのかな？

初日の午後、ボクシングの試合の前にアイリーンが肩《かた》をぎゅっとしてくれたことを思い出す。そのあとの夕食のとき、セバスチャンとローランドに一緒《いっしょ》に座《すわ》ろうといわれてジミーが断ったことも。

「父さん、病気なんだ」やっと口を開いた。「かなり……お酒も飲んでる。それで仕事がうまくいかなくて。うちはお金がないんだ。僕《ぼく》が何とかして稼《かせ》がないとずっと貧乏《びんぼう》なんだよ。だからここに来た。家族の面倒《めんどう》を見ることができるような仕事に就《つ》くために」

アイリーンがアーサーの腕《うで》を掴《つか》んで、優《やさ》しくぎゅっとする。「ごめんね。お父さんのこと、知らなかったから」

「それに尊敬《そんけい》するよ。家族の面倒《めんどう》を見ようなんて素晴らしい心掛《こころが》けだ」ジミーも言う。

「うん」アイリーンも頷《うなず》いた。「だけど、一個だけ間違《まちが》ってる。アーサーがここに来た理由は別にある」

「どういう意味？」

「アーサーがここにいるのは、素晴らしいことを成しとげる能力を持ってるから。それを見抜《みぬ》いて、その能力を無駄《むだ》にはさせないって思った人がいるから。だから入学させたのよ」

知らず知らず笑みが浮《う》かぶ。アイリーンの言葉で、母さんに言われたことを思い出した。

「あなたにはきっと大切な使命があるはずよ」って。

「きっと、家族を養いながらすごいことをする方法が見つかるはず」アイリーンがさらに言う。

「だってここに来てまだ三日目なのに、もうグローバーの命を救ったんだから」

「そうだよ、それにさ、家業を継《つ》げってうるさく言われることもないんだから」ジミーが石ころを蹴《け》る。

家業ってなんなのか尋《たず》ねようとしたとき、ジミーがまた口を開いた。「アイリーンは？　両親から跡《あと》を継《つ》げってうるさく言われてる？」

「ううん」アイリーンは答えながらまたしゃがんだ。「ホッとしてる。だってわたし、歌はそんなに得意じゃないし。ふたりとも、わたしがやりたいことをやればいいって言ってる」

「今はどこにいるの？」ジミーが尋《たず》ねる。

「パリ。毎週手紙書くって言ってたけど。あっ！」

アイリーンが草をかき分けると、三つ葉のクローバーが何本かまとまって草の間から顔を出そうとしていた。

アイリーンがアーサーとジミーにひとつずつクローバーを渡《わた》す。そのときアーサーは、近くの木々《きぎ》の間にサササッと動くものがあるのに気づいた。

次の瞬間《しゅんかん》、何かが森からヒュンッと飛び出してきた。

ギャ――――ン！

ディーディーがうすい羽をバタつかせながら長い首をアーサーに向かって突《つ》き出して文句を言っている。アーサーは思わず笑ってしまった。

「なーんだ、誰《だれ》かと思ったら、ディーディーか」

アーサーはふたりに、校長から聞いたディーディーの話をしてやった。

アイリーンが首を横に振《ふ》る。「考えてみたら悲しいね。仲間で最後のひとりになったらどんなにさみしいかって思う。卵《たまご》が生まれない巣なんて」

そのとき初めて、アーサーは自分もずっとさみしかったんだと気づいた。父さんのことを秘《ひ》密《みつ》にしてたから。アイリーンとジミーに話したことで、ふたりとの間にあった壁《かべ》が取り払《はら》われたみたいな気がする。

「卵《たまご》といえばさ、お腹《なか》ぺこぺこだ」ジミーが言う。

確かに。アーサーは三つ葉のクローバーをポケットに大事にしまって食堂へ向かった。新しい親友ふたりと肩《かた》を並《なら》べて。

三人は朝食の間、クローバー同盟《どうめい》の本部はどこにあるんだろうと小声で意見を交換《こうかん》しあった。古いボートハウス？　馬屋？　どこかの屋根裏《やねうら》とか地下室とか？　その横でポケットはグローバーに、自分が描《か》いたやたら複雑な電気回路図の説明をしようとしている。グローバーのほうは、テーブルの上をブンブン飛び回っているハエをずっと目で追っている。つまり、ふたりともまったくもって通常運転。ということは、このふたりはおそらく招待状を受け取ってない……アーサーはそう考えた。

ってことは、友だちに秘密《ひみつ》ができちゃったわけか。やれやれだ。でも、どうすることもできない。家族を第一優先《ゆうせん》に考えなきゃいけないから。

ヒソヒソ話が中断されたのは、チャレンジャー校長がいきなりドアをバタンと開けて現れたときだった。みんな静まりかえって、ドアの方を見る。校長は顔がすすだらけで、口を開いた途端《とたん》に大あくびをした。

「朝食中に失礼。長居はせんよ。料理長の恨《うら》みは買いたくないからね」校長が言う。

料理長が引きつった笑みを浮《う》かべる。

「バレンシア・フェルナンデス博士が我《わ》が校に来てくださった。それだけ伝えておきたくてね」

アイリーンを含《ふく》む数人が息をのむ。アーサーには何がなんだかさっぱり分からない。

「フェルナンデス博士は著名《ちょめい》な古生物学者だ」校長の話は続く。「つまり、専門《せんもん》は恐竜《きょうりゅう》の研究。世界中で発掘《はっくつ》調査を行ったのち、母国のアルゼンチンの島々《しまじま》での探検《たんけん》からちょうど戻《もど》ってきたところをわしが捕まえた。我《わ》が校の施設《しせつ》を利用して、発掘《はっくつ》で見つけた遺跡《いせき》に関する研究を行ってもらう。そのかわり、今学期の後半で講座《こうざ》をいくつか担当《たんとう》して、講演も行ってもらう」

校長はさらに何か言おうとしたけど、考え直したみたいだった。「以上。固まらんうちにポリッジを食べてしまいなさい」

食堂はたちまち興奮《こうふん》したざわめきで溢《あふ》れかえった。アイリーンとジミーがさっそく、新聞記事や雑誌《ざっし》で収集《しゅうしゅう》したフェルナンデス博士に関する情報を交換《こうかん》しはじめる。アーサーだってもちろんワクワクしていた。でも、今夜のクローバー同盟《どうめい》の集会が行われる場所を突《つ》き止めるほうが先決だ。冒険家《ぼうけんか》の話を聞きたい気持ちは一旦《いったん》置いとかなきゃ。アーサーは咳払《せきばら》いをして言った。

「優先《ゆうせん》順位をお忘《わす》れなく。ぐずぐずしてる時間はないよ」

20

緑の騎士《きし》

ワトソン博士の授業では、かわりばんこに脈を見つけたり聴診器《ちょうしんき》を当てて胸《むね》の音を聞き合ったりした。その最中、ジミーが不意にあっと声を上げた。

「そうだ、学校の地図があればいいんじゃないか」アーサーとアイリーンに耳打ちする。「もっといいのは、建設時の設計図だ。設計図なら、地図に載《の》ってないものも見つかるかもしれない。秘密《ひみつ》の部屋とか建物とか」

「いいアイデアね。だけどそんなもの、どこを探《さが》せばいいの?」アイリーンが言う。

「どんな物だね?」小さな声がした。

三人が振《ふ》り返ると、ワトソン博士がすぐ後ろで面白そうな顔をしていた。

「すみません、ワトソン博士」アーサーが慌《あわ》てて言う。「僕《ぼく》たちちょっと、えっと、僕《ぼく》たちが知らないような近道がどこかにないかなって話してたんです。そうすればもっと授業に早く来られるんじゃないかって」

「ほほう、それはずいぶんと勉強熱心なことだな」ワトソン博士が眉《まゆ》をクイッと上げる。

アーサーはほっぺたがカーッと熱くなるのを必死で抑《おさ》えようとした。

「それで、学校の地図ってどこにあるのかなって話になって」アイリーンが引き継《つ》ぐ。ひとつもやましくないみたいに話してるけど、しきりに懐中時計《かいちゅう》をいじくっている。

「そうか。だったら、図書館の地図コーナーを探《さが》してみたらどうだろう。たしか最上階だよ。さてと、聴診器《ちょうしんき》の方はどうかな？　みんな脈は見つかったかな？　一緒《いっしょ》に見てみようか」

アーサーは気づいたら、博士に手首を優《やさ》しく握《にぎ》られて内側に指を当てられていた。

「おやおや、ドイル君、脈がかなり速いぞ。今後ウソがバレたくなければ、動揺《どうよう》を隠《かく》す練習が必要だな。いいか、心は物事を制する。さあ、勉強に戻《もど》ろうか。腸《ちょう》の音を聞いたことはあるかな？　驚《おどろ》くほど音楽的な器官だ」


三人が昼休みに図書館にやってくると、ほとんど人がいなかった。上の階には螺旋階段《らせんかいだん》で上れるようになっていて、塔《とう》にあるのとよく似てるけど、さらに急で狭《せま》くてガタつく。上に行けば行くほど、空気がカビ臭《くさ》くなってくる。アーサーは千冊《さつ》ほどの古い革表紙《かわ》の本の匂《にお》いを吸《す》い込《こ》んだ。ああ、なんてそそられる匂《にお》いだろう。

どんどん登っていくと、アイリーンが不意に立ち止まった。

「どうかした?」アーサーが尋《たず》ねる。

「ちょっとめまいがして。ここの人たちって、普通《ふつう》の階段《かいだん》ってものを知らないわけ？　しばらくここで……」

そのとき、頭上から足音が聞こえてきた。こちらに下りてくるらしい。

「だから言ったよね」イラッとした声。「ここの地図なんか百回くらい見たんだから」

「オレも言ったはずだ。緑の騎士《きし》から、すぐに見つけて安全なところに隠《かく》さないと大変なことになるって重々《じゅうじゅう》言われてるんだぞ」さっきより低い声がする。「早くしないと、あいつが戻《もど》ってきたら……」

「分かってる」女の子らしい最初の声。「だけど、存在《そんざい》しない物を見つけるなんてムリ。永遠に探《さが》し続けるのみね」

階段《かいだん》が軋《きし》んで、声の主たちが下りてくる。ジミー、アイリーン、アーサーはできるだけ足音を立てずに急ぎ足で階段《かいだん》を下りて、最初の踊《おど》り場に身を潜《ひそ》めた。アーサーはふたりの顔を確認《かくにん》したくてたまらなかったけど、見つかってしまったら元も子もない。三人は一番近くの本棚《ほんだな》の後ろに飛び込《こ》んで、低い天井にぶつからないようにかがんだ。ふたりがとおり過ぎていくタイミングで頭を引っ込《こ》める。足音が遠ざかっていくのを確認《かくにん》してアーサーが恐《おそ》る恐《おそ》る目だけ出すと、階段《かいだん》を下りていく誰《だれ》かの黒い髪《かみ》がギリギリ見えた。

三人は顔を見合わせた。足音がしなくなるとすぐ階段《かいだん》の脇《わき》から下を覗《のぞ》き込《こ》んだけど、もう姿《すがた》は見えない。

「別の出口があるみたいね」アイリーンがアーサーの隣《となり》で手摺《てす》りから身を乗り出す。「今の、何の話だと思う？　あのふたりもクローバー同盟《どうめい》の本部を探《さが》してるとか？」

アーサーは首を横に振《ふ》った。「違《ちが》うと思う。緑の騎士《きし》に言われて何かを『安全なところに隠《かく》さないと』って言ってた……誰《だれ》かが戻《もど》ってこないうちに」

「緑の騎士《きし》って？」

「『ガウェイン卿《きょう》と緑の騎士《きし》』、読んだことないか？」ジミーが尋《たず》ねる。

アイリーンがぽかんとした顔をする。「何卿《きょう》？」

「詩の形式で書かれた中世の物語だよ」アーサーが説明する。「緑の騎士《きし》は、アーサー王伝説に出てくる登場人物だ」

「アーサー王くらい知ってるだろ？」

アイリーンがジミーに向かって、はぁ？　という顔をする。「もちろん聞いたことあるわよ。だけど分かってると思うけど、大西洋を挟《はさ》んでわたしが育ったあたりは、王さまとか騎士《きし》とかあんまり盛《さか》んじゃないから」

「うん、けど素晴らしい物語だよ」アーサーが言う。「母さんがよく、寝《ね》る前に読んでくれたんだ。冒険《ぼうけん》と騎士道《きしどう》にどっぷり浸《ひた》れる。子どもの頃《ころ》は大きくなったら騎士《きし》になるって夢見てたな」

「だけど、もう騎士《きし》は存在《そんざい》していない。少なくとも当時のような騎士《きし》はね」ジミーが言った。

「だったら、その緑の騎士《きし》って誰《だれ》かのコードネームってこと？」アイリーンが言う。

「けど、誰《だれ》のだろう？」アーサーは考えをあれこれ巡《めぐ》らせた。

馬に乗った人の姿《すがた》が浮《う》かんでくる。森の中で見かけたフードを被《かぶ》った人。着ていたマントは、ダークグリーンだった。

アーサーはふたりにその話をした。「あれがいわゆる緑の騎士《きし》なのかな？」

「かもね」アイリーンが言う。「でも、何を探《さが》してるの？　何を隠《かく》そうとしてる？　誰《だれ》から？」

アーサーはハッとした。「不法侵入者《しんにゅうしゃ》！　その緑の騎士《きし》だかなんだかが隠《かく》したがっているものを盗《ぬす》もうとしたんじゃないかな？」

「ありえるな」ジミーが言う。「だけど、まったく関係がない可能性もある。それに僕《ぼく》たちには僕《ぼく》たちの解決すべき謎《なぞ》があるだろ。忘《わす》れてないか？」

「そうよ。まずは地図を手に入れなくちゃ」アイリーンが言う。

アーサーも、ごもっともと頷《うなず》いた。

だけど……、とアーサーは考えていた。緑の騎士《きし》と侵入者《しんにゅうしゃ》には絶対何かしらの関係があるはずだ、必ず突《つ》き止めてみせる。

三人は昼休みが終わるまで、学校とその敷地《しきち》の地図を手当たり次第に調べまくった。当初の設計図はかなり古いものだったので、角がめくれあがって手に持っただけでポロポロ崩《くず》れそうだ。一階の東廊《ろう》下《か》の裏《うら》には、エリザベス一世のプロテスタント統治時代にカトリック司祭を隠《かく》すために使われていたらしい穴《あな》があることが分かった。だけどそんな小さい穴《あな》に秘密《ひみつ》結社のメンバー全員が入れるとは思えない。司祭ひとりでも長時間隠《かく》れるのは窮屈《きゅうくつ》だったはずだ。

食堂の地下には野菜貯蔵庫《ちょぞうこ》がある。だけどももちろん、料理長がしょっちゅう出入りしてるはずだから秘密《ひみつ》のわけがない。秘密《ひみつ》結社だって、集会中にジャガイモの皮に埋《う》もれる心配はしたくないだろう。

「誰《だれ》も使ってないけどそれなりに広さのある場所か」アーサーは言った。

「しかも人があんまり行きたがらない場所」アイリーンも言う。

「あ、これ！」ジミーが声を上げた。

ジミーが机《つくえ》に色あせた大きな紙を広げる。一見すると地図が一枚《まい》。

だけどよくよく見ると、地図が二枚《まい》重なっている。

学校の敷地《しきち》の地図なのは、池があるのと、森の中にある空き地の形で分かる。だけど、建物が描《か》かれていない。その地図の上に重ねられているのが、ふたつ目の地図だ。玉ねぎの皮みたいな透《す》けている紙に描《か》かれている。こちらには、連なったトンネルや荷滑《すべ》らし用のシュートが描《か》かれていて、すべてが中央の大きな空間に繋《つな》がっている。

「採掘坑《さいくつこう》だ！」アーサーが叫《さけ》んだ。「バスカヴィルホールは採掘坑《さいくつこう》の上に建ってるんだ！」

「何の鉱物を採掘《さいくつ》していたんだろう。きっと今は使われていないはずだ」

「だから誰《だれ》にも見つからない」アーサーが考え込《こ》む。「スペースも十分だ。それに下りていってみようなんて気を起こす人はいない。ここがクローバー同盟《どうめい》の本部じゃないかな？」

「うーん、違《ちが》うと思う。絶対こっちでしょ」アイリーンが言う。

角がくるっと丸まってくる地図を平らに伸《の》ばしながら指差す場所に、森のはずれにある小屋の絵があった。絵の下に、小さな緑色の文字がある。

Domum Trifolium Incarnatum（ドームム・トリフォリウム・インカルナートゥム）

「ラテン語よ」アイリーンが言った。

「どういう意味？」アーサーがじれったそうに言う。

ジミーが顔を上げた。今日初めての安心した笑みが浮《う》かんでいる。アイリーンもニコニコしている。

「〝クローバー・ハウス〟よ」

21 ドーム・トリフォリウム・インカルナートゥム

アーサーとジミーは夕食後に部屋に戻《もど》っても、仮眠《かみん》するどころか制服も脱《ぬ》がなかった。しばらくするとそっとノックする音がして、ドアを開けるとアイリーンが立っていた。懐中《かいちゅう》時計の針《はり》は十一時四十五分を指している。

アーサーが部屋を出ようとすると、アイリーンが首を横に振《ふ》って囁《ささや》いた。「下でトビーが寝《ね》てる。前を通ったら確実に起こしちゃう。別ルートで行かなきゃ」

アイリーンが床《ゆか》に留めつけてあるロープの端《はし》っこを掴《つか》んで、ジミーに窓《まど》をあけてと身振《みぶ》りすると、ロープを窓《まど》から投げた。そして、あっという間に窓《まど》の外に消えた。

自分の番になるとアーサーはポケットにいれたクローバーをもう一度確認《かくにん》してから深呼吸《しんこきゅう》をして、窓《まど》から出た。

こうして三人はロープを掴《つか》んでツタをかき分けながら、クラスメートたちが眠《ねむ》る部屋の窓《まど》を通過して塔《とう》の壁《かべ》を降《お》りていった。

地面に降《お》り立つと、三人は真っ暗な夜の中をそろりそろりと進んでいった。雲が厚いしろうそくをもちだす勇気もなかったので、建物のぼんやりした影《かげ》をたよりに恐《おそ》る恐《おそ》る歩く。途中《とちゅう》で足音を聞いた気がしてアーサーは振《ふ》り返ったけど、暗くて人影《ひとかげ》は見えない。

だけど、絶対あとをつけられてる。

やっとのことで、敷地《しきち》の北東のはずれに着いた。頭上には木々《きぎ》が細い枝を広げている。アーサーは暗闇《くらやみ》に目をこらして、小屋の形を探《さが》した。

「で？」アイリーンが尋《たず》ねる。

「しーっ。聞こえない？」ジミーが囁《ささや》く。

微《かす》かな話し声がする。枝をそよがせる風の音にも聞こえるけれど、よく耳を澄《す》ませると、単語の断片《だんぺん》が聞き取れた。

「あっちから聞こえる」アーサーは小声でいうと、木の葉が特にびっしり茂《しげ》っているあたりを指差した。

木の葉をかき分けて進むと、足元で湿《しめ》った葉が潰《つぶ》れる音がして、アイリーンが何かにぶつかって声を上げた。

「キャッ！　何これ？」

ギリギリ見えたのは、地面からにょきにょき生えているように見える丸い物体だった。そこらじゅうで、妙《みょう》な角度で立っている。

「ここ、墓地じゃないかな」アーサーは呟《つぶや》いた。

ううう……この下には誰《だれ》が埋《う》まってるんだろう？　アーサーはゾクッとした。

「じゃあ、ここじゃなかったのか？」ジミーが尋《たず》ねる。

「いや、合ってると思う。人目につきたくなかったら、これ以上の場所はないんじゃないかな？　ほら、見て！」

間違《まちが》いない。キャンドルの炎《ほのお》がちらついているような光が見える。光の出どころは前方にぼんやり見える大きなもので、さっきまでは木の茂《しげ》みだとばかり思っていた。墓石をよけながら、アーサーは先頭に立ってそちらへ進んでいった。

近づくにつれて、形がだんだんはっきりしてきた。つる草でびっしり覆《おお》われているけど、手を伸《の》ばしてみると、その下に石があるのが分かる。心臓《しんぞう》がドキドキしてくる。視線《しせん》の隅《すみ》っこに、にぶく光るものがある。ドアの取っ手だ。

「ここだ！　見つけたぞ！」アーサーはドアに近づいていった。

ふたりに向かってニコーッとする。

「古い霊廟《れいびょう》にしか見えない。グローバーがいたら大喜びね」アイリーンが呟《つぶや》く。

アーサーの笑顔がしぼんだ。友だちが全員この結社に招かれなかったことを思い出すと悲しくなる。

「で？　さっさと入ろう」ジミーがじれったそうに言う。

アーサーは取っ手を握《にぎ》って押《お》した。ドアがあっさり開く。ほの暗い光の中に数人の人影《ひとかげ》が浮《う》かび上がったかと思うと、次の瞬間《しゅんかん》、頭に何かをすっぽり被《かぶ》されてしまった。目の前が真っ暗になって何も見えない。

「ようこそ」声がした。「クローバー・ハウスへ」

「持参したクローバーをこちらへ」女の子の声がする。アーサーがポケットをさぐって自分のクローバーを出すとすぐ、引ったくられてしまう。

「おめでとう」最初にようこそと言った男の子の声がする。「君たちは……」

そこで声が途切《とぎ》れたかと思うと、後ろでドアが軋《きし》む音がした。

「ああ、もうひとり来たようだな」男の子が言う。

この声、どこかで聞いたことがある。アーサーは考えたけど、どうしても思い出せない。

「もしもし？」ドアのところで声がした。

ああ、この声なら分かる。聞きたくなかったけど。

「セバスチャンか」ジミーがすぐ左で囁《ささや》いた。

これは偶然《ぐうぜん》か？　僕《ぼく》たちの直後にセバスチャンが来るなんて。それとも、あとをつけられた？　多分セバスチャンは自分でクローバー・ハウスを探《さが》そうともしなかったんだろう。他の誰《だれ》かが見つければ、手間が省ける。アーサーは拳《こぶし》を握《にぎ》った。ずるいヤツは我慢《がまん》ならない。

「真夜中を過ぎたな。ドアにカギを」最初の男の子の声がした。

かんぬきが下ろされる重たい音がする。

「さてと」男の子が続けて言う。「これで君たちは、クローバー同盟《どうめい》のメンバー候補《こうほ》に値《あたい》することが分かった。全員、第一のハードルをクリアしたわけだ。おめでとう。招待した生徒の中にはすでに脱落《だつらく》した者もいる」

誰《だれ》だろう？　アーサーは考えた。この声、絶対どこかで聞いたことがある。

「君たちの中には、招待状を受け取るまで我々《われわれ》の存在《そんざい》を知らなかった者もいるだろうな。噂《うわさ》に聞いていた者もいるかもしれない。家族がすでにメンバーだった者もいるはずだ。だが、はっきり言っておく。君たちのうちひとりとして、我々《われわれ》の真の価値《かち》を知っている者はいない。誰《だれ》ひとり、我々《われわれ》がどれほど大きな影響力《えいきょうりょく》を持っているか、想像もつかないだろう。メンバーになるまではね。だがクローバー同盟《どうめい》のメンバーになるためには、それに値《あたい》する存在《そんざい》だということを証明してもらわなければならない」

アーサーは顔の横で炎《ほのお》がちらついているのを感じた。

「我々《われわれ》は、他のエリート集団のように信条や階級でメンバーを選ばない。強い人格を持つ者を選ぶ。そのために、三つのテストを受けてもらう。三つ葉のクローバーのそれぞれの葉が示すものを試すテストだ。勇気、名誉《めいよ》、忠誠《ちゅうせい》。ひとつでも不合格になれば、メンバーになる資格はない。くれぐれも言っておくが、限界まで君たちを試すことになる。だが合格すれば、クローバー同盟《どうめい》の一員となれる。我々《われわれ》の仲間になれば、どんなに高望みと思われる夢も叶えるチャンスを得られる。だが仲間になれなければ、その夢に手が届《とど》くことはないだろう」

ああ、どうしてもクローバー同盟《どうめい》のメンバーにならなきゃいけない。アーサーの頭の中は、そんな思いでいっぱいになった。あまりにも強い願いだし、ハドソン副校長のパイナップルタルトのようにうっとりと甘《あま》い。長い間、夢なんか見ないようにしてきた。僕《ぼく》なんかが夢を見たところでむなしいだけ、そう思っていた。だけどいま、好きなだけ大きな夢を見るチャンスが目の前にある。

「これから、ひとりずつ聖杯《せいはい》を手渡《てわた》す。立ちはだかるどんな難題《なんだい》も受けて立つつもりがあるなら、飲み干《ほ》すがいい。そうでなければいますぐ立ち去り、二度と戻《もど》ってくるな」

アーサーは唇《くちびる》を舐《な》めて待った。すると、目の前に誰《だれ》かが立つ音がした。

「飲むことを選ぶか？」囁《ささや》き声がする。

「はい」アーサーは答えた。

ひんやりした聖杯《せいはい》が唇《くちびる》に触《ふ》れたときやっと、アーサーはどこでその男の子の声を聞いたのかを思い出した。昼に図書館で聞いた声だ。緑の騎士《きし》のことをひそひそ話していたのと同じ声。

この発見にビックリしたせいか、口に含《ふく》んだ液体がお酢《す》のように酸っぱかったせいか、アーサーはむせてしまった。咳《せき》の音が部屋の中に響《ひび》き渡《わた》る。隣《となり》にいるジミーが肘《ひじ》で突《つつ》いてきたので、余計ゲホゲホしてしまった。

「全員、我々《われわれ》の挑戦《ちょうせん》に立ち向かうことを選んだ。では、最初の試験に呼《よ》び出されるのをしばし待つように。呼《よ》び出しはいつどんな形で来るかは分からない。目を見開き、耳を澄《す》まし、常に準備を怠《おこた》らないことだな」

アーサーはその先の指示を待ったけど、急にあたりがしーんとした。外に連れ出されるのを感じたかと思うと、周りで人が動きまわる音がする。数分後、音が消えた。

「誰《だれ》か？　誰《だれ》かいるんですか？」アーサーは呼《よ》びかけた。

返事はない。

被《かぶ》せられていたフードをはずすと、アーサーは真っ暗闇《くらやみ》の中、ひとり立っていた。

22
二通ものがたり

母さんへ
返事が遅《おそ》くなってごめんなさい。手紙をありがとう。金曜日に受けとったよ。ここに来てもうひと月近くになるなんて信じられない。
みんな元気でよかった。父さんの絵も進んでるんだね。コンスタンスは歯が生えたかな？　キャロラインみたいに噛《か》み癖《ぐせ》がないといいね。

僕《ぼく》は元気だ。バスカヴィルホールの居心地はすごくいい。友だちもたくさんできたし、クラスメートともうまくやってる。ただ……

アーサーはそこまで書いてペンを止めた。ペンが便箋《びんせん》の上で彷徨《さまよ》う。もう夜遅《おそ》くて、ジミーはベッドで寝息《ねいき》を立てている。キャンドルの炎《ほのお》がちらつき、書いた文字がゆらゆら歪《ゆが》んで見える。「ただ、セバスチャンっていう子は例外だけど」って書こうとしたけど、気が変わった。母さんに心配かけたくない。月曜日の朝食のときも、セバスチャンにコップにすり替《か》えられて、アーサーはむせて吹《ふ》き出してしまった。塩水を被《かぶ》ったアイリーンとポケットは、ワトソン博士の授業に標本みたいな匂《にお》いをさせて出なきゃいけなくなった。でもそんな話を母さんにするつもりはない。アーサーはペンをぎゅっと握《にぎ》り締《し》めながら考えた。

ただ、勉強が忙《いそが》しくて大変だ。ルームメートはイギリスから来たジミーっていう子だよ。お父さんがチェスを一式送ってくれたから、よく一緒《いっしょ》にやってる。ジミーは何年も前からやってるから大抵《たいてい》負けるけど、だんだん僕《ぼく》も上達してきてる。あとはアイリーンっていう女の子とも仲よくなった。アメリカ出身で、両親がオペラ歌手。それからポケットっていう……

またしてもアーサーはペンを止めて、クスッと笑った。ポケットのこと、なんて説明すれば伝わるかな。母さん、ポケットが小動物をいつも服のポケットに入れてたり、それどころかミニチュアのダイナマイトを入れてたりする癖《くせ》を話しても、面白がってはくれないだろうな。それに最近、あんまりポケットに会ってない。グレイ教授の電気実験の助手をする時間がどんどん増えてきた。授業以外で見かけたとしても、たいてい興奮《こうふん》気味に実験の進行状況《じょうきょう》の話ばかりしてくる。生きてるうちに電動式の空飛ぶ機械を見られるはずだよ、と声を弾《はず》ませていた。

ポケットっていう研究熱心な女の子もいる。そうそう、あと、グローバーを忘《わす》れちゃいけない。ちょっと変わってるけど、面白くていい奴《やつ》だ。

アーサーは今朝のことを思い出してニッコリした。グローバーが朝食のときに隣《となり》に座《すわ》ってくるなり言った。

「見せたい物があるんです」グローバーが紙切れをこちらに滑《すべ》らせてくる。「まあ、ほんとは君が読むようなものじゃないんですけどね。学校新聞記者のトライアル用に書いた記事です。けど、君も見たいかと思って」

アーサーはチラッと見て、すぐに二度見した。僕《ぼく》の死亡《しぼう》記事だ。

「昨日の朝、尊《とうと》きバスカヴィルホールにて、アーサー・ドイルがこの世を去った。自分が口にした（たいして面白くもない）ジョークに爆笑《ばくしょう》している最中、舐《な》めていたレモンドロップを喉《のど》に詰《つ》まらせ、二度と息を吹《ふ》きかえすことはなかった」

　えーっと……。

「いやいや、僕《ぼく》、死んでないし！」アーサーは反論《はんろん》した。「しかも、この下に書いてある人物紹介《しょうかい》、ウソばっかりじゃないか。僕《ぼく》にはガードルドおばさんなんていないし、アナグマもペットにしてない。あと、室内楽オタクなんかじゃないよ」

　グローバーがおでこに皺《しわ》を寄せる。「まあ、細かい情報も足さなきゃいけなかったので。そうでもしないといまいち面白みに欠けますから」

「アナグマはあたしが飼ってたのを教えてあげたんだ」ポケットが口を挟《はさ》んでくる。アイリーンとジミーも死亡《しぼう》記事を読んで、肩《かた》をぶるぶる震《ふる》わせて笑っている。「フランク、可愛かったなーッ。パパの足首が大好きなのだけは困《こま》っちゃったけど」

「確かにかなり読者を意識して書かれてるわね」アイリーンが読み終えると言った。「でも、記者のトライアルとしてはどうかな。もっと楽しい話題を選んだほうがいいんじゃない？」

「ありがとう！」アーサーは声を上げた。

「つまりね」アイリーンが話を続ける。「グローバーに必要なのは、話を盛《も》らなくてもいい人物。すでに素晴らしい経験をしていたり、偉大《いだい》な業績を残している人」

「グレイ教授とか！」ポケットが叫《さけ》ぶ。「グレイ教授がしてきたことって、ほとんどの人は人生十周目でもムリじゃないかな。それに今学期の終わりには学校を辞めちゃうし、それってていなくなるって意味じゃ同じだし。グレイ教授への賛辞として記事にしてもいいかも」

グローバーが目を輝《かがや》かせる。「なるほど！　完璧《かんぺき》です。インタビューを受けてもらえるか聞いてみなくては。いますぐ！　ワタシの息、大丈夫《だいじょうぶ》ですか？」

グローバーは胸《むね》ポケットから小さな缶《かん》をとりだして、レモンドロップをひとつポイッと口に放り込《こ》んだ。「よし、これでいい。ドロップいりますか？」

グローバーが缶《かん》を差し出してきたけど、さっきの死亡《しぼう》記事を思い出したアーサーは丁重にお断りした。

思い出していたらあくびが止まらなくなってきた。もうずいぶん遅《おそ》いけど、母さんへの手紙を書き終えてしまいたい。すでに出すのが遅《おく》れてるし。急いでもう少し書き足す。

どの授業も学ぶところがたくさんあります。ボクシングは大好きだけど、一番好きなのはワトソン博士の解剖《かいぼう》学。すごくいい先生だし、授業も退屈《たいくつ》した試しがない。僕《ぼく》もいつか博士になるつもりです。どんな研究をしたいかそれぞれ考えることになっていて、二年生で専攻《せんこう》（ここではサークルっていいます）を決めなくちゃいけないんだけど、ひとつに絞《しぼ》れないよ。どれもこれもすごく面白いんだ！　でもそのうち決まると思う。母さんに誇《ほこ》りに思ってもらえるように頑張《がんば》ります。

大切な母さんへ

アーサーより

手紙を書き終えるとふーっと息をついて、ベッドに飛びこもうとする。そのとき、螺旋階段《らせんかいだん》を上がってくる足音が聞こえた。その直後、クリーム色の封筒《ふうとう》がドアの下から差し込《こ》まれた。

胸《むね》がドクンと高鳴る。やっと、クローバー同盟《どうめい》から手紙が来た！　クローバー・ハウスでの集会からもう三週間近く経つ。ジミーとアイリーンからも何も来てないって聞いてなければ、クローバー同盟《どうめい》は気がかわって僕《ぼく》を入れるのをやめようと思ったんだなと諦《あきら》めてるところだ。

大きく二歩でドアのところに行って、ジミーを起こそうとしたとき、封筒《ふうとう》に書かれた宛名《あてな》が見えた。手紙をひろって、じっくり眺《なが》める。

僕《ぼく》宛《あ》てじゃない。宛名《あてな》はアイリーンで、消印はフランスだ。

ドアを開けたけど、誰《だれ》もいない。

意味不明だ。見てすぐアイリーン宛《あ》てと分かる手紙を誰《だれ》がこの部屋に？　それより何より、どうしてだ？

23

バレンシア・フェルナンデス

アーサーは次の朝、顔を洗《あら》って着替えながらジミーに手紙のことを話した。

「開封《かいふう》したのか？」ジミーが聞く。

「まさか」友だちのプライバシーを侵害《しんがい》するようなこと、するわけないじゃないか。

ピリッと冷たい空気の中、本館へ歩いていく。空は暗い灰色《はいいろ》で十一月が近づいていることを告げている。校舎に入るとふわっとあったかくて、アーサーはほっとした。

温室の前を通り過ぎるとき、ローリング教授がせかせか出てきてドアを支えているのが見えた。そのドアから女の人が出てくる。オリーブ色のツイードの縁取《ふちど》りがあるカーキのワンピースを着て、泥《どろ》だらけのブーツを履《は》いている。頭にはクジャクの羽がついたつばの広い帽子《ぼうし》をかぶっていた。日焼けした顔に、黒髪《くろかみ》をひとまとめにしている。

「誰《だれ》だろう？」ジミーが尋《たず》ねる。その女の人に目が釘《くぎ》づけだ。

アーサーも視線《しせん》を逸《そ》らせなかった。不思議な格好をしているからというのもあるけど、もうひとつには、その人がものすごく美しかったからだ。

「バレンシア・フェルナンデス博士」声がする。

おずおずと振《ふ》り返ると、グレイ教授が後ろに立っていた。鋭《するど》いブルーの瞳《ひとみ》でアーサーとジミーをかわりばんこに見つめる。

「探検家《たんけんか》の？」アーサーが思わず声を上げる。

「その通り。さ、じろじろ見てないでいいかげんどいてくれる？　邪魔《じゃま》で通れないの。これから要注意の実験があるから」

「すみません、教授」アーサーたちは同時に言って、端《はし》っこに寄った。

グレイ教授が、もの知り顔でふたりを見る。「構わないわよ。彼女《かのじょ》、すごく目立つでしょう？でもね、どんな人か知ったら外見よりもずっと意外性があるわよ」

ふたりとも反応に困《こま》って顔を見合わせた。

グレイ教授が東棟《ひがしとう》の方に歩いていくと、ジミーとアーサーはローリング教授とフェルナンデス博士のあとをついて食堂に向かった。ノンストップでしゃべっている教授をよそに、博士は廊下《ろうか》に飾《かざ》られている肖像画《しょうぞうが》や工芸品を興味深そうに眺《なが》めている。アーサーは思い出した。そういえばまだ例のベイカー卿《きょう》の肖像画《しょうぞうが》の現物を見たことないな。

食堂に着くと、アイリーンがいつもの席で紅茶《こうちゃ》をふーふーしていた。

「ね、見た？」アイリーンが、フェルナンデス博士がローリング教授につきまとわれているテーブルのほうに頷《うなず》いてみせる。「ステキじゃない？」

「うん」アーサーは言った。「けどさ、アイリーン、それより、これ」

アーサーはアイリーンのほうに手紙を滑らせた。アイリーンが手に取って顔をしかめる。

「なんでアーサーが持ってるの？」

「昨日の夜、僕《ぼく》たちの部屋のドアの下に差し込《こ》まれてたんだ。君の部屋と間違《まちが》えたんじゃないかな?」アーサーが答える。

「でも、どの部屋にもネームプレートが掛《か》かっているのに。しかも手紙はメールボックスに配達されるはずでしょ」

アイリーンが食堂のドアの方を指差す。ドアを出てすぐのところに背《せ》の高い棚《たな》があって、百以上の小さな仕切りに分かれている。生徒ひとりにひとつ割《わ》り当てられていて、手紙はそこに配達されることになっていた。

アイリーンは封筒《ふうとう》から便箋《びんせん》を取り出して読み始めた。読み終わると、アーサーの方を見て肩《かた》をすくめる。「ママからの手紙。いつも通り。読んでみたら?」

アーサーは手紙をじっと見下ろした。お母さんもお父さんも元気だけど、パリでのショーが中止になったからウィーンに移動して次のショーのリハーサルを始める予定だ、と書いてある。着いたらすぐに新しい住所を連絡《れんらく》する、とも。

手紙を返そうとしたとき、てっぺんに微《かす》かなでこぼこがあるのに気づいた。アイリーンの方を見ると、胸《むね》ポケットからルバーブジャムの小瓶《こびん》をとりだしてトーストにぬっている。アーサーは手紙に顔を近づけて目をこらした。光にかざしながらあっちこっちと角度をかえてみる。アーでこぼこは、文字を書いた跡《あと》だった。この手紙の上に直接置いて、違《ちが》う手紙の宛名《あてな》を書いたらしい。

戦争省　事務次官
ホワイトホール　ロンドン

アーサーは眉《まゆ》を寄せた。ヘンだな……。どうしてオペラ歌手が戦争省の事務次官に直接手紙を書くんだろう？

聞いてみようとしたとき、ギョッとしてもう少しでイスから落ちそうになった。さっきまで誰《だれ》もいなかった席から、ぼーっとこちらを見つめている顔が見えたからだ。

「グローバー！」

「おはよう、アーサー。よく眠《ねむ》れましたか？　幽霊《ゆうれい》の訪問《ほうもん》はありませんでしたか？」

アーサーはやれやれと首を振《ふ》った。

「そうですか。ワタシのところにもなかったです」グローバーがボソッと言った。

アイリーンに尋《たず》ねるタイミングがないまま、午前中の授業が慌《あわ》ただしく終わった。午後は午後で、手紙のことなんか忘《わす》れてしまうような事件が起きた。

ローリング教授の授業のために温室に入っていくと、ねじ曲がった巨木《きょぼく》の下にフェルナンデス博士が座《すわ》っていた。脇《わき》に旅行用のトランクがいくつか置いてある。生徒たちは、巨木《きょぼく》の下に並《なら》んだベンチやラグのそれぞれの場所に座《すわ》る。

ローリング教授が紹介《しょうかい》しようとすると、フェルナンデス博士は手をひらひらさせて制した。

「わたしのことはいいからいいから」アーサーが想像していたより荒《あら》っぽい声で、レディというより冒険家《ぼうけんか》という感じだ。まあ、実際、冒険家《ぼうけんか》なんだけど。「みんな、わたしが発掘《はっくつ》したものを見たいでしょ」

フェルナンデス博士は、トランクから出土品を次々《つぎつぎ》に取り出した。岩に閉じ込められた古代の化石、アーサーの拳《こぶし》ほどもある歯、古代の顎《あご》の骨《ほね》や小さな頭がい骨《こつ》、ワトソン博士の人体模型《もけい》のナポレオンに気味が悪いほど似ている指の骨《ほね》。

中でも一番奇妙《きみょう》なのは、卵《たまご》だった。

フェルナンデス博士はその卵《たまご》をトランクからそーっと取り出した。アーサーの母さんが生まれたばかりのコンスタンスを抱《だ》き上げたときみたいにそーっと。

「これはね、価値《かち》がつけられないほど貴重《きちょう》なもの。完璧《かんぺき》な状態で保存《ほぞん》された恐竜《きょうりゅう》の卵《たまご》なの」

みんな息をのんだ。卵《たまご》はガラス瓶《びん》の中に入っていて、柔《やわ》らかい綿が敷《し》いてある。恐竜《きょうりゅう》の卵《たまご》と知らなかったら、料理長が焼いたバターロールだと思ったかもしれない。どちらも見たところ、投げつけられたら痛《いた》そうな、硬《かた》くて斑点《はんてん》のある岩みたいだ。

「だけどそんなこと、ありえるんですか？」ソフィアが尋《たず》ねる。

「はっきりとは分からないの」フェルナンデス博士は認《みと》めた。「地下深くで発見されてね。まだ識別中の青い粘土層《ねんどそう》の中に埋《う》まってたの。その粘土層《ねんどそう》が防腐剤《ぼうふざい》の役目を果たしていたんじゃないかってのがわたしの仮説。だけど、まだまだ調査が必要ね」

アーマッドが近くで見ようと前のめりになってベンチから落っこちそうになり、フェルナンデスデス博士は思わず後ずさりした。ローリング教授がアーマッドに気をつけなさいと注意して、必死であやまる。

「その卵《たまご》、どうするんですか？」いったん騒《さわ》ぎがおさまると、アイリーンが尋《たず》ねた。

「いい質問ね。期待しているのは、中身もそのまま保存《ほぞん》されてるんじゃないかってこと」

「えっ、つまり……」アーサーが声を上げる。

「化石化した恐竜《きょうりゅう》の胎児《たいじ》が入ってるんじゃないかな。期待どおりなら、この分野で初の大発見ね」

　ローリング教授が立ち上がって、拍手《はくしゅ》を始めた。


　その夜、アーサーはベッドに入ってからやっとアイリーンの手紙のことを思い出した。でも、昨日の夜ほとんど眠《ねむ》れなかったのでそれ以上考えないうちに目がとろんとしてきて……。

……うとうとしたと思った瞬間《しゅんかん》、揺《ゆ》り起こされた。

「起きて着替《きが》えろ。時間だ」荒《あら》っぽい声がする。

「時間？」アーサーはまだぼんやりしたまま尋《たず》ねた。目をぱちぱちして、誰《だれ》に起こされたのか確かめようとする。だけど、起こした相手はもう真っ暗闇《くらやみ》の中に姿《すがた》を消していた。

「最初のテストだ。すぐにスタートする」

24

論理《ろんり》の飛躍《ひやく》

アーサーとジミーは部屋から出るなり目隠《めかく》しをされた。最初に呼《よ》び出されたときと同じだ。何にも見えない状態で塔《とう》の螺旋階段《らせんかいだん》を下りていく。アーサーはしっかり手摺《てす》りに掴《つか》まっていたけど、空気は冷んやりしているのに手のひらが熱くて汗《あせ》で滑《すべ》る。最初の課題はなんなのか知りたくてたまらない気持ち半分、吐《は》きそうなほどの不安半分だ。

ワトソン博士が言ってたことを忘《わす》れるな。心は物事《ものごと》を制する。落ち着いて心の目で見ろ。

クローバー同盟《どうめい》のメンバーはどうやってトビーの監視《かんし》をすり抜《ぬ》けて部屋に来たんだろう。今も外に出るにはトビーの前をとおらなきゃいけない。だけど一階に着くと、生肉の匂《にお》いがしてきた。肉屋さんにはさんざんおつかいに行ったから分かる。ガルルルというううなり声もする。そうか、さすがのトビーにも勝てない誘惑《ゆうわく》があるんだな。

塔《とう》から連れ出されて何回かその場で回転させられると、ジミーはアーサーの肩《かた》に、アーサーは前にいる人の肩《かた》に両手を置くように言われ、歩き出した。

「アイリーン？　アイリーンだよね？」アーサーが囁《ささや》く。

「うん。どこに連れてかれるんだと思う？」

近くにいる人にしーっといわれて、どんどん前に進んでいく。

ずいぶん長いこと歩いた。たまに引き返して、どこにいるのか把握《はあく》できないようにさせられている。数分ごとに、アーサーは胸《むね》がぎゅっと締めつけられるような気がした。期待で心臓《しんぞう》が口から飛び出しそうな気がする。クローバー・ハウスでは、テストは三つあると言われた。勇気、名誉《めいよ》、忠誠《ちゅうせい》を試すと。そのうちどれなんだろう？

やがて、草地がおわってゴツゴツ硬《かた》い土になってきた。イバラがズボンの裾《すそ》に引っかかる。頭上でフクロウが鳴いている。きっと森だな。

森の中で見た、フードをすっぽりかぶって馬に乗った人のことを不意に思い出す。もしかして、緑の騎士《きし》と名乗る人のところへ連れていかれるんだろうか？

「キャッ！」アイリーンの悲鳴がきこえて、アーサーはハッと我に返った。

「ああ、足元に気をつけろ。階段《かいだん》だ」声がする。

そろそろと足を出すと、硬《かた》くて平らなものを踏《ふ》むのを感じた。二歩目で、石の段《だん》だと分かる。

「まだだ」アーサーは手で後ろに押《お》し戻《もど》されて、アイリーンと引き離《はな》された。「一度にひとりだ。残りは呼《よ》ばれるまでここで待て」

アイリーン、頑張《がんば》れ。アーサーは、連れていかれるアイリーンを心の中で応援《おうえん》した。

「ここ、どこだろう？」ジミーが後ろで囁《ささや》く。

だけど、その場に残って監視《かんし》してるメンバーがいたらしく、すぐにしーっと言われた。

それからの数分は、ものすごく長く感じられた。アーサーは胃《い》がひっくり返りそうで、鼓動《こどう》がどんどん激《はげ》しくなってきた。そしてついに、階段《かいだん》を下りて戻《もど》ってくる足音がきこえた。でも、ひとりだけだ。

「つぎはお前だ」監視役《かんし》がアーサーの腕《うで》を取って前に押《お》し出す。

「アイリーンは？」

「お前には関係ない」

「無事なんですか？　合格したんですか？」

「黙《だま》って歩け」

一段《だん》ずつ階段《かいだん》を上る。湿度《しつど》が高くなってきて、じめじめした匂《にお》いがする。なんらかの建物の中なのは分かる。多分かなり古い。森のはずれにあるなんて、何の建物だろう？

でもとにかく、出口がもうひとつあるはずだ。でなきゃ、アイリーンはどこに行ったんだってことになる。それともまだ建物の上にいるのかな？

気のせいかもしれないけど、階段《かいだん》がすごく急だ。アーサーはのぼりながら段《だん》を数えていた。
一、二、三……。
十。

二十。

三十。

四十七段《だん》までかぞえたとき、また空気が変わった。パリッと爽《さわ》やかな森の空気が押《お》し寄せてきて、同時にもうひとつ、どこかでかいだことのある匂《にお》いがする。緊張《きんちょう》で何の匂《にお》いかは分からないけど、どういうわけか妹のメアリーの顔が浮《う》かんできた。

「開始！」何の匂《にお》いか思い出す間もなく、声が響《ひび》き渡《わた》った。「お前はクローバー同盟《どうめい》の挑戦《ちょうせん》を受けた。これから試験を行う。しくじれば二度とメンバーになることはない。合格すれば、偉《い》大《だい》にして強力な繋《つな》がりをもつチャンスを得る。分かったか？」

口の中がカラカラだ。アーサーは唇《くちびる》を舐《な》めた。「分かりました」

目《め》隠《かく》しがとり払《はら》われる。えっ……？　一瞬《いっしゅん》分からなかったけど、しばらくすると全体像が見えてきた。丸い屋根の下にいて、一本しかないキャンドルの炎《ほのお》が仮面をつけたふたつの顔を照らしている。そのふたりが並《なら》んで立って、こちらをじっと見つめていた。

「こんばんは、アーサー」背《せ》の高いほうが言う。これは、図書館できいた男の子の声だ。クローバー同盟《どうめい》の最初の集会を仕切っていたのもこの声だった。なんとなく掴《つか》みどころのない感じの声で、前に姉のキャサリンと一緒《いっしょ》に見たマジシャンを思い出す。マジックをするときのしゃべり方を工夫することで（アーサーに言わせれば成功してなかったけど）、トリックがイマイチなのをごまかそうとしていた。

「今夜は、勇気を試す」もうひとりが言う。女の子の声だ。アーサーはハッとした。この声も聞いたことがある。弾むような高い声。ナイチンゲールの鳴き声みたいだ。〝マジシャン〟と一緒《いっしょ》に図書館でしゃべっていた女の子だ。

〝ナイチンゲール〟が指差す先に舞台《ぶたい》のような壇《だん》があって、欄干《らんかん》が崩《くず》れ落ちている。アーサーは近づいて覗《のぞ》き込《こ》んだ。よくよく目をこらすと、丸太が横倒《よこだお》しになっているように見えた。間に合わせの橋ってことか。下に目をやると、何にも見えない。だけど段数《だんすう》を数えながら上ってきたので高さの見当はついていた。四十七段《だん》ってのは、落ちたらずいぶんな高さだろうな。

「橋の真ん中に木製のクローバーが置いてある」ナイチンゲールが続けた。「歩いて進んでそのクローバーを拾ったら、そのまま向こう側まで歩け。気をつけることだな。バランスを崩《くず》して落ちたら……まあ、どうなるかは分からない。クローバーがある真ん中までたどり着けないまま戻《もど》ることを選択《せんたく》したり、クローバーを拾わずに向こう側まで渡ったりしたら、失敗だ。ここまで分かったか？」

アーサーは頷《うなず》いた。両手を握《にぎ》り締《し》め、震《ふる》えそうになるのを我慢《がまん》する。

落ちたらどうなるかは分からない。それって、まさか……。

「では、これを持て」ナイチンゲールが火が灯ったキャンドルを一本手渡《てわた》してくる。「さあ、はじめろ」

真っ暗闇《くらやみ》に向き直る。キャンドルの炎《ほのお》で見えるのは足元の丸太がギリギリだ。まず片足《かたあし》を出す。もう片方《かたほう》の足も。空いているほうの腕《うで》でバランスを取る。よし、いける。少しずつ、歩きだした。

丸太が揺《ゆ》れる。

脚《あし》もぷるぷるしてくる。

歯を食いしばって、一歩ずつ。

心臓《しんぞう》がばくばくして、安全なところに帰りたがっている。でも、前に進むしかない。一歩ごとに姉や妹たちの顔をひとりずつ思いうかべる。クローバー同盟《どうめい》に入ることが、姉妹たちにとってどんな意味を持つかを。

足を滑らせないように視線《しせん》を定めていたら、ついに小さい木の欠片《かけら》が目に入った。ピカピカに磨《みが》かれた木製のクローバーが、丸太の真ん中に置いてある。危ない、もう少しで蹴《け》っとばすところだった。

しゃがんで拾うのみ。

ゆっくり……そーっと……。

よし、とうとう木製のクローバーを手に掴《つか》んだ。

やった！

これで勝ったも同然だ。あとは立ち上がって、丸太の残り半分を歩けばいい。

だけど立ち上がろうとしたとき、丸太が今までより大きく揺《ゆ》れたように感じた。揺《ゆ》れが激《はげ》しくなればなるほど、バランスは難しくなる。よろよろするのが分かる。このままだと落ちてしまう……。

アーサーは咄嗟《とっさ》に両手で丸太を掴《つか》み、丸太と自分の体を安定させた。と同時に、キャンドルとクローバーが手から離《はな》れて暗闇《くらやみ》に吸《す》い込《こ》まれていく。

「あーっ！」

もう間に合わない。クローバーは落ちてしまった。

終わった。失敗だ。

姉や妹たちの顔が浮《う》かんでくる。アーサーは足元の暗闇《くらやみ》を見つめるしかなかった。

キャサリン、アン、キャロライン、メアリー……。

あっ、メアリー！

記憶《きおく》が一気によみがえってきて、不意に三つのことが頭の中で整理された。

「ドイル！」マジシャンが叫《さけ》ぶ。「クローバーは落ちた。お前の試験は終わりだ」

「まだ終わってません」

アーサーは答えると、深呼吸《しんこきゅう》をして……飛んだ。

25

ザブン！

暗闇《くらやみ》に飛び込《こ》む一瞬《いっしゅん》で、頭の中にある三つが正しいかどうか確認《かくにん》した。

ひとつ目。さっきここの空気の匂《にお》いでメアリーを思い出したのは、エディンバラの家の近くの公園の池の匂《にお》いと似てるからだ。メアリーにせがまれてよく、アヒルにえさをやりに行った。

ふたつ目。クローバーを落っことした直後に聞こえてきた微《かす》かな音は、アヒルが着水するときの音と同じだった。

そして三つ目。マジシャンはクローバーを持って戻《もど》らなければテストに不合格だと言っていた。だから、それさえ達成すればいい。向こうが思ってるやり方とは違《ちが》うけど。ただし……僕《ぼく》の推測《すいそく》が間違《まちが》っていて、硬《かた》い地面にまっ逆さまってわけじゃなければ。

妹たちにとってはテストに失敗した兄と死んでしまった兄とどっちがいいんだろう……そんな考えがちらついたとき、氷のように冷たい水に落っこちた。

すぐに浮《う》かび上がってきて、呼吸《こきゅう》を整える。よし！　死ななかった。だけど、クローバーを見つけなくちゃ。寒さに震《ふる》えながら水面を手でなぞるけど、どこにもない。そして……ああ、やった！　小さくて硬《かた》いものが手の中に流れ込《こ》んできた。クローバーだ。見つけた！

アーサーは歓喜《かんき》の声を上げて、岸に向かって泳ぎ出した。

向こう岸の建物の下にランタンが灯っているのが見える。ずぶ濡《ぬ》れで凍《こご》えそうだし、足首にヌメヌメしたものがまとわりついてくる。何とか岸からはい上がって、建物の階段《かいだん》を駆《か》け上がる。てっぺんでクローバー同盟《どうめい》のメンバーがふたり、待っていた。ギョッとしているのがわかる。

「丸太を渡《わた》ってきたんじゃないわけ？」女の子の声が仮面の向こうから聞こえてきた。自信たっぷりの力強い声。すぐに分かった。学校新聞の記者、アフィアだ。

「クローバーを持ってくるように言われたので」アーサーは木製のクローバーを差し出した。

「はい、これです」

「下が水だとどうして分かった？」もうひとりが尋《たず》ねる。

「池の匂《にお》いがしたので。あと、クローバーが落ちたときに小さな水音がしました。浅い川かもしれないとも思ったんですけど、クローバー同盟《どうめい》みたいなエリート集団が、最初のテストで一年生が首の骨《ほね》を折って注目されるなんてことは望まないと思って。それで……飛び込《こ》みました」

アフィアがやれやれと首を振《ふ》る。だけど次に口を開いたとき、笑っているのが声で分かった。

「まあ、確かに飛び下りたやつは初めてだ。おめでとう、ドイル君、最初のテストは合格だ」

「ええっ？　ウソでしょ？」アイリーンが次の日、朝食へ向かうときに叫《さけ》んだ。

ジミーが、声が大きいと身振《みぶ》りで注意する。ソフィア、ハリエット、アーマッドがすぐ後ろを歩いている。

アーサーはもう一度、最初から説明した。

「でも、池に落っこちたクローバーが見つかる自信あったの？　沈《しず》んじゃうかもって思わなかったわけ？」

「木製だって言ってたから浮《う》かぶと思って。それに、落っこちたとき拾えなきゃ向こうも困《こま》るはずだ。あれがなきゃ、テストを続けられないだろ？」

「いくらでも予備があるかもしれないでしょ」アイリーンがぴしゃりという。

アーサーは眉《まゆ》を寄せた。「そこ、考えてなかった」

「しかも池の中なんてウツボがいるかもしれないのに」

「あ、多分いた」

「アイリーンはどうだったんだ？　怖《こわ》くなかったのか？」ジミーが尋《たず》ねる。

ジミーはかなり慎重《しんちょう》に移動して、丸太を渡《わた》るのに三十分近くかかったそうだ。丸太は、ずっと前に崩《くず》れてしまった吊《つ》り橋の代わりに置かれたものだった。どうやら池の上にロープで橋を渡《わた》したのは、渡《わた》るためではなくベイカー卿《きょう》の子どもたちが遊ぶためだけだったらしい。

「うん、まあ……保険掛《か》けてたから」アイリーンが答える。

「どういう意味？」アーサーが尋《たず》ねた。

「昨日の夜クローバー同盟《どうめい》が来たとき、言われたとおりに着がえたんだけど……自分のじゃなくてポケットの制服を借りたの。何かしら役に立つものが入ってるだろうと思って。で、探《さが》しまくってロープを見つけた。ちょうど丸太のまわりにぐるっと回して自分の腰《こし》と結びつけるくらいの長さがあったから。もし足を滑《すべ》らせても、ロープがあれば落っこちないでしょ。だけど、必要なかった。危《あぶ》なくないって分かったらもう、バランス取るの楽勝だったし」

「あったまいい！」アーサーが声を上げる。

「まあね。ウツボ問題もないし」そう言って、アイリーンは少し眉《まゆ》を寄せた。「でもやっぱりなんか……あんなのって、ひどくない？」

「少しくらい怯《おび》えさせないと、勇気を試せないだろうからね」ジミーが言う。「しかも、アーサーに言わせたらハッタリだし。実はまったく危険《きけん》じゃなかった」

アイリーンはまだ顔をしかめている。「でももし泳げない子が落っこちたら？」

「いざとなったら助けにくる準備してたと思う」ジミーが答えた。

「かもね。だけど、次のテストは隠《かく》し事なしにしてほしいな」アイリーンが言う。

「秘密結社《ひみつけっしゃ》だからね、ムリなんじゃないか」アーサーが言った。

「そっか、確かに……」アイリーンが言う。アーサーは、アイリーンを少し安心させてやりたかった。アイリーンは懐中時計《かいちゅうどけい》をいじくり始めている。不安なときの癖《くせ》だ。

校舎に近づいていくと、生徒の数がどんどん増えてきた。

「次のテストといえばさ、なんだと思う？　それにいつだろう？」アーサーが囁《ささや》き声で言う。

アイリーンとジミーが同時にしーっとやって、この話はここまでとなった。

朝食のとき、アーサーは食堂を見渡《みわた》して、この中にクローバー同盟《どうめい》のメンバーはどれくらいいるんだろうと考えてみた。目がトロンとしてるとかあくびを噛《か》み殺してるとか、そんな生徒がいたら夜ふかしした証拠《しょうこ》だけど……そのとき、ティーカップ越《ご》しにアフィアと目が合った。アフィアは慌《あわ》てて目を逸《そ》らし、しゃべっていた相手との会話を続ける。

でも残念ながら、あまり収穫《しゅうかく》は得られなかった。そもそもほとんど知り合いがいない。バグル紙のオスカーと、初日に塔《とう》まで案内してくれたブルーノ以外、知ってる生徒はほとんどいない。ラッキーの世話をしているシネイドは知ってる。あと、例によってふたりでこそこそやっている心霊《しんれい》ペアのトーマスとオリー。だけど、そこまでだ。

誰《だれ》がクローバー同盟《どうめい》のメンバーでもおかしくない。まあ、甲虫《こうちゅう》オタクのブルーノはさすがに違《ちが》いそうだけど。

朝食が始まって少しすると、セバスチャンが食堂に現れた。ちょっと顔色が悪いけど、弾むような足どりだ。ハリエットとローランドに明るくおはようと言っている。ってことは多分、セバスチャンも最初のテストに合格したらしいな。残念ながら。

アーサーがベーコンを食べ終わったとき、ハドソン副校長が前に出てきて、今夜は予定どおりにバレンシア・フェルナンデス博士の歓迎会《かんげいかい》が行われると言った。

「フォーマルな服を持っている生徒は着用してください。なければ、制服で構いません。六時半きっかりに開始します。えーっと、あとは……何かありましたっけ？」

料理長が顔をしかめてハドソン副校長を手招きしている。でも副校長はメモをチェックするのに夢中で気づいてないらしい。

「七時半って聞いていますが！」とうとう料理長が声を上げた。「六じゃなくて七！　料理ができあがるのはギリギリ七時半です」

とうとう副校長が顔を上げて、目を細くして料理長を見た。「えーっと？　ええ、だったら多分、そうですね」副校長がコホンと咳払《せきばら》いする。「全員、七時半きっかりに集合のこと。まあ、ちょっとくらい早くても構いませんがね。とにかく時計の三十分の鐘《かね》が鳴るときには席についていてください。三十分というのはつまり、えーっと……」

「六時三十分？」誰《だれ》かの声がする。アーサーが目で探すと、オスカーがなんてことなさそうな表情をよそおって副校長を見つめているけど口元が笑いをこらえて引きつってる。

「その通り。ではのちほど……」

トビーが負けじと頭をそらしてオオーンと吠《ほ》える。生徒たちはイスをガタガタ言わせながら立ち上がった。

「七時半！」料理長が喚《わめ》くけど、誰《だれ》もきいてない。「七時半に来ないと、空気しか食べるものないから！」


アーサーはその日ずっとあくびを我慢《がまん》していた。興奮《こうふん》がおさまってくると、今さらながら寝《ね》不足《ぶそく》が響《ひび》く。授業が終わる頃《ころ》には、一刻《いっこく》もはやく塔《とう》に戻《もど》ってベッドにダイブしたくてたまらなかった。夕食前に一、二時間寝《ね》たい。それでも気力を振《ふ》り絞《しぼ》って図書館に向かい、階段《かいだん》を上って歴史コーナーに向かった。アーサー王伝説に関する本があるはずだから、目を通しておきたい。

マジシャンとナイチンゲールは緑の騎士《きし》から頼《たの》まれて何かを探《さが》していた。絶対ただの偶然《ぐうぜん》なんかじゃない。緑の騎士《きし》の伝説を調べれば、あの馬に乗った謎《なぞ》の人についてのヒントがあるはずだ。どうしても知りたい。

歴史コーナーに行くと、グローバーがいたのでビックリした。積みあげた本の山に埋《う》もれていたので、頭のてっぺんしか見えない。

「趣味《しゅみ》の読書タイム？」アーサーは声を掛《か》けた。

グローバーが本の山から顔をあげる。「調査ですよ。死亡《しぼう》記事を書くための調査。グレイ教授に取材を申し込《こ》んだのに、実験で忙《いそが》しくてずっと先延ばしにされてるんです。いいかげんとりかからなきゃだから。グレイ教授はここにある本ぜんぶに名前が載《の》ってるんですよ。信じられますか？　このうち三冊《さつ》は実際に書いてるんです。これぜんぶ、どうやってまとめればいいんでしょうね？」

グローバーはアーサーの返事を待たずに、埃《ほこり》っぽい本の山の中にまた沈《しず》み込《こ》んだ。

アーサーも棚《たな》から重たい本を二冊《さつ》引っぱりだして、擦《す》り切れた肘掛《ひじか》けイスに座《すわ》った。アイリーンとジミーも誘《さそ》ったけど反応がなくて、そもそもアーサーが謎《なぞ》の騎士《きし》にこだわる理由が分からないようだった。アーサーにしても、うまく説明できない。ただ、緑の騎士《きし》の存在《そんざい》が重要で、何かしら侵入《しんにゅう》事件に関係しているという予感があった。侵入者《しんにゅうしゃ》はバスカヴィルホールで何を探《さが》していたのか？　それに、それを欲しがっている人物とは誰《だれ》なんだろう？

母さんが読んでくれた物語で、伝説の緑の騎士《きし》が自然の法則では説明できない神秘《しんぴ》的な存在《そんざい》だということは知っていた。普通《ふつう》は思いつかないトリックを使って、他の騎士《きし》たちの勇気を試す。

一番有名な物語では、アーサー王の円卓《えんたく》の騎士《きし》のひとり、ガウェイン卿《きょう》に自分の首を斧《おの》で打ってみろとけしかけて、お返しにお前も一撃《いちげき》を受けろと言う。だけどガウェイン卿《きょう》に首を斬《き》り落とされた緑の騎士《きし》は、あっさりかがみ込《こ》んで自分の首を拾い、またもとに戻《もど》した。そして自分が斧《おの》を振《ふ》るう番になると、いまは容赦《ようしゃ》すると言った。ガウェイン卿《きょう》が約束を守って勇気を示したからだ。

アーサーは広げた本に印刷されたイラストをじっくり眺《なが》めて、ガウェイン卿《きょう》の盾《たて》に飾《かざ》られている不思議な星の形を指でなぞった。

この伝説の緑の騎士《きし》は、守護者なのか、それとも超《ちょう》自然的な脅威《きょうい》なのか？
『円卓《えんたく》の秘密《ひみつ》　アーサー王伝説再考』の著者《ちょしゃ》、ナイルズ・Ｄ・ニルレム教授も緑の騎士《きし》に関しては結論《けつろん》が出てないらしい。バスカヴィルホールの敷地《しきち》をうろついている緑の騎士《きし》と同じように。教授はこう記している。

すべての伝説の中で最も謎《なぞ》めいた登場人物はおそらく緑の騎士《きし》だろう。不自然な力を不正に得た残忍《ざんにん》な亡霊《ぼうれい》だと考える者もいれば、美徳と騎士道《きしどう》の究極の守護者だと考える者もいる。姿《すがた》形《かたち》に関しても意見が分かれており、ある話では特筆すべき点はないとされているが、名前の通り肌《はだ》そのものが苔《こけ》に覆《おお》われているように緑色だと描写《びょうしゃ》されている場合もある。緑の騎士《きし》の緑とは、美しい自然や春の色か？　それとも毒や、死さえも表しているのか？

アーサーは、スッキリしないまま図書館を出た。何ひとつ、疑問《ぎもん》は解決してない。だけど、緑の騎士《きし》がクローバー同盟《どうめい》に関係しているのは間違《まちが》いない。マジシャンとナイチンゲールは少なくとも、緑の騎士《きし》の指示を受けている。ということはつまり、ニルレム教授が感じていたのと同じ疑問《ぎもん》が、クローバー同盟《どうめい》そのものに対してわいてくる。緑の騎士《きし》と同じで、クローバー同盟《どうめい》は強大な力を持っているし、たくさんの美徳を主義としている。勇気、名誉《めいよ》、忠誠《ちゅうせい》。だけど緑の騎士《きし》と同じように、その正体は暗い影《かげ》の中に包まれている。
どういうわけかアーサーは、暗闇《くらやみ》から出られずにいるのは自分の方だという気がしてならなかった。

26 誤解《ごかい》

その日の夜、ジミーと一緒《いっしょ》にフェルナンデス博士の歓迎会《かんげいかい》のために食堂に来たとき、アーサーはまだ緑の騎士《きし》とクローバー同盟《どうめい》で頭がいっぱいだった。だけど食堂に足を踏《ふ》み入れた瞬《しゅん》間《かん》、巡《めぐ》らせていた考えが一気に吹《ふ》き飛んでいった。かわりに心をいっぱいにしたのは……うう、気まずい……。

長い食堂は、シルク、クレープ、ポプリン、ベルベットという高級素材の服で溢《あふ》れかえり、エメラルド、タンジェリン、スカーレットと鮮《あざ》やかな色でまぶしいほどだ。女子はほとんどみんなイブニングドレスだし、男子はたいてい燕尾服《えんびふく》。

アーサーは自分の制服をチラッと見て、いたたまれなくなった。ハドソン副校長は正装《せいそう》は任意だと言ってたけど、不意に、プラム色の制服がみすぼらしく感じる。

「みんなドレスアップしてくるなんて知らなかった」アーサーは呟《つぶや》いた。

「みんなってわけじゃない。制服だっているよ。ほら、ブルーノだって、グローバーだって。

スピリット・サークルのメンバーはみんな、いつもどおり白い服だし。それにポケットだって……ん？　ポケットが着てる服、なんだ？」ジミーが首をかしげる。

ポケットとアイリーンが入ってきた。アイリーンはディープブルーのドレスでひと際目立つ。ポケットも目立ってるけど、理由はまったく違《ちが》う。百枚《まい》ものドレスを縫《ぬ》いあわせたみたいなひらひらの服を着ていてまるで花冠《はなかんむり》みたいだ。ああ、あのそれぞれの布がぜんぶ……そりゃそうか、ポケットだ。

目が離《はな》せないのはアーサーとジミーだけじゃなかった。ハリエット・ラッセルはいかにも公《こう》爵《しゃく》の娘《むすめ》らしくルビー色のドレスを着ていたけれど、ポケットを指差してくすくす笑っている。ソフィア・デ・レオンはアーマッドの隣《となり》に立って、美しい木製の扇《おうぎ》で顔を隠《かく》しながら、イギリスのファッションって変わってるとか何とか呟《つぶや》いていた。当のポケットは、注目されているのに気づいていたとしてもまったく気にしてないらしい。

「はろ――――ッ、みんな！」ポケットが鼻に掛《か》かった声で言いながら近づいてきて、深いお辞儀《じぎ》をした。ドレスのポケットのひとつから、小さなハサミがポトッと落ちる。「おっとっと」

アーサーは拾ってやって手渡《てわた》した。「どうぞ、お嬢《じょう》さん」

アイリーンが呆《あき》れた顔でふたりを眺《なが》めて、何やってるんだかというふうに首を小さく横に振《ふ》る。

ポケットに注目がいってくれたら助かる。アーサーは思った。「すごくきれいだ」アイリーンにいう。本心だった。アイリーンはブルーのドレスがよく似合っていて、黒い髪《かみ》を巻《ま》いて手の込《こ》んだ白い髪飾《かみかざ》りでひとまとめにしている。「ステキなドレスだね」

アイリーンがニッコリする。「ありがとう。オペラ歌手の子どもに生まれて得することのひとつ。デザイナーの知り合いがいっぱいいるの」

「あーッ、お腹《なか》ぺっこぺこ」ポケットが声を上げる。「ディナーは七時半きっかりだったよね。食べたらすぐ研究室に戻《もど》らなきゃだし」

あちこちで生徒たちがグループになって笑い合いながらおしゃべりしている。キッチンからおいしそうな匂《にお》いが漂《ただよ》ってくるけど、まだ料理は出てこない。部屋の奥《おく》に大きなダイニングテーブルがひとつ出ていた。中央に座《すわ》っているバレンシア・フェルナンデス博士の両脇《りょうわき》を、チャレンジャー校長とローリング教授がかためている。アーサーはちょっとほっとした。チャレンジャー校長が着てる擦《す》り切れたスーツはサイズが小さすぎてピチピチで、かなりの年代ものに見える。ローリング教授のほうはオシャレな三つぞろいスーツを着てるけど、いつものゴム長靴《ながぐつ》のままだ。

食堂中に、ガンガンという音が響《ひび》き渡《わた》る。チャレンジャー校長が大きなナイフの柄《つか》でテーブルを叩《たた》いたからだ。

「席について！」みんなが静かになると、校長が叫《さけ》んだ。

一年生が、テーブルに沿《そ》って並《なら》んだイスに座《すわ》る。アーサーは、セバスチャンが自分の向かいの席に座《すわ》ったので、やれやれと思った。

「こんばんは、みなさん」校長が言う。「今夜は、バレンシア・フェルナンデス博士が長期に渡《わた》る大切な任務を見事やり遂《と》げたのを、みんなで讃《たた》えようではないか。フェルナンデス博士は、バスカヴィル精神を体現してくれた。まもなく、冒険《ぼうけん》の話を披露《ひろう》してもらう。だがその前に……ご馳走《ちそう》だ」

それを合図に、料理長がキッチンのドアからあらわれた。シルバーの大皿がのったトレーを持った給仕係たちが続く。料理長が給仕係たちに向かって、これが軍隊だったら大成功という感じでキビキビと命令する。ジェラール准将《じゅんしょう》もそう感じたらしく、感嘆《かんたん》の眼差しで料理長を眺《なが》めていた。

「グレイ教授、来てないね」ポケットがテーブルを見渡《わた》しながら言う。他の先生方もみんな、席についていた。「まだ研究室にいるんだろうな。手伝いが必要か、聞きにいこうかな」

そのとき、給仕係ができたてほやほやのローストビーフが乗ったお皿を目の前に置いた。ポケットが唇《くちびる》を舐《な》める。

「まッ、ちょっと食べてからでもいっか。お腹《なか》すいてちゃ、いいアイデアも浮《う》かばないし」

次に来たのはボイルドポテト、それからアスパラガスサラダ、そしてもちろん、料理長のロールパン。ポケットは自分のお皿に次々《つぎつぎ》料理を取ると、競争みたいに食べ始めた。ジミーとアイリーンはどういうわけか、どっちが旅行中に食べた料理がもっとも食欲《しょくよく》をそそらないかについて夢中でしゃべってる（ジミーはドイツのタンと血のソーセージで、アイリーンはデンマークの乾燥《かんそう》タラの薬液づけ）。

というわけで、セバスチャンがこちらをチラッと見てからローランドに呟《つぶや》いたのに気づいたのはアーサーだけだった。「正直、僕《ぼく》がきちんとした服装《ふくそう》をしないで正式なディナーに出席するのを母が見たら恥《は》ずかしくて死んでしまうだろうな」

ローランドが何やら返事をすると、セバスチャンが笑う。アーサーは、関節が白くなるほどフォークをぎゅっと握《にぎ》り締《し》めた。

「ああ、確かに」セバスチャンが言う。「あっちのボロ布のツギハギよりマシか。なんか、臭《くさ》そうだな。あいつの父親、羊毛農家なんだって？　考えただけで食欲《しょくよく》うせるぜ」

ポケットが食べるのをやめて、セバスチャンを見上げる。セバスチャンもまさか本人のところまで声が届《とど》くとは思ってなかったとか？　違《ちが》う、アーサーは思った。わざと悪口を聞かせたんだ。ポケットは、目をまん丸にしてセバスチャンを見つめていた。

アーサーがパッと立ち上がる。

「おい……なんてことを言うんだ。取り消せ。謝れよ」

ジミーがアーサーの腕《うで》を掴《つか》んだ。「アーサー、どうしたっていうん……」

セバスチャンが首をかしげる。「何の話か分からないな、アーサー。何か誤解《ごかい》してるんじゃ……」

「誤解《ごかい》はしてない。謝らないなら、別の方法で決着をつけるまでだ」

まわりじゅうの人たちが食べるのをやめて見つめている。

「祖父がよく言っていたよ。スコットランド人ってのはすぐカッとなるってね」セバスチャンがしらばっくれる。「だから祖父は、スコットランド人をディナーに招かなかった。それで正解だったらしいな」

　アーサーはテーブルをバンと叩《たた》いて、もう片方《かたほう》の手でセバスチャンの胸《むな》ぐらを掴《つか》んだ。エディンバラにいきなり引き戻《もど》されたような気がする。貧しい少年たちをいじめるしか楽しみのないヤツらに思い知らせてやったあの瞬間《しゅんかん》に。

「アーサー、やめろ！」ジミーが言う。でもアーサーの耳には入らない。

　セバスチャンの顔面に一発パンチを食らわせてやりたい。頭にはそれしかない。

　そのとき、ごつい腕《うで》で腰《こし》を掴《つか》まれるのを感じた。

「ドイル！」ストーン教授がどなる。「おい、落ち着け！　ときと場所をわきまえろ！」

　アーサーはしぶしぶセバスチャンの襟《えり》から手を離《はな》した。ストーン教授にむりやり席につかされる。

「それでいい、ドイル。ボクシングに対する情熱は買うが、冷静になれ」

　アーサーは大きく息を吐《は》いた。みんなの視線《しせん》を感じる。こちらを指差しながらひそひそ話をしている。チャレンジャー校長とワトソン博士も座《すわ》ったままこちらを睨《にら》んでいる。ふたりとも、失望した表情に見える。ふたりの姿《すがた》を見たら怒《いか》りがしぼんできて、不意にこの場から消えてしまいたくなった。

　隣《となり》の席を見ると、空っぽだ。ポケットは騒動《そうどう》の最中にいなくなっていた。

「僕《ぼく》……あの、ちょっと散歩してきます」アーサーはもごもごと言った。

「そうしろといおうとしていたところだ」ストーン教授が言う。「頭を冷やしてこい。校長にはすべて誤解《ごかい》だと報告しておく。そうだろう、モラン？」

「はい先生、誤解《ごかい》としか思えません」セバスチャンがホッとしたように息をついて、うすら笑いを浮《う》かべる。

「よし、それでいい」ストーン教授がアーサーの背中《せなか》をばんばん叩《たた》いた。「勝負はリングの上でつけろ」

27

ダゲレオタイプとダイナマイト

ジミーがついて来ようとしたけど、アーサーは振《ふ》り切った。クラスメートたちの注目を浴びながらできるだけ品格を保ってすたすたと食堂を出る。母さんがさっきの僕《ぼく》を見てたらガッカリしたはずだ。今になって気づいた。セバスチャンにしてやられたんだ。セバスチャンはわざと僕《ぼく》に聞かせて、煽《あお》ったんだ。僕《ぼく》はバカみたいにほいほい乗せられた。で、セバスチャンの方は、完璧《かんぺき》な優等生《ゆうとうせい》みたいに振《ふ》る舞《ま》ってニセの体面を保った。

くやしくて歯ぎしりしながら、アーサーは誰《だれ》もいない廊下《ろうか》を歩いてグレイ教授の研究室に向かった。ポケットを見つけて、大丈夫《だいじょうぶ》か確かめなくちゃ。

だけど、研究室は空っぽだった。ポケットもグレイ教授もいない。もしかして教授室かな？たしか二階だったはずだ。アーサーは廊下《ろうか》の先にある裏階段《うらかいだん》へ向かった。

ゆっくり歩きながら、食堂での光景がよみがえってきてゾッとする。罰《ばつ》が下る？　両親に手紙がいくかかな？　いや、それくらいじゃすまないかも……。

悪い方悪い方へ考えながらふと顔を上げると、見たこともないような可笑しな肖像画《しょうぞうが》と面と向かっていた。ニヤニヤ笑いを浮《う》かべた二重顎《あご》の男がこちらをじっと見ている。というか、少なくとも片目《かため》はこちらを向いていた。もう片方《かたほう》の目は、天井を見上げているみたいだ。肖像画《しょうぞうが》の下にあるゴールドのプレートには、「ヒュー・ベイカー卿《きょう》」とある。

これが例の絵か。オスカーとアフィアが話してた、落っこちてきてふたりもの人を殺しそうになったという肖像画《しょうぞうが》だ。アーサーはまださっきのムカムカがおさまってなかったので、人をバカにした顔もいいかげんにしろと肖像画《しょうぞうが》に向かって言ってやりたくなった。いちかばちか、なんだエラそうにと言ってやろうか……そう考えていたとき、物凄《ものすご》い音が響《ひび》いてきて、続いて悲鳴が聞こえたかと思うと、上の階から足音がした。

アーサーは階段《かいだん》を一段《いちだん》飛ばしで駆《か》け上がった。

てっぺんに着いたとき、マントを着た背《せ》の高い人が廊下《ろうか》を走ってきて、もう少しでぶつかりそうになった。追いかけようとしたとき、焦《こ》げ臭《くさ》い匂《にお》いがしてきた。

マントの人が来たほうから、煙《けむり》が流れてくる。どうしよう……追いかけるか、煙《けむり》を確認《かくにん》しにいくか？　あ、だけどそもそもここに来たのは、ポケットを探《さが》すためだ。さっきの悲鳴がポケットだったら？

「ポケット！　ポケット、大丈夫《だいじょうぶ》か？」アーサーは呼《よ》びかけた。
マントの人に背《せ》を向けて、アーサーは走って角を曲がった。するとちょうど、ふたりの人が廊下《ろうか》のカーペットの火を足でバンバン消しているところだった。ポケットとグレイ教授だ。何とか消火すると、真っ青な顔で倒《たお》れそうになるグレイ教授をポケットが支えた。

「どうしたんですか？」アーサーは叫《さけ》んだ。そしてポケットと一緒《いっしょ》にグレイ教授を教授室の中にある肘掛《ひじか》けイスに座らせた。教授室は荒《あ》らされて、そのイス以外ほとんどのものがひっくり返されてる。立派《りっぱ》な机《つくえ》が横倒《よこだお》しになり、本や銀色の道具が床《ゆか》に散らばっていた。

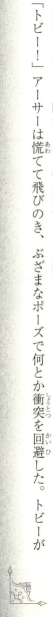

「参考文献《ぶんけん》を探《さが》しに上がってきたの。そしたら、誰《だれ》かこの部屋にいて。その人がやったんだよ」ポケットが言う。「グレイ教授が声を掛《か》けたらナイフを抜いたの。だからあたしダイナマイトに火をつけて、このままだと黒焦《くろこ》げになるよって言ったんだ」

「さすが。今、逃《に》げてくの見たよ」アーサーが言う。
ポケットは目を丸くしてアーサーを見つめると、叫《さけ》んだ。「ちょっと、何ぐずぐずしてんの？　さっさと追いかけるッ！」

アーサーは来たルートをかけ戻《もど》った。廊下《ろうか》を走り抜けて、もう少しで階段《かいだん》から転がり落ちそうになったとき、暗がりから何かがするりと現れた。

「トビー！」アーサーは慌《あわ》てて飛びのき、ぶざまなポーズで何とか衝突《しょうとつ》を回避《かいひ》した。トビーが毛を逆立てて、ガルルと唸《うな》る。

「僕《ぼく》に怒《おこ》ってる場合じゃない。侵入者《しんにゅうしゃ》だ！　捕《つか》まえてくれよ。でなかったら、せめてそこをどいてくれ！」

トビーはしばしアーサーを睨《にら》んでいたけど、回れ右をして階段《かいだん》を下りていくと、食堂の方へかけていった。

「見張りを頼《たの》むなら犬よりネコのほうがまだましだな」アーサーは呟《つぶや》いて、階段《かいだん》を駆《か》け下りた。

息を切らして正面玄関《げんかん》まで来ると、扉《とびら》が開いていた。立ち止まって、侵入者《しんにゅうしゃ》がどっちに行ったのか暗がりに目をこらすけど、し一んとしていて気配もない。どこに隠《かく》れたのやら見当もつかない。これじゃ、干《ほ》し草の山のなかから針《はり》を見つけるようなものだ。とりあえずそのあたりを探《さが》してみようと思ったとき、廊下《ろうか》の向こうからがなり声がきこえてきた。

「いったい何の騒《さわ》ぎだ？」アーサーが振《ふ》り返ると、チャレンジャー校長がうす明かりの中でこちらを睨《にら》みつけている。「歓迎会《かんげいかい》中だというのに、ついさっきはケンカが始まったと思ったら、今度はよりによってフェルナンデス博士のスピーチの最中に、ハドソン副校長からトビーがスカートの中で鳴いていると聞かされるとは」

「一刻《いっこく》を争う事態です！」ハドソン副校長がぷんぷん怒《おこ》りながら校長に追いついてくると、黄色いスカートの裾《すそ》を持ち上げた。トビーが現れて、またアーサーを睨《にら》みつける。「トビーが問題発生と報告しにきたのですから」

トビーを見くびってたらしい。機転を利かせて助けを呼《よ》びに行ったんだ。

「そうなんです」アーサーは言った。「校長、ついさっき誰《だれ》かいたんです。侵入者《しんにゅうしゃ》です。グレイ教授の部屋を荒《あ》らして、教授とポケットを脅《おど》しました。正体を確かめないうちに逃《に》げられてしまって。この正面玄関《げんかん》から出たのに違《ちが》いありません」

チャレンジャー校長はさらにぎゅっと眉《まゆ》を寄せた。ハドソン副校長の方を見て頷《うなず》く。

「トビー、匂《にお》いを追って」ハドソン副校長が扉《とびら》の方を手で示す。

トビーは言いつけどおり、外に飛びだした。

校長はさっさと正面の階段《かいだん》を上り始めている。アーサーもあとを追った。

「ケガ人はおらんのか？」校長が振《ふ》り返りながら尋《たず》ねる。

「いないと思います。ただ、ポケットがダイナマイトを投げて……」

校長は驚《おどろ》いたとしても顔に出さなかった。脇目《わきめ》も振《ふ》らずにずんずん廊下《ろうか》を進んでいくので、アーサーは小走りで追いかけた。教授室では、グレイ教授がまだぼうっとした顔でイスに座《すわ》ったまま肩《かた》で息をしていた。ポケットが散らばった本を拾ってまとめている。

校長は部屋の中をまじまじと見つめた。

「大丈夫《だいじょうぶ》かね？」グレイ教授の肩《かた》に手を置く。

グレイ教授が頷《うなず》く。

「姿《すがた》は見たか？」

「マントを着てました。黒いマント。あと黒い仮面も。それ以外は見えなくて」ポケットが答える。

「盗《と》られたものは？」

「わからなくて」グレイ教授が答える。「そもそも……この部屋に盗《ぬす》みたいようなものなんかありませんし。実験はぜんぶ研究室でやっていますから。ここにあるのは、本と、あとは私物《しぶつ》だけです」

グレイ教授が床《ゆか》に落ちたシルバーのフォトフレームをチラッと見る。若《わか》い女性の銀板写真〝ダゲレオタイプ〟※で、グレイ教授と同じ鋭《するど》い眼差しをしている。

「目当てのものがあったわけじゃないんだろうな」校長がひとり言みたいに呟《つぶや》く。「おそらくメッセージを送ってきたのだろう」

「脅《おど》しということですか？」グレイ教授が身を乗り出して尋《たず》ねる。「でもどうしてわたしを？今学期で引退《いんたい》するというのに。あとは姪《めい》のところで静かに研究の日々《ひび》を過ごすつもりです。わたしを脅《おど》してなんになるのです？」

「さあなぁ」校長はそう言ったものの、顔つきからして思い当たることがあるようだ。

「あの、校長？　これって、学期初めにあった不法侵入《しんにゅう》と関係あるんじゃないでしょうか？あのときも何も盗《ぬす》まれなかったんですよね？」

「なぜそのことを知っとる？」校長がアーサーを睨《にら》みつける。

「学校新聞の人から聞きました」

「ふーむ。また記者か。まったく、なんとありがたい連中だ」

「そうです、記者にこのことを知らせる必要はありません」グレイ教授が言う。落ち着きを取り戻《もど》してきたらしく、声から震《ふる》えが消えている。「これ以上の面倒《めんどう》は抱《かか》えたくありませんから」

「その通りだ」校長が頷《うなず》く。「ドイル、ポケット、分かったか？　この件に関しては誰《だれ》にも話さんように。必要以上に校内を動揺《どうよう》させたくないのでな。少なくとも、事情が分かるまでは」

「はい、校長」アーサーとポケットは同時に返事をした。

「よろしい。では、わしはトビーが何か発見したか見にいくとしよう。君たちふたりはここでグレイ教授の片《かた》づけを手伝いなさい。終わったらそのままそれぞれの部屋に行くように。君たちが食堂に戻《もど》ったらよけいな注意を引いてしまうからな」

ふたりが頷《うなず》くと、校長はすたすたと教授室を出ていった。

グレイ教授はまた、床《ゆか》に落ちた写真を眺《なが》めている。ぼんやりした目をしているのは不安のせいか、何か思い出しているのか、その両方か。アーサーはかがみ込《こ》んで写真を拾うと、グレイ教授に手渡《てわた》した。

「壊《こわ》れなくてよかったです」アーサーは言った。

「ありがとう。よかった。母の写真はこれしか残ってないから」

アーサーは改めてその写真を見た。いまのグレイ教授よりかなり若《わか》くてほっぺたが丸い。だけど母娘《おやこ》そっくりだ。しばらく眺《なが》めて、アーサーは写真が撮《と》られた場所に気づいた。

「ここ、バスカヴィルホールですね！」アーサーは背景《はいけい》に写っている校舎を指差した。

「ええ、当時はベイカー・アカデミーという名前だったようだけど」教授が呟《つぶや》く。

「グレイ教授は三世代に渡《わた》ってここで教えてるから」ポケットがアーサーの肩越《かたご》しに覗《のぞ》き込《こ》ん

でくる。「教授のお母さまも、その前はおばあさまも、ここの先生だったんだよ」

「祖母と母がいなかったら、わたしもここにはいなかったでしょう」グレイ教授が微《かす》かに笑みを浮《う》かべる。「夢を実現するのはそう簡単なことではないから。一日じゅうキッチンに立ってあくせく働くのが夢というなら別だけど。ふたりがわたしに道を切り開いてくれた。知っていることをすべて教えてくれた。わたしの研究はすべて、ふたりからインスピレーションをもらったものなの」

グレイ教授は写真の顔を撫《な》でた。

「さあ、もういいわ」そう言って不意に顔を上げる。「歳《とし》はとってもまだまだ衰《おとろ》えてはいないから。残りはわたしが片《かた》づけるから大丈夫《だいじょうぶ》よ。ふたりとも、今夜は本当に助かったわ。ありがとう」

アーサーもポケットも最後まで手伝うと言い張ったけど、教授はゆずらない。追い出されドアを閉《し》められてしまった。ひとりになってお母さんの思い出に浸《ひた》りたかったのかな、とアーサーは思った。自分の母さんのことを考える。母さんは人生のほとんどを「キッチンに立ってあくせく働く」ことに費やしてきた。もしチャンスがあったら、母さんにもやりたいことがあったのかな？

母さんにはチャンスがなかったけど、僕《ぼく》にはある。それが、家族みんなのチャンスに繋《つな》がるんだ。

「で、廊下《ろうか》をうろついて何してたの？」ポケットが尋《たず》ねて、アーサーは我《われ》に返った。

「ポケットを探してたんだよ。大丈夫《だいじょうぶ》かなと思って」

ポケットが首をかしげる。「なんで？　あたし大丈夫じゃないの？」

「だってほら、セバスチャンがあんなこと言ったから」

「あっ、あれってあたしのことだった？　何か言ってるのは知ってたけど。それでアーサーはセバスチャンに文句言ってたの？　どうしたのかなとは思ったけど、グレイ教授の研究のことでいいアイデアが浮《う》かんじゃったから、急いでこっちに来ちゃったんだよね」

やれやれ。こっちはセバスチャンを殴《なぐ》ろうとして退学《たいがく》の危機《きき》だっていうのに。ポケットはいたたまれなくなったんじゃなかったのか。自分の夢のことで頭がいっぱいで、誰《だれ》が何を言ってるかなんて気に留めてなかったんだ。

僕《ぼく》も少しはポケットを見習わなくちゃいけないな。

「でも、ありがと」ポケットがアーサーをそっと突《つつ》く。「あたしのために怒《おこ》ってくれたなんて嬉《うれ》しい。でもあたし……自分の身は自分で守れるから」

ポケットは服のポケットのひとつからまたダイナマイトを取り出して見せると、ウィンクして、さっさと廊下《ろうか》を駆《か》けていった。

※ダゲレオタイプ…フランス人のルイ・ジャック・マンデ・ダゲールによって発明され、一八三九年にフランス学士院で発表された世界初の実用的写真撮影法。銀板写真のこと。

28 バグルの期待はずれ

校長との約束を破りたくはないけど、ジミーに話さないわけにはいかない。

「侵入者《しんにゅうしゃ》は何かを探《さが》してたんだと思う」アーサーはジミーに一部始終を話してから言った。「それって緑の騎士《きし》が探《さが》してるものと同じじゃないかって気がするんだ」

ジミーはベッドの上で足を組むと、ぐっと眉《まゆ》を寄せた。「その緑の騎士《きし》ってやつの仕業ってことか？　走って逃《に》げていったのが緑の騎士《きし》なのか？」

「分からない。一度遠くから見たきりだし。まあ、あれが緑の騎士《きし》だったらだけど。それに、そんなにじっくり見たわけじゃないから。だけどマジシャンとナイチンゲールが、見つけたら安全なところに隠《かく》すとか何とか言ってたんだ。だから多分、あのふたりは緑の騎士《きし》の指示で動いてるんだと思う。教授室を荒《あ》らしたのはそれが目的じゃないかな」

「だけど、何を探《さが》してるんだろう？　そこまでして見つけたいものをグレイ教授が持ってるってことか？」

「分からない」アーサーはまた言って、自己嫌悪《じこけんお》におちいった。「分からない」は、この世でもっともキライな言葉だ。「でも、僕《ぼく》たちで調べなきゃ」

アーサーとジミーが食堂に入っていくと、アイリーンがテーブルに覆《おお》い被《かぶ》さるようにして何かを読んでいた。近づいていくと顔を上げて、読んでいた紙をズボンのポケットにスルッといれる。

「話があるんだ。昨日の夜、事件があって」アーサーが言う。

「もうポケットから聞いた」アイリーンが答える。

ポケットがこちらに向かってごめーんというふうに肩《かた》をすくめつつ、これっぽっちも悪びれないニヤニヤ笑いを浮《う》かべる。服のポケットにトーストを二枚《まい》すべり込《こ》ませると、教授の様子を見に行かなくちゃとか何とか言ってそそくさと立ち去った。横にいるグローバーは、紅茶《こうちゃ》を飲みながら墓石の拓本《たくほん》を見つめて考え込《こ》んでいる。そんなわけでアーサーは、緑の騎士《きし》の話を遠慮《えんりょ》なくアイリーンにして聞かせられた。

意外なことにアイリーンは、ほとんど意見を言わなかった。心ここにあらずといった様子で唇《くちびる》の端《はし》っこを噛《か》んで、足をとんとんやっている。砂糖《さとう》と間違《まちが》えて塩を紅茶《こうちゃ》に入れてしまってむせたりもしている。様子がおかしい。「どうかした?」アーサーは尋《たず》ねた。

「ううん、別に」アイリーンは慌《あわ》てて答えて、新しいお茶をカップに注いだ。

「あーっ、いたいた!」声がして、アーサーたちはビクッとして振り返った。アフィアが新聞を抱《かか》えて立っている。一部をアーサーのほうに差し出した。「真っ先に見せなきゃと思って。トップ記事だから。そこの友だちにも読ませてあげて」

アフィアがアイリーンとジミーの方に手をひらひらさせる。

「あ、ありがとうございます」アーサーは一面の記事を見下ろした。ラッキーらしきチンパンジーがグローバーとは似ても似つかない男の子に向かって歯を剥いているイラストがある。

「こちらこそ。ぜひ読んで。じゃ、えっと……またあとで」アフィアはウィンクして、新聞を配りにスタスタ歩いていった。

アイリーンとジミーが左右から身を乗り出してきて、三人で新聞を眺《なが》める。

「思いがけないヒーロー誕生《たんじょう》」見出しに書いてある。

「いまの『またあとで』ってどういう意味？」アイリーンが尋《たず》ねる。

アーサーは警戒《けいかい》してあたりを見回した。「メンバーなんだよ」アイリーンとジミーに囁《ささや》く。

「クローバー同盟《どうめい》のメンバーなんだ。最初のテストのとき、声で分かった」

「ってことは、さっきのは二回目のテストのことか？　招待、もう来てる？」ジミーが尋《たず》ねる。

「来てない」アイリーンが答える。

「僕《ぼく》もだ」アーサーは言った。「ただもしかして……これが招待状かも」

「確かに。ジミーとわたしにも読ませるように言ってたし」アイリーンが言う。

セバスチャンが向こうで、受け取った新聞を見つめて悔《くや》しそうな顔をしているのが見える。

アーサーは心の中でにんまりした。

新聞を広げて、みんなでざっとページを見る。何かがいきなり飛び出してくる、なんてことは起きない。

「まあ、そんなあからさまなことはしないよな」ジミーが言った。「この中にメッセージがあるとしたら、暗号か何かだろう」

アーサーは頷《うなず》いたけど、開いたページの記事に気をとられていた。

謎《なぞ》の侵入《しんにゅう》事件は未解決のまま

「ほら、これ。侵入者《しんにゅうしゃ》のことだ。一回目の、だけど」アーサーは見出しを指差した。

アフィアが何か解明したのかな。はやる気持ちで記事を読む。


十月十日の朝、バスカヴィルホールの生徒たちが朝食に向かう途中《とちゅう》、本館の正面玄関《げんかん》の窓《まど》ガラスが割《わ》れているのに気づいた。大事《おおごと》にならなかったのももっともだ。何しろ、ガラス窓《まど》が割《わ》れる原因などいくらでもある。しかしバグル紙は、信頼《しんらい》できる筋《すじ》の情報により、窓《まど》が割《わ》れたのは不法侵入《しんにゅう》によるものだと発見した。学校側の調査によると、盗《ぬす》まれたものはない。

ローリング教授は匿名《とくめい》ならとインタビューに応じ、警戒《けいかい》する必要はないと主張している。

「この手のことはこれまでにもあったからね。正直、ビグスビー村の住人たちは近くに学校があることを面白く思っていない。チャレンジャー校長が前に酒に酔《よ》ったまま錬金術《れんきんじゅつ》の実験をしていて村のパブ〈フライング・ピッグ〉を全焼させそうになったことが追いうちをかけた、とまでは言わないが」

ローリング教授は、ビグスビー村の何者かがいたずらか脅《おど》し目的で学校に侵入《しんにゅう》した可能性が高いと考えている。「もちろん卑怯《ひきょう》な行動だ。だが、とくに実害はない。ただ気づいているとは思うが、念のために安全対策《たいさく》を強化した。窓《まど》に鉄格子をつけ、夜間の見回りもしている。さあ、いいかげんお手洗《てあら》いに行かせてもらいたいんだがね」

アーサーはその記事を読み直した。これだけ？　正直、何の調査にもなってない。

「ローリング教授のこの主張なら、正面玄関《げんかん》から押《お》し入った理由が説明つくわね」アイリーンが言う。「だってほら、アーサーもおかしいっていってたでしょ？　でも、いたずらとか脅《おど》しが目的なら、わざわざ目立つようにしたのも納得《なっとく》がいく」

「でも、昨日の夜のは？　あれはいたずらじゃない」アーサーが言う。

アイリーンが指でテーブルを叩《たた》く。「そうね。確かに。ふたつの事件は関係ないとか？」

ジミーが不意に、アーサーの手から新聞を引ったくった。

「えっ！　なんなんだよ？」

ジミーが新聞を窓《まど》から差し込《こ》む光にかざす。「分かった。ほら、これ。近くで見ると、文字の下に小さい穴《あな》があいているところがある」

アーサーは新聞をじっと見つめた。確かにジミーの言う通りだ。小さな穴《あな》から光が通ってくる。

「ちょっと、早く下ろして。怪《あや》しまれちゃう」アイリーンが命令する。

ジミーは新聞をとじてテーブルの上に置いた。「うーん。最初はTか。O-N-I-G-H-T」

「トゥナイト。今夜」アイリーンが声を上げる。「アーサー、やっぱりだったね。これ、わたしたちへの招待状よ！」

ジミーがさらに先の文字を読む。メッセージが完成した。

今夜。深夜。バグル部室ですべてが明かされる。

29

すべてが明かされる

こんなに授業に集中できなかったこともない。アーサーの頭の中は、透明《とうめい》な蝶《ちょう》が飛びかっていたローリング教授の温室状態だった。緑の騎士《きし》、クローバー同盟《どうめい》、侵入者《しんにゅうしゃ》……あれもこれもが頭の中でパタパタしているみたいで、一瞬《いっしゅん》落ちついたかと思うと、またあっちこっちへ羽ばたき始める。

気が散っていたのはアーサーだけではない。ワトソン博士も授業などそっちのけだった。生徒たちに、博士が言うところの「人体に関するバイブル」、『グレイ解剖学《かいぼう》』のある章を読んでイラストを写すようにと指示だけすると、あとは自分のデスクで何やら必死で書きものをしている。

グレイ教授も授業に現れなかった。代わりに研究室に来たチャレンジャー校長が、グレイ教授は急病だというと、分かってるなという目でアーサーとポケットを睨《にら》んだ。

その夜アーサーとジミーは部屋に戻《もど》ると、期待と緊張《きんちょう》でじっとしていられなかった。アーサーは部屋を行ったり来たり、ジミーは自分相手に何度もチェスのゲーム。たまに聞こえる唸《うな》り声や溜息《ためいき》からすると、ジミー本人も対戦相手のジミーも調子はよくないらしい。

ドアをそっとノックする音がする。立っていたのがアイリーンだったので、ふたりともほっとした。

「また始まるのか」ジミーが長い溜息《ためいき》をつく。

「準備できてる？」アイリーンが聞くと、アーサーは窓《まど》を押《お》し開けた。

「もちろん」

窓《まど》からロープを投げ、壁《かべ》をつたい下りてストンと着地。初めてってわけじゃないから楽勝だ。

歩き出してすぐアイリーンが息をのんで、草むらに隠《かく》れるようにふたりに囁《ささや》いた。向こうからランタンを持って塔《とう》に向かってくる人がいる。ローリング教授だ。ランタンをぶらぶら揺《ゆ》らしながら、暗がりに目を凝《こ》らしている。塔《とう》の入り口に着くと振《ふ》り向いて、来た道を確認《かくにん》する。

「何を探《さが》してるんだろう？」ジミーが言う。

「見回りじゃないかな？　ほら、バグルに書いてあったよね？　夜間の警備《けいび》を強化したって。それだよ、きっと」アーサーが答える。

「あれで怯《おび》えて逃《に》げる人、いる？」アイリーンが言った。

三人はローリング教授が本館に続く道から逸《そ》れて塔《とう》の方に向かうのを待った。じっと立っていると、後ろから誰《だれ》かが近づいてくる。

「やあ、ご一緒《いっしょ》しても構わないかな？」

セバスチャンがやけに落ち着き払《はら》った声でアーサーに話し掛《か》けながら、ムカつく笑みを見せる。

今夜呼《よ》び出しがあったのを知ってるなら、セバスチャンもバグル紙の暗号を解読して集合場所も分かっているということだ。

アーサーは肩《かた》をすくめた。「同じ場所に向かってるんだろう？」

セバスチャンはジミーの横に並《なら》び、アーサーは早足でアイリーンに追いついて隣《となり》を歩いた。

「あんなのに振《ふ》り回されちゃダメよ。テストに集中しなきゃ」アイリーンが忠告《ちゅうこく》する。

「うん、分かってる」

四人は本館の階段《かいだん》を黙《だま》ったまま上った。中に入って二階に向かうにつれて、さらに沈黙《ちんもく》が深まる。アーサーだけ前に来たことがあるので、先頭に立って歩いた。前回同様、時計学クラブの部室を通りかかったとき、百個くらいの時計がいっせいにガンガン鳴りだしたので、ギョッとして飛び上がりそうになった。

「えっ……なんなん……」ジミーが声を上げる。

「あとで説明する」アーサーは急ぎ足になった。「真夜中の鐘《かね》だ。急がなきゃ遅《おく》れる」

バグル紙の部室に着くと、ドアにカギがかかっていた。アーサーがそっとノックすると、ドアが開く。

「いらっしゃい」柔《やわ》らかい声がして、仮面をつけた顔が暗闇《くらやみ》から出てきた。「お待ちしていました」

アーサーだけが招き入れられて、他の三人は見張りつきで廊下《ろうか》に残った。

部室の中はこの前とほとんど同じだったけど、印刷機の隣《となり》にぬぅっとうずくまっているように見えるものがある。巨大《きょだい》な金属製のイスで、正体不明のストラップやらもつれにもつれたワイヤーやらがあらゆる方向に向かって飛び出ている。

「ようこそ、アーサー」近づいて来たのはマジシャンだ。

「こんばんは」アーサーはさらっと答えた。

「ここにいる目的は分かっているな?」

「すべてが明かされる」

「その通り。さあ、そこに座《すわ》って。インタビューをはじめよう」

マジシャンが奇妙《きみょう》なイスの方を手で示す。

「それ、なんですか? それに、インタビューって?」

「こちらが質問をする」もうひとりが言う。

「でも……」

アーサーは言いかけて口をつぐんだ。なにを言っても無駄《むだ》だ。クローバー同盟《どうめい》が今夜正体を明かしてくれると期待してたなんて認《みと》めたら、こっちがバカみたいだ。だけどそうじゃないとしたら、それはつまり……。

「ウソ発見機だ」マジシャンが言う。「忠誠心《ちゅうせいしん》を試す。お前がどれだけ信頼《しんらい》に足る人間かが明かされる。そのイスにすわれ。このワイヤーを腕《うで》と胸《むね》に装着《そうちゃく》して、質問に答えてもらう。ウソをつけばこの機械が反応する。答えで、お前がどんな人間かが分かる。ウソつきかどうかがな。さあ、すわれ」

手のひらが汗《あせ》びっしょりだ。アーサーは言われたとおりに座《すわ》った。聞くぶんには単純《たんじゅん》だ。ふたりのメンバーが近づいてきて、手首と胸《むね》のまわりにワイヤーを巻《ま》く。胸《むね》をきつく締めつけられて、息が苦しいほどだ。

装着《そうちゃく》が終わるとスイッチが入り、アーサーの後ろでウィーンと音がしたかと思うとイスが震《ふる》えだした。マジシャンが自分のイスをアーサーのまん前に引き寄せてくる。それ以外のメンバーがマジシャンの後ろのテーブルにつく。仮面をつけた顔がいくつもこちらを向いているので胸《むね》がざわざわする。部屋は真っ暗で、キャンドルが数本灯っているだけだ。これなら見回りが来ても気づかれない。

「名前は？」マジシャンが尋《たず》ねる。

「アーサー・コナン・ドイルです」

イスがカチンと音を立てる。

「出身は？」

「スコットランドのエディンバラです」

しばらくこんなふうに質問が続いた。何人兄弟か？　バスカヴィルホールに来る前に通っていた学校は？　当たりさわりのない質問ばかりで、アーサーはだんだん緊張《きんちょう》がほぐれてきた。

「では、ここからは自由に質問を許可する。新メンバー候補《こうほ》に聞きたいことは？」マジシャンが言う。

一瞬《いっしゅん》の沈黙《ちんもく》ののち、ナイチンゲールの声がした。「ロンドンに家族はいるか？」

えっ？　どうしてそんなことをきくんだろう？「はい。父の家族が住んでます」

「行き来はひんぱんにあるのか？」

「いいえ」

「手紙は？」

「いいえ」

何を聞きだしたいのか分からない。

「どうしてだ？」ナイチンゲールが前のめりになる。

「多分……多分、父とうまくいってないからだと思います」

「おいおい、アーサー」マジシャンが声を上げる。「曖昧《あいまい》な答えはやめろ」

顔が赤くなるのが分かる。恥《は》ずかしさと怒《いか》りのせいだ。クローバー同盟《どうめい》はすでに父さんのことを知ってるみたいな態度だ。だけどそんなことはありえない……いや、ありえるのか？

「うちの父は……病気がちで。仕事もうまくいってません」

「酒のせいか？」マジシャンが低い声でいう。

仮面の奥《おく》で数人がニヤリとするのが分かる。

アーサーは背筋《せすじ》をしゃんとした。ワイヤーが窮屈《きゅうくつ》だ。「父は……」

「アーサー、気をつけろ。ウソをついたらそこで終わる」

アーサーは呼吸《こきゅう》を整えた。ここに来たのは……この部屋に来たのは、父さんがしてこなかったことをするためだ。家族の生活を支えるため。そしてそのために本当のことをいわなきゃいけないなら……そうするしかない。

「父は酒に関して自制心がないんです」アーサーはキッパリ言った。「心の病気です。薬も治《ち》療法《りょうほう》もありません。少なくとも今のところは。でもいつか……」

「お前は暴力が好きか？」

テーブルの向こうにいる別のメンバーから質問が飛んできた。予想外の質問だけど、父さんから話が逸《そ》れてホッとする。

「昨日の夜のことなら、セバスチャンを殴《なぐ》ってはいません。でも、殴《なぐ》っていてもおかしくなかったと思います。友だちにひどいことを言ったので」

「よくケンカをしてたのか？」アフィアの声だ。ナイチンゲールの左隣《ひだりどなり》に座《すわ》っている。

アーサーはエディンバラにいた頃のことを思い出した。「はい。でも、いじめを阻止《そし》するためです」

「忠誠心《ちゅうせいしん》は我々《われわれ》が他の何より重んじているものだ」マジシャンが言う。さっきより好意的に聞こえる。アーサーは少しだけリラックスして座《すわ》り直した。「そして残念ながら、新メンバー候《こう》補《ほ》のひとりが我々《われわれ》を欺《あざむ》いているのではないかと考えている」

「セバスチャン？」

「いや、違《ちが》う」

アーサーは眉《まゆ》を寄せた。「ジミー？」

「いいや、彼《かれ》でもない」

「アイリーン？」

ふざけてるのかと思って、アーサーは笑いそうになった。だけど、誰《だれ》も笑わない。それどころか、誰《だれ》もひと言も言わない。

「アイリーンが何を隠《かく》してるっていうんですか？　ここと関係があることで？」

そう言いながら、アーサーの頭に答えが浮《う》かんできた。あの手紙……。

「アイリーンの両親が実はオペラ歌手ではないと考えたことはあるか？　その根拠《こんきょ》は？」

アーサーは頭をフル回転させて思い出していた。ドアの下に差し込《こ》まれていたあの手紙……アイリーンの両親が書いたらしい宛名《あてな》……パリにいるアメリカのオペラ歌手が戦争省に手紙を書く理由なんて普通《ふつう》はない。ということはまさか……うそだろ？　政府組織の諜報員《シークレットエージェント》？　スパイ？

クローバー同盟《どうめい》は明らかに、アイリーンの両親がただのオペラ歌手じゃないと確信しているらしい。そしてアイリーンも秘密《ひみつ》の活動に関わっていると。どうしてそんなことを知ってるんだろう？　僕《ぼく》がそのさらなる根拠《こんきょ》を示したらどうするつもりだ？　アイリーンに直接聞くのか？　それだけじゃすまないかもしれない。校外のクローバー同盟《どうめい》のネットワークがアイリーンの家族を危険《きけん》にさらすようなことがあったら？

自分が隠《かく》しておきたいことを白状するならともかく、友だちを裏切《うらぎ》るのはまた別の話だ。だけどウソをいって知らないふりをしたら、テストに合格できない。ただし……。

ただし、ウソ発見機を出し抜くことができればいい。ワトソン博士の授業のおかげで、腕《うで》に巻《ま》いたワイヤーで血圧を、胸《むね》で心拍数《しんぱくすう》を測ってるのは分かってる。

心は物事を制する。

ワトソン博士はあの日、そう言ってた。僕《ぼく》の脈を測って、ジミーとアイリーンと一緒《いっしょ》に学校の地図を探《さが》してる理由についてウソをついてるのを見抜《みぬ》いた。この機械にしても、ワトソン博士のトリックにちょっと毛が生えたようなものにすぎない。

「ドイル、お前の答えをみんなが待っている」マジシャンが言う。

「今……いろいろ思い出しているところです」アーサーは口ごもった。

目を閉じる。妹たちとベッドに横になってお話を聞かせてやっているところを思い浮《う》かべる。そうだ、そうすればいい。ウソをつくんじゃなくて、物語を話していると思えばいいんだ。何を言えばいいか、自然と頭に浮《う》かんでくる。簡単だ。

目を開いたとき、心がすっかり落ち着いているのが分かった。目の前に座《すわ》っているマジシャンをじっと見つめる。だけど心の目で見えているのは、キャロラインとメアリーだ。すーっと息を深く吸って、ゆっくりと吐く。

「アイリーンの両親はパリにいます。でも、もうすぐウィーンに移動して新しいショーを始める予定です。アイリーン本人はオペラ歌手ではないけど、アイリーンの両親がオペラ歌手ではないと考える根拠《こんきょ》はありません」

もう一回、ゆっくり深呼吸《しんこきゅう》をする。「それだけですか？」アーサーは尋《たず》ねた。

マジシャンが身振《みぶ》りで指示すると、メンバーふたりが立ち上がった。アーサーの後ろに回り込んできて、何やらチェックしている。

「よくやった、ドイル」マジシャンが言う。「ふたつ目のテストに合格だ。だが……自分で思っている方法が成功したわけではない」

ワイヤーがとりはずされて、アーサーはホッとした。「どういう意味ですか？」

「アイリーンの家族のことでウソをついたな」

アーサーはドキンとした。機械が作動してなくて助かった。「でも……合格だって言ったじゃないですか」

「合格だ。機械はお前のウソを検知しなかった。これはさっき言ったように忠誠心《ちゅうせいしん》を試すテストではない。試したのは名誉《めいよ》だ。お前は自分の質問に関してはすべて正直に答えた。だが友人のこととなると、秘密《ひみつ》を守るために自分をコントロールする方法を考えた。名誉《めいよ》をしっかり示した。おめでとう」

言葉がない。頭の中がぐるぐるしてる。

「次が最終テストだ。二週間後の真夜中にクローバー・ハウスに来い。その際、持参してもらいたいものがある。価値《かち》が認《みと》められるものなら、我々《われわれ》の仲間として認《みと》めよう」

「持参……って？」

「高い価値《かち》のあるもの。お前の忠誠心《ちゅうせいしん》を証明するものだ」

「でも……」

価値《かち》のあるものなんて持ってません。そう言おうとして、口をつぐんだ。

「心配いらない」マジシャンが、アーサーの心を読んだように言う。でももちろん、さすがのクローバー同盟《どうめい》のメンバーも人の心を読む能力なんかないはずだ。どれだけこっちのことを知ってるかは不明だけど。「お前の持ちものではない。持参すべきは、手に入れるために苦労しなければいけないものだ」

アーサーはショックを隠《かく》せなかった。「盗《ぬす》めってことですか？」

テーブルについていた数人のメンバーがそわそわと顔を見合わせる。

「まさか」マジシャンがぴしゃりという。「我々《われわれ》はゴロツキの集まりではない。盗《ぬす》みをする必要などない。求めているのは、借りろということだ。今夜お前は、信用できる人間だということを証明した。だから今度は、お前が我々《われわれ》を信用しているということを示してもらいたい。我々《われわれ》の指示に従《したが》うことができるのを確認《かくにん》したい。たとえその指示の意味が分からなくてもだ。やるか？」

口の中がカラカラだ。でも、何とか首を縦に振《ふ》った。

「よろしい。持参したものが貴重《きちょう》で珍《めずら》しいほど、評価は高くなる。そのあと、それを見つけた場所に返すのは自由だ。それなら何の害もない。では、メンバーが出口まで案内する。次はモランを」

ひとりのメンバーが近づいてきたかと思うと腕《うで》を掴《つか》まれて、アーサーは部屋から出された。外で待っていた三人の顔を見たか見ないかのうちに、何がなんだか分からないまま廊下《ろうか》を早足で歩かされる。気づいたら、夜の暗がりの中にひとりで立っていた。ピリッとした寒さのせいでハッとわれに返ると、不安な気持ちのまま塔《とう》に急いで戻《もど》った。

クローバー同盟《どうめい》は、アイリーンの両親が戦争省に手紙を書いたのを僕《ぼく》が知っていると気づいてた。つまり、僕《ぼく》がアイリーンの手紙を拾ったのも読んだのも知っているということだ。そんなことを知る方法はひとつしかない。クローバー同盟《どうめい》が前もってあの手紙を入手して、僕《ぼく》の部屋に届《とど》けたんだ。

ほめられた方法じゃない。だけど、僕《ぼく》の名誉《めいよ》を試すには確かに賢《かしこ》い方法だ。そうでもしなきゃ、僕《ぼく》が自分たちの秘密《ひみつ》を今後守ると確信できないから。

何かを「借りる」なんて気が進まないけど、あとで返せば問題はないはずだ。それにクローバー同盟《どうめい》に入れるなら、少しくらいリスクをおかす価値《かち》があるんじゃないか？　なんたって、司令官というものは下っぱが好まない命令を下すこともある。下っぱは自分の戦いしか見えないけれど、司令官は全体を見ているから。

ああ、クローバー同盟《どうめい》が、意味のない戦いをするだけの価値《かち》がある組織だと信じたい。たのむから、信じさせてくれ。

30

立ち上がるアイリーン

「合格か？」

ジミーは窓《まど》から部屋に入ってくるなり尋《たず》ねた。アーサーのほうは聞き返すまでもなく、うす暗がりでも分かるジミーのニンマリ顔で分かった。ほっぺたも興奮《こうふん》で赤くなっている。

アーサーは頷《うなず》いて、ニッコリした。

「だと思った！」ジミーがさらにニンマリする。「だけど正直、ビックリした。そこまで難しいテストじゃなかったから」

「何聞かれたの？」

ジミーがちょっとためらう。「えっと……アーサーのこと。アーサーの家族のこととか、一番は父親のこと」

胃《い》がムカムカしてくる。

「心配いらない。何にも話してないから。そこがポイントだったんだろう？」

クローバー同盟《どうめい》は、僕《ぼく》の家族のことも父さんの酒癖《さけぐせ》のことも知ってたのに。きっとインタビューする前から知ってたんだ。アイリーンの手紙の内容を知ってたみたいに。

「で、機械を出し抜いたの？」アーサーは尋《たず》ねた。

「そうらしい。さっきも言ったけど、そこまで難しいとは思わなかった。僕《ぼく》は……ほら、しょっちゅう自分を偽《いつわ》ってるから。父といるときはね。だから、偽《いつわ》るのが第二の天性みたいになってるのかもな」

アーサーは同情の眼差しでジミーを見つめた。どうやら父親のことで悩《なや》んでるのは僕《ぼく》だけじゃないらしい。そのとき、窓《まど》のところで音がした。「今、音がしたよね？」

窓《まど》に駆《か》け寄ってツタの間を見下ろすと、アイリーンが上ってくるのが見える。ずいぶん早かったな。そう思いながら手を伸《の》ばして、部屋の中に引き入れてやる。どうしたんだろう？

アイリーンが震《ふる》えている。

「アイリーン？　大丈夫《だいじょうぶ》？」

アイリーンは床《ゆか》に下りると、スカートに絡まったツタをつまみとった。

「わたし？　うん、大丈夫《だいじょうぶ》」

「どうだった？」ジミーが尋《たず》ねた。

アイリーンはジミーの方を決まり悪そうにチラッと見た。「どうだったかって……うん、あのね、ジミーのことをぜんぶ話せって言われた」

つまり、僕《ぼく》はアイリーンの家族のことを、ジミーは僕《ぼく》の家族のことを、そしてアイリーンはジミーの家族のことを聞かれたってわけか。

ジミーの顔から笑みが消える。「だけど君、僕《ぼく》の家族のことなんか知らないじゃないか」

アイリーンが辛《つら》そうな顔をする。「それがね、知ってるの。今朝、メールボックスを覗《のぞ》いたら、新聞記事が入ってて。一年以上前、ロンドンで起きた事件のこと。ほんの短い記事だけど、ジェームズ・モリアーティ氏が詐欺罪《さぎざい》で起訴《きそ》されて、主要な証人が失踪《しっそう》したために無罪になったって書いてあった」

ジミーの表情が暗くなる。「父は何にもしていない。無実だ」厳《きび》しい声で言う。

アイリーンはジミーをじっと見つめてから、やっと口を開いた。「もちろん分かってる。質問が始まってすぐ、わたしのメールボックスにあの新聞を入れたのはクローバー同盟《どうめい》だって気づいた。最初のテストで怖《こわ》い思いをさせられたのはともかく、家族の秘密《ひみつ》を詮索《せんさく》して目の前にちらつかせるなんて、さすがに違《ちが》うと思う。わたし、あんな人たちのオモチャにされるつもりはない。だから、もう帰りますって言ったの」

「えっ、ってことは……不合格？」ジミーがあ然とする。

「不合格とは違《ちが》うから。こっちから、あんな人たちのちっぽけなグループに入ることを拒否《きょひ》したの」

「ちっぽけなグループ？　アイリーン、この国でもっとも力を持ってる組織なんだよ。世界一かもしれない！」ジミーが言う。

アイリーンは顎《あご》をツンと上げた。微《かす》かに震えてる。きっとアイリーンは、自分が何を捨《す》ててきたかを分かってるんだ。簡単な選択《せんたく》じゃなかっただろう。

「そうね、そもそもそこが問題かも」アイリーンが言う。「力っていうのは、少数のグループがこっそり集まって持つべきものじゃない」

確かにそうだ。アイリーンは真実をついている。だけど、誰《だれ》かが議員やら首相やらのポストにつく必要がある。誰《だれ》かが新聞を発行したり大学の要職についたりしなきゃいけない。クローバー同盟《どうめい》が、僕《ぼく》みたいなスコットランド出身の貧しい少年をそういう仕事につかせたいっていうなら……それはそれでよくないか？

アイリーンとジミーはしばらく見つめ合っていた。どちらも目を逸らそうとしない。

「つまり、それぞれにお互《たが》いのことを質問したってわけか」アーサーが緊張《きんちょう》をほぐそうとして言った。「考えてみたら賢《かしこ》いやり方だな。ひどいけど。僕《ぼく》たちを対立させようとしたんだ。そして対立が起きなかったら、僕《ぼく》たちは相手の秘密《ひみつ》を守る人間だと分かる……つまり、クローバー同盟《どうめい》の秘密《ひみつ》をね」

「わたしの手紙をアーサーに届《とど》けたのはクローバー同盟《どうめい》ね。うちの両親のショーがパリでキャンセルになったこと、聞かれた？」

「うん、それでさ……話さなきゃいけないことがあるんだ」アーサーはもごもご言った。

そしてアイリーンに、手紙を見て気づいたことを話した。クローバー同盟《どうめい》がアイリーンの両親が戦争省の仕事をしてるんじゃないかって疑《うたが》ってるらしいことも。

アイリーンは、アーサーをじっと見《み》つめながら聞いていた。そして話が終わると、ちょっとだけためらってからいきなり笑いだした。

「へっ？　何がおかしいんだ？」ジミーが聞く。

「クローバー同盟《どうめい》って、自分たちが思ってるほどたいしたことないわね。うちの両親ってね、ファンレターをたくさんもらうんだけど、できる限り返事してるの。いまの戦争省の事務次官が熱心なオペラファンで、両親がロンドンでカルメンを上演したとき、全公演観にきたんだって。いまでも数か月おきに、またロンドンで公演してくださいって手紙が来るみたい」

アーサーは一瞬《いっしゅん》、言葉を失った。「そっか……そういうことか」やっとそれだけ言う。

「うちの親が戦争省の課報員《シークレットエージェント》なんて意味不明にもホドがあるでしょ！　信じられない」

やけに慌《あわ》てて話題を変えようとしてるな、とアーサーは感じた。アイリーンの説明はしっかり筋《すじ》が通ってる。だけど、どうして僕《ぼく》と目を合わせようとしないんだろう。やっぱりヘンだ。もう少しこの話題を続けるように仕向けようとして、アーサーは考え直した。今はやめとこう。

「でも……アーサー、なんでクローバー同盟《どうめい》はお父さんのことを知ってたの？　わたしたち以外の誰《だれ》かに話した？」

「僕《ぼく》もそれを考えていた」ジミーが言う。「それに、アーサーが家族の話をしてくれた朝、誰《だれ》かにつけられてたよな」

「そうだった」アイリーンが言う。「アーサーが誰《だれ》かが見てる気がするって言ったときディディーがいたから、なーんだってことになっちゃったけど。ね、セバスチャンは何聞かれたと思う？」

「合格したなら、僕《ぼく》のことじゃないだろうな。僕《ぼく》の秘密《ひみつ》なんて大喜びでペラペラしゃべるだろうからさ」アーサーが言う。

「セバスチャンはクローバー同盟《どうめい》とは関係なく僕《ぼく》の家族のことをたくさん知ってるから、多分僕《ぼく》じゃないかな」ジミーが言う。

アイリーンがやれやれと首を振《ふ》る。「次のテストは何をするつもりかな」

「それがさ……」アーサーは口を開いた。

アイリーンは、アーサーが最終テストの内容を話すとビックリしてベッドから飛び下りてきた。

「だって、そんなことしないでしょ？　ね？　盗《ぬす》みなんてしないでしょ？」アイリーンがアーサーとジミーをかわりばんこに見る。

ジミーが肩《かた》をすくめる。「僕《ぼく》には選択権《せんたくけん》はない。クローバー同盟《どうめい》に入らなかったら、父にオーストラリアのどこかの学校に追いやられるに決まってる。で、軍隊に入れられて、金持ちの年寄りと結婚《けっこん》させられるだろうな。父の頭にはクローバー同盟《どうめい》のことしかない。クローバー同盟《どうめい》に入らない僕《ぼく》は用なしなんだよ」

アイリーンはアーサーの方を厳《きび》しい目で見た。「アーサーは？」

「盗《ぬす》みじゃない。借りるだけだ。あとで返すよ。ただの忠誠《ちゅうせい》のテストだ」

「何の害もない」ジミーも言った。

「捕《つか》まらなきゃね」アイリーンが指摘《してき》する。

「家族を第一に考えなきゃいけないから。家族にとって何が一番か、それしかないんだよ」

アーサーはひとり言のように言った。

「そうね、で、それって盗《ぬす》みで退学《たいがく》になることじゃないでしょ」アイリーンが言う。

確かにそうだ。

「だけどアーサーはクローバー同盟《どうめい》に入れれば……」

アーサーは手を上げて、ふたりの話をとめた。頭がズキズキする。不意に、すぐにキャンドルを吹《ふ》き消してひとりで考え事をしたくてたまらなくなった。

アーサーは長いこと眠《ねむ》らずに、その夜の出来事を頭の中で繰り返していた。アイリーンはクローバー同盟《どうめい》が家族の秘密《ひみつ》を嗅《か》ぎまわってると知って、仲間になるのを拒否《きょひ》した。きっと、クローバー同盟《どうめい》のずるい策略《さくりゃく》にほとほと愛想がつきたんだろう。だけど、本当に理由はそれだけかな？　クローバー同盟《どうめい》に入りたくなくなった理由がもし別にあったら？

それに僕《ぼく》はどうなんだ？　家族を守るにはどうするのが一番なんだろう？　ジミーと一緒《いっしょ》に合格を目指すのか、それともアイリーンのように自分から去るのか？

そのうち答えは出る。アーサーは自分に言い聞かせた。いつだって答えは出るんだ。

31
出た答え

答えはメアリーから届《とど》いた。

次の週、メアリーからの手紙がメールボックスに入っていた。これで家の様子が分かるとホッとして封筒《ふうとう》を握《にぎ》り締《し》めて食堂に急ぐ。

だけど手紙を読むと、ホッとするどころじゃなくなった。

アーサーへ

こんにちは。げんき？　あたしはげんき。ママがいってたけど、ひこうせんにのったの？　ねえ、ひこうせんをここにつれてきて、あたしをのせてちょうだい。あたしもアーサーといっしょのところにいきたいから、やくそくしたの。おとなしくするし、おかたづけもするって。アーサーのものをまどからなげたりアーサーのほんをたべたりもしない。ママはぜんぶだいじょうぶだっていいなさいっていうし、パパがずっとベッドにいてコンスタンスがひとばんじゅうないてることはかいちゃだめだって。ややこしいね。ゆうしょくのしたくをてつだわなきゃいけません。はやくむかえにきて。

アーサーのおきにいりのいもうと
メアリー

二回読んで、やっと言葉が頭に入ってきた。最後のほうは文字がうすくてかすれてて、ほとんど見えない。きっとものすごく短くなったえんぴつで書いたんだろう。それに寒さに震えながら書いたみたいな文字だ。

パパがずっとベッドにいて……。

コンスタンスが一晩中泣いてる……。

父さんは約束を守ってくれなかった。僕《ぼく》が学校にいる間、家族のことは任せろって言ってたのに。このまま何もしないで、父さんがドイル家を守ってくれるようになるのを期待しても無駄《むだ》だ。手紙のおかげで、父さんの代わりに僕《ぼく》がしっかりしなきゃいけないと確信した。家族にもっといい生活をさせる方法を考えなくちゃ。一番の近道は、クローバー同盟《どうめい》に入ることだ。

そういうわけでアーサーは、週末を盗《ぬす》みの計画に費やした。

なんて皮肉なんだろう。つい数日前まで、泥棒《どろぼう》を捕《つか》まえようとしてたっていうのに、今じゃ自分が泥棒《どろぼう》になろうとしてるんだから。

問題は、何を盗《ぬす》めばいいかまったく思いつかないことだ。ほとんどの時間を図書館の暖炉《だんろ》の前に座《すわ》って、炎《ほのお》をじっと見詰《みつ》めながらいろんな選択肢《せんたくし》を思い巡《めぐ》らせるのに使った。クローバー同盟《どうめい》が感心するようなめずらしくて貴重《きちょう》なものってなんだろう？　しかも見つからずに手に入れられるものだ。ハリエットがヴィクトリア女王のものだったといってる枕《まくら》カバーとか？　ハリエットの部屋に忍《しの》び込《こ》んで盗《ぬす》むのは簡単そうだ。だけど、クローバー同盟《どうめい》の本部に枕《まくら》カバーを持っていくなんて、しかも本当にヴィクトリア女王のものかどうかも分からないし、イマイチだって気がする。しかも、クラスメートから盗《ぬす》むなんて嫌だ。

ワトソン博士のガラス瓶《びん》に入った標本とか？　いやいや、あれは貴重《きちょう》っていうかグロテスクだしワトソン博士に見つかったらと思うとたえられない。あんなに優《やさ》しくしてくれて、しかも「心は物事を制する」の教えのおかげで二回も助けられた。グローバーを襲《おそ》おうとしたラッキーを大人しくさせたときと、ウソ発見機を出し抜いたとき。うーん……温室はどうだろう？　珍《めずら》しい植物や生物がたくさんある。だけど、世話の方法が分からないし。

ジミーとアイリーンもたまに一緒《いっしょ》に図書館に来る。ジミーは隣《となり》の肘掛《ひじか》けイスに座《すわ》って、アイリーンは床《ゆか》にペタンと座《すわ》って暖炉《だんろ》でつま先をあっためている。ジミーは読書をしたり自分の考えをメモしたり。アイリーンは、クローバー同盟《どうめい》とはいっさい関わりたくないとキッパリ言っている。アーサーとジミーの最終テストも自分には関係ない、と。とはいえ、アーサーがテストを続けると決めた理由を話すと納得《なっとく》したようだった。まあ、本当は、新しい小説の『若草《わかくさ》物語』に夢中でそれどころじゃなかったのかもしれない。

ポケットはグレイ教授の手伝いにますます忙《いそが》しくて、食事のとき以外は研究室にこもりっきりだ。そしてグレイ教授のことで頭がいっぱいなのは、ポケットだけじゃなかった。

土曜日の午後、アーサーが考え事をしていると叫び声がきこえてきた。何事かとイスからガバッと立ち上がると、隣《となり》のブースでグローバーがボロボロの本を胸《むね》に抱《かか》えていた。

「グローバー！　どうしたんだ？」

グローバーがこっちこっちと手招きする。テーブルの上に、グレイ教授に関して集めた調査結果が散らばっていた。「なんと！　見つけてしまいました！」グローバーがボロボロの本を聖杯《せいはい》のように掲《かか》げる。

「何？」

「エリザベス・グレイの研究日誌《にっし》！　あのグレイ教授のおばあさんです。この日誌《にっし》は、ワタシが死亡《しぼう》記事を書くための知識の泉《いずみ》と言えます。これがあれば、エリザベス・グレイの霊《れい》と交信だってできるかもしれません。ああ、あとはグレイ教授のインタビューさえとれれば。誰《だれ》もが読みたがる死亡《しぼう》記事が書けることでしょう！」

「それはよかった、グローバー」アーサーは、友だちの熱量に合わせるフリをして言った。

「インタビュー、うまくいくといいね」

日曜日の夜の食堂は、笑い声とおしゃべりでいっぱいだった。みんな、週末の報告をし合っている。ハドソン副校長がサロンで主催《しゅさい》したチェス大会に参加した子もいれば、ストーン教授と一緒《いっしょ》に校庭で泥《どろ》だらけになってクリケットをしたり、准将《じゅんしょう》と一緒《いっしょ》に森で遠乗りをしたりした子もいた。

アーサーは楽しくおしゃべりする気分じゃなかった。賑《にぎ》やかな場所で目に見えない重荷を抱えていると、かえってひとりぼっちだと感じてしまう。そこで料理長のロールパンをいくつかとチーズをポケットにつっ込《こ》んで、図書館へ向かった。どうせひとりぼっち気分を味わうなら、本当にひとりでいたほうがいい。

廊下《ろうか》を歩いている生徒はほとんどいない。すれ違《ちが》ったのはふたりだけ。例の白い服を着た心《しん》霊《れい》ペアが階段《かいだん》を下りてきて、アーサーの顔を見るなりヒソヒソ話をやめた。背《せ》が高くて猫背《ねこぜ》のトーマスが、立ち聞きされたみたいな顔で目を細くしてアーサーを睨む。オリーはいつにも増してまっ赤な顔になって、顔をしかめながらアーサーの横をすりぬけていった。

もしかしたら噂《うわさ》は本当で、あのふたりは特別な力があるのかもしれないな。まあ、いくらそうでも、友だちになろうとは思わないけど。

図書館にもほとんど人がいなかった。聞こえてくるのは、司書のアンダーヒルさんのいびきだけ。

ここのところよく眠《ねむ》れなかったので、あたたかい炎《ほのお》のちらつきを見ていたらうとうとしてきた。肘掛《ひじか》けイスでまったりつらつら考え事をしているのは気持ちがいい。少しだけ、と思って目を閉じた。

目を開けたとき、図書館は真っ暗だった。暖炉《だんろ》の火も消えかかっている。空気が冷たくなっていた。

アーサーはガバッと起き上がった。すっかり眠《ねむ》っちゃったらしい。今何時だろう？　誰《だれ》にも見つからないうちに部屋に戻《もど》らなくちゃ。

階段《かいだん》を二段《だん》飛ばしでメインフロアまでかけおりる。だけど図書館を出ようとしたとき、廊下《ろうか》を通り過ぎていこうとする人が見えた。慌《あわ》てて飛びのいたとき、その人が片手《かたて》にランタン、もう片方《かたほう》の手に大きなものを持っているのが見えた。脚《あし》の回りにマントが揺《ゆ》れている。

この前見た、本館を走っていくマントを着た黒い影《かげ》は、グレイ教授の部屋から逃《に》げていく人物だった。

「待て！」アーサーは叫《さけ》んだ。

その人がパッと振《ふ》り返る。

「誰《だれ》？」声がする。女の人だ。

その人がランタンを顔に近づける。えっ……ウソだろ。

バレンシア・フェルナンデス博士。

32

時計の中へ

「こっ、こんなところで何してるんですか？」アーサーは口ごもった。

フェルナンデス博士がイラッとした顔をする。「聞きたいのはこっちだけど」

まずいところを見られた犯人っていう感じじゃない。それにマントに見えたのは、長いスカートだった。

「朝いちでエディに、えっとチャレンジャー校長のことだけど、報告しにいかなきゃいけないようね。生徒のひとりが真夜中に廊下《ろうか》をうろついてるって報告よ」

「やめてください！　図書館で寝《ね》ちゃったんです。起きたら真っ暗でした。たまたまなんです」

フェルナンデス博士の表情がやわらぐ。「もういいわよ。ビックリさせられてムッとしただけ。エディには何にも言わない。生徒が規則を破ろうが、わたしにはどうでもいいし。自分が規則なんておかまいなしに過ごしてきたしね。ま、せっかくだから、ちょっと手伝ってくれない？」

アーサーはほっとした。「もちろんです。なんでもやります」

フェルナンデス博士がランタンを手渡《てわた》してくる。

「研究室に出土品を移動させているところで、これで最後なの。ほら、取り扱《あつか》い注意でしょ。だから周りに人がいなくなるまで待ったのよ。どっかのバカ騒《さわ》ぎに巻《ま》き込《こ》まれて落っことすなんてリスクは犯したくなかったし。もちろん、こんな時間に廊下《ろうか》に生徒がうろついてるなんて思ってなかったから。だけど、ちょうどいいところにいてくれたかも。わたしの知恵《ちえ》をもってしても、ランタンを持つには片手《かたて》が塞がるってこと、ころっと忘《わす》れてたから」

アーサーが言いつけどおりにランタンを掲げ持つと、フェルナンデス博士は木箱を両腕《りょううで》で抱《かか》えなおした。「どっちですか?」

「二階」そう言って顔を上げた博士は、アーサーを二度見した。「あれっ……きみのこと、知ってる。わたしの歓迎会《かんげいかい》のとき、ケンカ始めそうになった子ね」

「はい、ごめんなさい」アーサーは大人しく認《みと》めて、階段《かいだん》を上がりはじめた。

「原因はなんだったの？　女の子?」

「違います」慌《あわ》てて言う。「まあ、そうなんですけど、そういう意味じゃなくて。ひどいことを言われたから。自分が誰《だれ》よりも優《すぐ》れてるって思ってるヤツです」

「サイテーね」博士が言う。「思い知らせてやらなかったのが残念。でも心配いらないわよ。そういうヤツって必ず報いを受けるものだから」

アーサーはおどおどしながらも思わず笑った。

「世界中を旅して回るのって楽しいですか?」

「ものすごく。海の向こうは、毎日が新しい冒険《ぼうけん》みたい。それにスリル満点よ。行く先がどんな場所かもわからずに旅を続けるのってね」

「いつか船に乗ってみたいんです。乗ったことないから」

階段《かいだん》のてっぺんに着くと、フェルナンデス博士の案内で東の廊下《ろうか》を進んだ。突《つ》き当たりに近づくと、博士が右手のドアに向かって頷《うなず》く。アーサーはドアを開けて、博士のあとから入っていった。

部屋の中はがらんとしていて、長いテーブルがふたつあるだけだった。骨《ほね》やら木箱やらシルバーの器具やらが並《なら》んでいる。博士が、持っていた木箱をその間に置く。そして中から、そーっと壺《つぼ》を取り出した。

「いらっしゃい、かわいい子ちゃん」博士が壺《つぼ》を持ってじっくり眺《なが》める。

その様子を眺《なが》めながら、アーサーは心臓《しんぞう》がバクバクしてくるのを感じた。恐竜《きょうりゅう》の卵《たまご》が入った壺《つぼ》だ。

あっ……思いついてドキッとする。とんでもないことを思いついてしまった。

唯一無二《ゆいいつ》の卵《たまご》。クローバー同盟《どうめい》本部に持っていくのに、これ以上めずらしくて貴重《きちょう》なものなんかどこにもない。

だけど、博士に気づかれずに手に入れるなんてことはできるだろうか？　博士がいなくなってから引き返したらどうだろう？　でも、ドアにカギをかけるに決まってる。それに、なくなったら絶対気づかれる。卵《たまご》が消えたと分かったら、僕《ぼく》が真っ先に疑《うたが》われるだろう。

あ、でも……。

アーサーはポケットの中に手を伸《の》ばした。夕食のロールパンがまだ入ったままだ。卵《たまご》にそっくりなロールパン。

気づかれないかもしれない。

「さ、行きましょう」博士がドアのほうに向かう。「もうとっくに寝《ね》る時間でしょ」

テーブルの角に、重たい真鍮《しんちゅう》のカギがある。

いけないと思ったときにはもう手をサッと伸《の》ばしてカギをとり、ポケットに突っ込んでいた。

「あらっ、カギがないわ」博士がテーブルにチラッと目をやる。アーサーはギクッとして固まった。ついさっき僕《ぼく》がとったのに気づかれたんじゃないか。だけど博士は自分のポケットをパタパタ叩《たた》くと、やれやれと溜息《ためいき》をついた。

「どこかで落っことしちゃったのね。スペアキーをとりに部屋に戻《もど》らなくちゃ。ランタンなくても戻れる？　わたしは裏口《うらぐち》から出たほうが近道なの」

「はい、大丈夫《だいじょうぶ》です」アーサーは答えた。妙《みょう》にはりきった大声で。

博士が眉《まゆ》をクイッと動かす。「そう。だったら、じゃあ。手伝ってくれてありがとう」

アーサーは何とか頷《うなず》いて、回れ右をした。廊下《ろうか》を歩いていって、突《つ》き当たりでじっと待つ。

血液がからだをかけ巡《めぐ》る音が聞こえてくるようだ。

フェルナンデス博士が出て行ったのを確信すると、そーっとまた研究室に戻《もど》ってドアをあけ、なかに忍《しの》び込《こ》んだ。月明かりが窓《まど》から銀色のリボンみたいに流れ込《こ》んできて、卵《たまご》の入った壺《つぼ》を照らしている。アーサーは壺《つぼ》に近づいた。

本気でやるつもりか？　こんなに貴重《きちょう》な宝《たから》ものを盗《ぬす》む気か？

借りるだけだ。盗《ぬす》むわけじゃない。

運命なんてものがあるかどうかは分からないけど、もしあるのなら、ここに来たのは運命だ。完璧《かんぺき》なチャンスだ。

ポケットをゴソゴソやってバターロールを取り出すと、卵《たまご》と並《なら》べてみる。本当によく似てる。

博士がもうすぐ戻《もど》ってくる。ぐずぐずしてる時間はない。

アーサーは壺《つぼ》のふたをまわして外した。手を突っ込んで、そーっと卵《たまご》を指で包む。そしてすかさずバターロールを代わりにおいた。

やった。もうあと戻りはできない。

あとは見つからないように逃《に》げるだけだ。

秤《はかり》のようなものの陰《かげ》にカギをおく。ここならきっと、さっきは見逃《みのが》しただけと思うだろう。

それから部屋を出て、そーっとドアを閉《し》めた。来た道をたどりながら、落っことさないように大切に卵《たまご》を抱《かか》えて歩く。胸《むね》がざわざわする。

床板《ゆかいた》が軋《きし》む音がしたとき、気のせいだと言い聞かせた。だけどまた音が聞こえる。今度はさっきよりはっきりと。

誰《だれ》かが階段《かいだん》を上ってくる。

パニクって、アーサーは左手にあるドアの方を向いた。カギが掛《か》かっている。廊下《ろうか》を早足で戻《もど》りながら、ドアを一個一個確かめる。やっとひとつのドアが開いた。慌《あわ》てて駆《か》け込《こ》んでドアを閉める。

もし誰《だれ》かがこの部屋に入ってきたら、卵《たまご》を持ってるところを見つかってしまう。そんなことになったら大変だ。退学間違《たいがくまちが》いなし！　アーサーは必死でごちゃついた部屋の中を見渡《みわた》した。

事務所みたいだけど、うす暗い中でもかなり前から放置されてたのが分かる。机《つくえ》の上に埃《ほこり》がびっしり積もっている。隅《すみ》っこに、見たことないほど大きい振《ふ》り子時計があった。高さがほとんど天井まであって、よくある時計の二倍近い幅《はば》がある。

完璧《かんぺき》だ。

この手の時計には大抵大きな振《ふ》り子がすけて見えるガラスの扉《とびら》がついているけど、この時計はぜんぶがしっかりした木製だ。それでも、どこかに扉《とびら》があるはずだ。すみずみまで手探《てさぐ》りすると、指が小さい掛《か》け金に触《ふ》れた。押《お》してみると、扉《とびら》が開く。できるだけそーっと、卵《たまご》を仕切りの上において、扉《とびら》を閉じた。大きなカチッという音がする。

するといきなり、予想外なことが起きた。

時計がウィーンといい始めた。

時計からこんな音がするなんて初めてだ。どういうことだ？　音はどんどん大きくなってくる。しかも毎秒ごとに高い音になってきた。アーサーは必死になってまた扉《とびら》を開けようとするけど、びくともしない。

そのとき、サイアクなことが起きた。事務所のドアノブがガタガタいい始める。ドアが開いたとき、時計から緑色の光が溢れてきた。ああ、もうダメだ……アーサーはドアから入ってきた人に見つかるのを覚悟《かくご》した。だけど、誰《だれ》も入ってこない。

ふと見下ろすと……。

「トビー！」思わず声が出た。

トビーが目を見開いてこちらを見上げている。耳を後ろにピタッと倒《たお》して、低く唸っている。

また時計から光が溢れてきた。それから、大きな音がする。

バリバリッ！

トビーがビックリしてキャーンと鳴きながら飛び上がり、部屋の外へ走っていった。

そして、時計が静かになった。

落ち着け……トビーがいなくなってくれたのは助かったけど、どうせ副校長に報告しに行ったんだろう。急いで卵《たまご》を回収《かいしゅう》して逃《に》げなくちゃ。

時計の扉《とびら》は簡単《かんたん》に開いた。腐《くさ》ったような匂《にお》いの煙《けむり》がもくもく溢れ出てくる。両手で振《ふ》り払おうとするけど、ゴホゴホ咳《せき》が出て止まらない。ところが卵《たまご》に手を伸ばそうとしたとき、廊下《ろうか》に足音が聞こえた。今度はまぎれもなく人間だ。

アーサーは卵《たまご》を手に取った。ああ、よかった、壊《こわ》れてはいないみたいだ。そして時計の内側の空洞《くうどう》に自分が入り、時計の扉《とびら》を閉《し》めた。ほんの少しだけ隙間《すきま》を残して。

すぐに、誰《だれ》かが部屋に入ってくる。

隙間《すきま》から、光が揺《ゆ》れているのが見える。そのあとからふたりの人影《ひとかげ》。ふたりは時計の扉《とびら》のところで立ち止まった。

「絶対この部屋から聞こえてきた」女の子の声。ああ、ナイチンゲールだ。「しかもヘンな匂《にお》いがする」

「机《つくえ》の下を調べろ」こっちはマジシャンだ。

ナイチンゲールが指示どおりにあちこち探《さが》しているらしい音がする。

「何にもない。だけど、音がしたのは絶対ここだと思う」

「おそらくな。だが、この事務所にあの機械を隠《かく》すとは考えられない」

えっ……クローバー同盟《どうめい》が探《さが》してるのは機械なのか？　真っ先にウソ発見機が頭に浮《う》かんだけど、そんなはずはない。どこにあるか知ってるんだから。だったら、何の機械だろう？

また音がする。小さなトントンという音。耳を扉《とびら》の隙間《すきま》に近づけてみる。またトントン聞こえる。

ええっ、まさかだけど……やめてくれよ。この音、時計の内側から聞こえてる！

僕《ぼく》以外にここに何かいるのか？

落ち着け、落ち着け。あのふたりに聞かれたら大変だ。

「もう探《さが》す場所なんかどこにもない」ナイチンゲールが言う。「しかも教授たちの警戒《けいかい》がどんどん厳しくなってきてるから、ますます危険《きけん》になってきたし。ちなみに、それって君のせいだから」

トン、トン。

「分かってる。だが、メッセージを送らないわけにはいかなかった。運が悪かっただけだ。あのヘンな子がグレイ教授と一緒《いっしょ》にいたし、よりによってドイルのヤツが通りかかりやがって」

「まあ、こっちに疑《うたが》いがかからないように目くらましができてればいいけど」ナイチンゲールが言う。

「あれはいいアイデアだった。正面玄関《げんかん》からの侵入《しんにゅう》を演出したのはね。だが、君の言う通りだ。探《さが》してるだけじゃどうにもならない。必要以上のリスクは負いたくない。そろそろもっと……

強力な手段《しゅだん》にうつるときかもしれない」

トン、トン、トン。

ナイチンゲールが溜息《ためいき》をつく。「そういうんじゃないかと思った。本当にやる価値《かち》ある?」

「あの機械を見つけることは、緑の騎士《きし》の最優先事項《さいゆうせんじこう》だ。選べるものなら、緑の騎士《きし》より校長の怒《いか》りを買うほうがマシだ」

トンッ!

アーサーはからだを硬直《こうちょく》させた。石になってしまったくらいに。

「いまの音、何?」ナイチンゲールが言う。

「誰《だれ》か来るのかもしれない。行こう」

ここそこ動く音がして、事務所のドアが閉まった。そして……しーん。

ああ、よかった……。アーサーはホッとして時計の外に出た。今のふたりの話、どういうことだ?

間違《まちが》いない、クローバー同盟《どうめい》はチャレンジャー校長をうまく欺《あざむ》いて大切な機械を盗《ぬす》もうと計画している。どんな手段《しゅだん》を使っても。

だけど、今は考えてる場合じゃない。卵《たまご》を持って急いで塔《とう》に戻《もど》らなきゃ。新たな問題が起きないうちに。

ところが卵《たまご》を月明かりにかざしてみると、すでに問題が起きているのが分かった。ついさっきまで何ともなさそうに見えたのに、よくよく見てみると、大きなひび割《わ》れがある。

どうしよう……？

絶望的な気持ちで卵《たまご》を眺《なが》めていると、さらにありえないことが起きた。

トン！　トン！　トン！

心臓《しんぞう》がドクンという。さっきから音がしてるのは、時計の内側どころか……卵《たまご》の内側！

じっと見つめていると、ひび割《わ》れがさらに大きくなり、どんどん広がってきた。ウソだろ、いくらなんでも……。

アーサーは息を殺して卵《たまご》に顔を近づけた。すると、卵《たまご》の中に入っていたものがミャーという声を発した。

自分の目が信じられない。

卵《たまご》は割《わ》れたんじゃなかった。

孵《かえ》ったんだ。

33 ママ！

「帰ってきた！」アイリーンが叫《さけ》ぶ。

アーサーが窓《まど》から部屋に潜《もぐ》り込《こ》むと、一本のキャンドルを囲んで床《ゆか》に座《すわ》っていたジミー、アイリーン、ポケットがいっせいに立ち上がった。

「えっ、みんなしてどうしたの？」アーサーは尋《たず》ねた。観客が待ってるとは思ってなかったし、歓迎《かんげい》されてる空気でもない。

「いいかげん探《さが》しにいこうかって話していたところだ」ジミーが言う。「夕食後に戻《もど》ってこなかったから心配になって。だからアイリーンに、姿《すがた》を見かけなかったか聞きに行ったんだよ」

「具合悪かったの？　腐《くさ》ったエビ食べたみたいな顔してるけど」アイリーンが尋《たず》ねる。

なんて答えればいいんだろう。「図書館で寝《ね》ちゃって」

「えーッ、それだけ？　何か面白いこと期待してたのに」ポケットがガッカリした顔をする。

そのとき、ミャーッという声がアーサーのジャケットの内側から聞こえてきた。

「ん？　いまの何？」アイリーンが聞く。

アーサーは震《ふる》える手をジャケットの内側に伸《の》ばした。「ポケットの期待以上かも」

アーサーは、灰色《はいいろ》でちょっとヌルヌルした小さい生き物をテーブルにのせた。

一瞬《いっしゅん》、一同無言。みんな突《つ》っ立って、まじまじと見つめている。青くて細長いくちばしをして、頭にはギザギザがある。小さい目で、ゴムみたいな翼《つばさ》の先に鋭《するど》いかぎ爪《づめ》がある。

「えっ……コウモリ？」アイリーンがやっと口を開く。

「こんなコウモリ見たことないな」ジミーも言う。

「どっちかっていうとドラゴンの赤ちゃん。ね、アーサー、ドラゴンでしょッ？」ポケットがはしゃぐ。

「えっと……多分、恐竜《きょうりゅう》じゃないかな」

ジミーがポカンとした顔でアーサーを見る。「アーサー……恐竜《きょうりゅう》は何千万年も前に絶滅《ぜつめつ》した。それが僕《ぼく》らのベッドルームにいるわけないだろう？」

ううう……説明しなくちゃいけない。きちんと話すのが一番だ。ここまでこじれてしまったら、ひとりの力ではどうにもならない。

「図書館で目が覚めたあと、バレンシア・フェルナンデス博士とばったり会ったんだ。それで、研究室にものを運ぶのを手伝って欲しいって頼まれて。その中に恐竜《きょうりゅう》の卵《たまご》があった。それでさ……えっと……ちょっと道に迷っちゃって。ひとまず卵《たまご》をどこか安全そうな場所におこうと思った。それが時計の中で。だけど扉《とびら》を閉《し》めた途端《とたん》、音がしてきた。で、光がチカチカして、おかしな煙《けむり》が出てきた。音と煙《けむり》がおさまって扉《とびら》を開けたら、卵《たまご》が孵ってたんだ」

「道に迷っちゃって？」アイリーンが繰り返す。「それでたまたま卵《たまご》を時計の中に置いた？」

アイリーンにはウソがバレてる。しかも理由も気づかれてる。

「ひとまず本題に集中しよう」ジミーが口を挟《はさ》む。「つまり、この恐竜《きょうりゅう》の赤ちゃんをどうすればいいか」

アーサーは呻《うめ》き声を上げた。

「僕《ぼく》、退学《たいがく》になる。絶対退学《たいがく》になる」

恐竜《きょうりゅう》が、しゃっくりみたいなヒックという音を立てる。ぎこちなくピョンピョン飛んできて、アーサーをじっと見上げた。

アイリーンがビクッとする。「危《あぶ》なくないの?」

「まだ赤ちゃんだもん」ポケットがそーっと手を伸《の》ばした。するといきなり、恐竜《きょうりゅう》がポケットに向かって顎《あご》を出してガブッとやろうとした。もう少しで指を噛まれるところだ。

ジミーが首を横に振《ふ》る。「どうやら赤ちゃんでも恐竜《きょうりゅう》には違いないらしい」

恐竜《きょうりゅう》は相変わらずアーサーから視線《しせん》を逸《そ》らさない。小さな翼《つばさ》を伸《の》ばしてピョンとジャンプすると、パタパタとテーブルから飛び立った。みんな、思わず飛びのく。恐竜《きょうりゅう》は部屋の中をひょこひょこ上下しながら一周した。ジミーが窓《まど》に飛びついて、逃《に》がさないように慌《あわ》てて閉める。

恐竜《きょうりゅう》のほうは逃《に》げるつもりはないらしく、アーサーの肩《かた》にちょこんととまった。アーサーはギクッとして固まった。首に恐竜《きょうりゅう》の息が掛《か》かる。鼻で耳の中を探られている。

アーサーは身構えた。体の一部をかじられるなら、耳たぶはまだましなほうかも。だけどガブッとされる覚悟《かくご》をしていたら、そっとツンツンされる感じしかしない。恐竜《きょうりゅう》はアーサーに鼻をスリスリさせていた。翼《つばさ》をパタンとたたんで、すっかりくつろいでいる。嬉《うれ》しそうな溜息《ためいき》までもらしている。

「かっわいーい」ポケットが言う。

アーサーはポケットに目をやったけど、恐竜《きょうりゅう》を威嚇《いかく》したらいけないと思って首を動かせない。

「えっ? 可愛い? えっ?」

「分かっちゃった。こういうの、牧場でよく見るもん」ポケットが言う。

「こういうのって？」
「刷りこみ、っていうの。この子、アーサーのこと……ママだと思ってるんだよ！」

34 キッパー

これほどわけが分からなくて落ち着かない夜は、アーサーの記憶《きおく》にない。ひと晩《ばん》中、小さな恐竜《きょうりゅう》に腕《うで》まくらしてやっていた。たまに、ブタみたいなフガッという音が聞こえる。

アーサー本人は板みたいに固まったまま横になって、今晩《こんばん》の意味不明な出来事について考えていた。アイリーンとポケットが部屋に戻《もど》ったあと、ジミーにマジシャンとナイチンゲールの話を立ち聞きしたことを伝える気力は残ってなかった。どうせ明日またアイリーンに最初から話さなきゃいけないし、今のうちに頭を整理しておこう。

時計の中に入れたら古代の卵《たまご》が恐竜《きょうりゅう》の赤ちゃんになった理由はさっぱり分からないけど、いくつかのことがだんだん明らかになってきた。僕《ぼく》がここに来たときの不法侵入《しんにゅう》事件とグレイ教授の部屋が荒《あ》らされた事件はどちらも、クローバー同盟《どうめい》が絡《から》んでいた。

ああ、自分が信じられない。どうしてこんなに見え見えのことを今まで結びつけて考えなかったんだろう。どちらの場合も何も盗《ぬす》まれなかった理由は、クローバー同盟《どうめい》が探《さが》しているものはただひとつだから。何かしらの機械だ。そして最初の侵入《しんにゅう》を正面玄関《げんかん》からにしたのは、外部の犯行に見せかけるため。何しろ、本館に出入りできる学生が窓《まど》ガラスを割《わ》る必要などないから。しかもアフィアがバグル紙に記事まで書いて、不満を抱《いだ》く村人による犯行だという説を補強《ほきょう》した。

そして……クローバー同盟《どうめい》が探《さが》してる機械というのは、きっとあの時計だ。正確には、時計の中に入っている機械。

とてもぐっすりとは言えない眠《ねむ》りについた直後、ジェラール准将《じゅんしょう》のトランペットで起こされた。恐竜《きょうりゅう》の赤ちゃんが、大きな目をパチクリさせてアーサーを見つめている。アーサーが目を覚ましたと分かると、嬉《うれ》しそうにパタパタと翼《つばさ》をはためかせた。犬が尻尾《しっぽ》を振《ふ》るみたいに。

ジミーがベッドの中で呻《うめ》き声を上げる。「ぜんぶ夢じゃないかと期待していたのに」

「ついてないな」アーサーも呻《うめ》いた。

恐竜《きょうりゅう》の赤ちゃんは、着がえる間もアーサーから離《はな》れようとしない。アーサーの行く先々《さきざき》をピョンピョン、ヒヨコヒヨコ追いかけてきて、ジミーが近づくとシャーッと文句を言った。

朝食の時間になると、アーサーは妹たちが赤ん坊《ぼう》のときにさんざんしてきたことをした。恐《きょう》竜《りゅう》を自分のベッドに寝《ね》かしつけて、ブランケットをしっかりかけてやる。

「ここに置いていくつもりか?」ジミーが尋《たず》ねる。

「恐竜《きょうりゅう》の赤ん坊《ぼう》が人間の赤ん坊《ぼう》と同じなら、一日のほとんどを寝《ね》て過ごすはずだから」アーサーがドアのほうにむかおうとすると、恐竜《きょうりゅう》がモゾモゾと出てこようとする。「あとで様子を見に戻《もど》れば……」

ジミーに言いながらドアを閉《し》めた瞬間《しゅんかん》、金切り声が聞こえてきた。

ギャーーーン！　キェーーーッ！

そして、ドアにバンバンぶつかる音がして、アーサーとジミーは飛び上がった。

バンッ！

キィーーーッ！

バンッ！

ギョエーーーッ！

恐竜《きょうりゅう》がドアに突進《とっしん》してるらしい。

アーサーが慌《あわ》ててドアを開けると、恐竜《きょうりゅう》が真っ直ぐ突進《とっしん》してきた。アーサーの鼻に鋭《するど》いかぎ爪《づめ》でしがみついて、翼《つばさ》でアーサーの顔を覆《おお》う。大好き！　ぎゅーってしちゃう！　って感じで。

恐竜《きょうりゅう》がクゥーンと鳴きながら、翼《つばさ》を一枚《まい》ずつアーサーの顔からはがす。それからテケテケとアーサーの頭に駆《か》け上がり、髪《かみ》の中に潜《もぐ》り込《こ》んだ。

アーサーは絶望的な顔でジミーを見た。ジミーはやれやれと首を横に振《ふ》っている。

「どうしよう？」

「連れていくしかないんじゃないか」ジミーが言う。

「おはよう、アーサー」声がした。

振《ふ》り返ると、グローバーが立っていた。

「ねえ、気づいてますか？　プテロダクティルスが髪《かみ》の間にはまり込《こ》んでるみたいに見えますが」

まずは、信じられないほど落ち着き払《はら》ってるグローバーにこのことは秘密《ひみつ》にするよう頼《たの》んでから（「死はすべてのおわりではないと思っているワタシにしてみたら、別に驚《おどろ》くようなことじゃありませんね」とグローバーは言った）、ジミーがその場でポケットとアイリーンが下りてくるのを待ち、アーサーとグローバーがいる部屋に引き入れる。

「あっ、なーんだ、グローバーいたんだ！」ポケットが声を上げる。「朝食のとき、ちっちゃなお友だちの話しなくちゃと思ってたんだ」

「恐竜《きょうりゅう》のことは秘密《ひみつ》だからね」アイリーンが釘《くぎ》をさす。

「ポケット、アーサーにつくってやってほしいんだ。えっと……ポケットを」ジミーが言う。「上着の内側に、誰《だれ》にも見られないように。今縫《ぬ》えるか？」

もちろん、縫《ぬ》えた。五人はギリギリセーフで朝食に間にあって、燻製《くんせい》ニシンのキッパーとトーストを何とか確保した。食べものの匂《にお》いにつられて、アーサーの上着の内側で恐竜《きょうりゅう》がモゾモゾし始める。キッパーをひと口上着のポケットの中に入れると、あっという間に消えた。もうひと口、さらにもうひと口。そのうち恐竜《きょうりゅう》は特大のゲップをして、テーブルの向こうからのイラッとした視線《しせん》を集めたかと思うと、大人しくなった。

「で、どうするの、この……この子？」アイリーンが耳打ちしてくる。「そうすれば、何の話をしてるか気づかれずにしゃべれるよね」

「名前つけなくっちゃ。女の子の名前」ポケットが言う。

「どうして女の子だって分かるんだ？」ジミーが尋《たず》ねた。

「あたし、牧場育ちだもん。男女の構造上の違《ちが》い、詳《くわ》しく説明してほしい？」

ジミーが顔を赤くして目を逸《そ》らした。

「〝キッパー〟はどう？　大好物みたいだから」アイリーンが提案する。

「いいね」アーサーが言う。「で、アイリーン、どうするのかだけど、まだ決めてないよ。先生に話すわけにはいかないし。話したら説明しなくちゃいけなくなるから。キッパーが……どこから生まれたか」

アイリーンがナプキンで口元を拭《ぬぐ》う。「わたしたちだって、どうしてこんなことになったのか分からないのよ。つまり、どうしてキッパーはここにいるのか？　どれだけ長いこと化石だったのかも分からないのに」

「僕《ぼく》が隠《かく》れたのは……っていうか、ほら、卵《たまご》を置いたのは、普《ふ》通《つう》の時計じゃなかった」アーサーはごまかした。「多分、何かしらの機械が時計の中に入ってたんだと思う。仕組みはさっぱり分からないけど」

「あたし分かるかも」ポケットが言う。

みんな、ポケットに期待の眼差しを向けた。

「あッ、今すぐってことじゃないよ。その時計のある場所に連れてってくれれば分かるかもってこと」

古いものを再び若返《わかがえ》らせることができる機械……古代の卵《たまご》に生命の火花を再び灯すことさえできる機械……そんなもの、ありえるんだろうか。

そんな機械を持っていたら誰《だれ》でも、はかりしれないほどの力を持つことになる。

もしかしたらそれが、クローバー同盟《どうめい》の狙《ねら》いかもしれない。

35
キッパー危機《きき》一髪《いっぱつ》

アーサーたちは計画を立てた。

その日の午後の自習時間、アーサーが例の時計を見つけた場所にポケットを案内して、他のみんなが見張りをする。

だけどまずは、その日の授業を乗り切らなきゃいけない。ワトソン博士の授業は楽勝だった。またしても生徒たちに『グレイ解剖学《かいぼうがく》』を読むように指示すると、机《つくえ》で書きものをはじめたからだ。一度だけ顔を上げたのは、ローランドに教室からの退出《たいしゅつ》を命じたとき。ローランドがグロテスクな内臓《ないぞう》の絵を描《か》いて他の子たちに見せて回ったからだ。

グレイ教授の授業中、キッパーがモゾモゾしだした。くちばしをカチカチ言わせて噛みついてきたので、アーサーは思わずイスから立ち上がった。

「ドイル君？」グレイ教授が眉《まゆ》を寄せる。

「あの、お手洗《てあら》いに行きたいんです。かなりの緊急《きんきゅう》事態なんです」

「詳《くわ》しく説明してくれなくて結構よ。どうぞ……」

グレイ教授はそこで言葉を切って、アーサーの上着の襟元《えりもと》をジロッと見た。それから目をぱちぱちさせて、やれやれと首を横に振《ふ》った。「朝食のときにコーヒーを飲んだのだけど……」そう呟《つぶや》く。「寝不足《ねぶそく》をコーヒーでどうにかしようとしても無駄《むだ》ね。さ、ドイル君、行きなさい」

アーサーは教室から飛び出した。みんなの笑い声が廊下《ろうか》まで聞こえてくるけど、それどころじゃない。さっきはきっと、上着の襟《えり》からキッパーが顔を出してたんだ。グレイ教授が目の錯《さっ》覚《かく》だと思ってくれてたすかった。

「キッパー、たまたまラッキーだっただけだからな」アーサーは、お手洗《てあら》いの個室に入ると囁《ささや》いた。「これからは他の人がいるときは絶対出てきちゃダメだ」

返事のかわりにキッパーはポケットから出てきて、つぶらな瞳《ひとみ》で不思議そうにアーサーを見つめた。

「うん、分かってるよ。好きでこんなところにいるんじゃないよな」

アーサーはキッパーの頭をポンポンと優《やさ》しく叩《たた》いた。うろこがあるのに、なかなか可愛い。

キッパーが返事のかわりにアーサーの手をペロッと舐《な》める。それから指をかじりだした。

「うん、そうだね。もうすぐランチだ」


アーサーはキッパーにレバーをひと口ずつ食べさせてやりながら、ジミーとアイリーンに昨日の夜に立ち聞きしたことを話してきかせた。ジミーは驚《おどろ》きでどんどん目を見開いたし、アイリーンは軽蔑《けいべつ》でどんどん目を細くした。アーサーはぜんぶ話した。ふたつの侵入《しんにゅう》事件の裏《うら》には間違《まちが》いなくクローバー同盟《どうめい》が絡《から》んでるはずだ。クローバー同盟《どうめい》が探《さが》してる機械はもしかしたら生命を授けてくれるものなんじゃないか。手に入れるためならなんでもするつもりだと思う。


アイリーンが信じられないという風に首を横に振《ふ》った。唇《くちびる》をぎゅっと結んで、グローバーの方をチラッと見る。グローバーは墓石の拓本《たくほん》を整理するのに夢中だし、ポケットはまたグレイ教授のところだ。

「やっぱりね」アイリーンが言う。「ロクな集団じゃないって分かってたし。だけど、リーダーは誰《だれ》？　その〝緑の騎士《きし》〟とかいう人？」

「誰《だれ》にせよ、あの機械をどうしても手に入れたがってるのは確かだ」アーサーが答える。

「だけど、目的はまだ分からない」ジミーが言う。「アイリーンは最悪を想定しているけど、もしかしたら他の誰《だれ》かから守るために探《さが》しているのかもしれない。よくない使い方をしたがっている者からね。または、病気の治療《ちりょう》をしようとしてるとか？」

「僕《ぼく》もそれを考えてたんだ」アーサーが言う。「図書館であのふたりが話してるのを聞いたとき、機械を安全なところに隠《かく》さなければばって言ってたからさ」

アイリーンは反論《はんろん》しようとしたらしいけど、一回首を振《ふ》っただけで口をつぐんだ。

そのときハドソン副校長が手を叩《たた》いて会話が中断されたので、アーサーはホッとした。副校長は一年生に注目するようにいうと、今日の午後は初の馬術の授業があると発表した。

グレイ教授の授業中みたいなことはもう避《さ》けたいので、アーサーはキッパーがローリング教授の授業中に目を覚ましてもさわがないようにレバーを包んでおいた。そのおかげか、キッパーは温室にいる間ずっと大人しくしていたし、馬屋に移動してからもしばらくはピクリとも動かなかった。

「ひとりずつ順番に乗ってもらう。そうすればスキルがどれだけあるか、またはないかを判断できるからな」ジェラール准将《じゅんしょう》が言った。

心配と興奮《こうふん》で、アーサーは胃《い》のあたりがぎゅっと苦しくなった。ジミーが脚《あし》を支えて鞍《くら》に引き上げてくれる。前から憧《あこが》れていたけど、乗馬なんてしたことがない。

「かかとを下げろ、ドイル！」准将《じゅんしょう》は、ミニーという名前の栗毛《くりげ》色の雌馬《めすうま》にのって乗馬場に入っていくアーサーをどなった。「顎《あご》を上げろ！　脇《わき》をしめろ！　さあ、速足。速足といっているだろう！」

アーサーは脇《わき》を締《し》めて、他の子たちがやっていたみたいに合図の小さい音を出してみたけど、ミニーはあいかわらずノロノロペースで乗馬場の端《はし》っこに沿《そ》って進んでいく。

「もっと本気で指示を伝えるんだ！　ほら！」

准将《じゅんしょう》がミニーのお尻《しり》をペシッと叩《たた》く。ミニーがいきなり前に飛び出して、アーサーは鞍《くら》の上でボンッと弾んだ。

ジミーやアイリーンみたいに優《ゆう》雅《が》な姿《すがた》とはほど遠い自覚があるけど、風を感じながら走るのは気持ちいい。上下左右に弾みながら、笑みがこぼれてくる。数日ぶりに、心が軽くなって自由になった気がした。

「おいおい、スコットランドじゃそういう乗り方するのか？」皮肉っぽい声が後ろから聞こえる。「変わってるなあ」

セバスチャンが近づいてきた。すぐ後ろに来たので、セバスチャンの乗る馬の鼻先がミニーの尻尾《しっぽ》にくっつきそうだ。ミニーが耳を後ろに倒《たお》してピリピリしているのが分かる。

「近すぎる」アーサーはぴしゃりと言った。「下がれよ、このままだとふたりして振《ふ》り落とされるぞ」

「僕《ぼく》は六歳《さい》から落馬したことがない。だけどそんなに心配なら、もっとペースを上げればいいじゃないか。うちの祖母のほうがまだ速く馬を走らせているぞ」

しょうがない。アーサーはミニーを軽くけしかけた。だけどミニーのペースがあがるにつれて、セバスチャンの馬も速足になる。ミニーはだんだん興奮《こうふん》してきて、頭をそらして鼻息を荒《あら》くしている。

アーサーは体をひねって後ろを見た。「おい、いいかげん……」

だけど言い終わらないうちに、セバスチャンが目を大きく見開いた。でも、もっとビックリしていたのはセバスチャンが乗っている馬だ。後ろ足で立ち上がって、恐怖《きょうふ》でいななく。セバスチャンの足があぶみからスルッと外れて、背中《せなか》から地面に落っこちた。馬が走りだして、突《つ》き破ろうとするみたいにゲートに突進《とっしん》していく。

アーサーはミニーのペースをゆるめてとめた。どうして急に？　そのとき、ミャーという鳴き声がした。明らかに馬の鳴き声じゃない。見ると、瞬時《しゅんじ》にして三つのことを理解した。

ひとつ目。キッパーがポケットから半分はい出してきて、お腹《なか》すいた、みたいな目でこちらを見上げている。

ふたつ目。キッパーの姿《すがた》を見たせいで、セバスチャンの馬はおびえた。

三つ目。セバスチャンが目を見開いたのは、馬が後ろ足で立ち上がる直前。つまり、セバスチャンにもキッパーを見られてしまった。

36

きわめて素晴らしい時計

「見られたとは言い切れないでしょ」みんなで本館にとぼとぼと戻《もど》ってくるとき、アイリーンが言った。

「それにさ、見たところでプテロダクティルスだって思うわけないじゃん」ポケットも言う。「きっと、ポケットの中でトカゲを飼ってるか何かだと思うに決まってるよ。それか、ごくごく普通《ふつう》のもの」

「だけどもし……もし見られてたら……もしそのことを話されたら……」

「退学間違《たいがくまちが》いなしですな」グローバーがのんびりと言う。「もしかして、告訴《こくそ》されたりして」

ジミーがアーサーの隣《となり》に並《なら》んでくる。「大丈夫《だいじょうぶ》だよ。もしセバスチャンが本当にキッパーを恐竜《きょうりゅう》だと認識《にんしき》したとして、それを告げ口することにしたら、とっくにやってるはずだから。あいつに限って、キッパーをどこかに隠《かく》す時間をみすみす与《あた》えてくれるはずがない。そんなことされたら、自分がおかしいって思われるからね」

確かに筋《すじ》は通ってる。アーサーはジミーの言葉を信じたかった。

「ジミーの言う通りよ」アイリーンも言う。「でも……これ以上いつまでキッパーを隠《かく》しておけるのかは分からない。対策《たいさく》を考えなきゃ」

「でもまずは……」ポケットがそわそわと両手を擦り合わせて、目をキラッとさせる。「時計を調べるのが先でしょッ」

アイリーンとジミーが廊下《ろうか》のそれぞれの突《つ》き当たりを担当《たんとう》して、グローバーが事務所のすぐ外に陣取った。アイリーンとジミーは誰《だれ》かが来るのを見たらグローバーに合図して、グローバーがドアをノックしてアーサーとポケットに知らせる。

ひとつ目の難関《なんかん》はドアだった。アーサーが開けようとしても、ノブが回らない。

「カギが掛かっている」

「昨日の夜は掛かってなかったの?」ポケットが尋《たず》ねる。

アーサーは首を横に振《ふ》った。「あのあと誰《だれ》かがここに来たってことだね」

「まっ、関係ないけど」ポケットがスカートのポケットを探《さぐ》りまくって、お目当てのものを見つける。「じゃじゃーん、ピッキング!」そう言って、ワイヤーやらフックやらのセットを見せる。

これほどポケットが変わり者なことに感謝したこともない。ポケットがカギをしばらくカチャカチャやると、ドアが開いた。「お先にどーぞ」ニヤッとしてお辞儀《じぎ》をする。

ポケットはアーサーのあとから入ってそっとドアを閉めると、小さくヒュゥッと口笛を吹《ふ》いた。

ポケットが見つめているのは、巨大《きょだい》な時計。昼間に見ると、どんなにすごい時計かよく分かる。大きさだけじゃない。クリ材には金色の筋《すじ》が入っていて、両側面には手の込んだ模様《もよう》が彫《ほ》られている。文字盤《ばん》の針《はり》は動いてない。この埃《ほこり》っぽい小さな部屋で時間が止まってしまったみたいに。

アーサーは不意に、時計学クラブの部室の壁《かべ》に不自然な隙間《すきま》があったのを思い出した。あの部屋にはありとあらゆる形や大きさの時計が何百も保管されていた。誰《だれ》かがこの時計をあそこからここに移動させたんじゃないかな。でも、どうしてここに？　この事務所にあの機械を隠《かく》すとは考えられない……そういえば、マジシャンがそう言ってたな。

ポケットが時計のフロントパネルをあけて、息をのんだ。

「見てこれ」時計の側面にある小部屋を指差す。スパイスラックみたいになっていたけど、置いてあるのはガラス瓶《びん》ではなく、金属製の小さな瓶《びん》が二十個かそこら。それぞれにワイヤーがついていて、銅のブラケットに接続されている。

「これ、鉛蓄電池《なまりちくでんち》だよ」ポケットが説明する。「この小さい瓶《びん》はぜんぶ、電気を蓄《たくわ》えてるの。だけど、ホントならこのあたりに繋《つな》がってないとおかしいんだけどな」

ポケットがラックのてっぺんを指差す。銅のブラケットの上部が、明らかに何かにとりつけるような形になっている。「ここに導体《どうたい》を挿《さ》すはずなんだよね。銅の棒《ぼう》とか、銀でもいいかも。バッテリーから充電《じゅうでん》するためのもの」

ポケットが木の焦《こ》げたあとをたどっていくと、もうひとつの小部屋があった。時計の背面《はいめん》に当たる場所だ。アーサーの拳《こぶし》ほどの大きさのゴツゴツした灰色《はいいろ》の石が入っていて、いくつかに割《わ》れている。アーサーは一歩前に出て、ひと欠片《かけら》拾いあげた。

「わあ、これ見て」アーサーが息をのむ。

石のなかは、まるできらめく迷路だ。ゴールド、パープル、グリーンにキラキラ光っている。ポケットが別の欠片《かけら》を手に取ってじっくり見る。

「きれいだねッ。なんなんだろう」ポケットが眉《まゆ》を寄せる。「あッ、アーマッドなら分かるかも！　石のことならなんでも知ってるもん」

ポケットは胸《むね》ポケットにその欠片《かけら》をしまった。「どうやら電流は、この石を通り抜《ぬ》けて別の壁《かべ》に伝わってるみたい」

ポケットがふたつ目の小部屋から三つ目の小部屋へ伸《の》びている木の焦《こ》げ跡《あと》を指差す。三つ目の小部屋には破片《はへん》が散らばっていて、パッと見ではガラスのようだ。指を切らないように気をつけながら手を伸《の》ばして、大きめの欠片《かけら》を拾う。

「砕《くだ》けたクリスタルっぽく見えるけど」ポケットが言う。「なんか、この中を通った電流が強すぎたせいでさっきの石が割《わ》れて、それからこのクリスタルを砕《くだ》いたって感じ」

「で……それはどういうこと？　どういう仕組み？」

ポケットは考え込みながらこめかみをごしごしやった。「あたしもぜんぶ理解してるわけじゃないけど、一種の電気回路なのは間違《まちが》いないと思う。電磁場《でんじば》をつくり出してるのかも」

アーサーは目をパチクリさせた。「えっ？　なんて？」

「電流が磁力《じりょく》をつくり出すときにできるの。で、時計の内側が電磁場《でんじば》になってるんだと思う。少なくともスイッチがオンになってるときはね。で、石とクリスタルはきっと……電流に何かしらの作用を及《およ》ぼしてるんだと思う。何かしら、えっと……」

「恐竜《きょうりゅう》の卵を孵《かえ》す、とか？」アーサーが言う。

ポケットは目を丸くしてアーサーを見つめて頷《うなず》いた。「どうやったのかはわかんないけど、うん、そう。この石とクリスタルのこと、もっと調べなくちゃ」ポケットはそう言いながら時計の外に出て、初めて部屋の中を見まわした。やっとまわりが目に入ったらしい。「ところでここ、何の部屋？」

「僕《ぼく》もずっと考えてたんだけど」

壁《かべ》のひとつに広々《ひろびろ》とした公園のタペストリーが罹《かか》っている。背景《はいけい》にビッグ・ベンが見えるから、ロンドンの公園だろう。別の壁《かべ》にはヴァイオリンがかかっていた。何ものってない机《つくえ》は引っかき傷《きず》だらけで、銃弾《じゅうだん》の穴《あな》みたいなものもたくさんある。いや、まさか銃弾《じゅうだん》の穴《あな》のわけはない。想像力が先走ってるんだな。

ポケットが机《つくえ》の後ろの棚《たな》から銀色のものをとりあげた。

「ペーパーナイフ。S.H.ってイニシャルが彫《ほ》ってある。思い当たる人、いる？」

頭をフル回転させるけど、ピンとこない。アーサーは首を横に振《ふ》った。

ミャオーーーーン！　胸《むね》ポケットからぐずってる声がする。キッパーがもぞもぞ動きだした。

「お腹《なか》が空いたらしい。そろそろ夕食に行かなくちゃ。最初に食堂に行けば誰《だれ》にも見られずに食べさせてやれる」

ポケットが事務所の中を最後にチラッと見る。「少なくとも手がかりが掴《つか》めたね」そして、んんん？　と首をかしげた。

「アーサー？」

「何？」

「前に来たとき、時計の中に卵《たまご》を取りに入ったっていってたよね？　で、どこにあるの？」

アーサーはポケットをまじまじと見つめた。「え、どういう意味？」

「だって、昨日キッパーを部屋に連れて帰ってきたとき、卵《たまご》持ってなかったじゃん。っていうか、卵《たまご》の殻《から》」

心臓《しんぞう》が止まるかと思った。なんてうかつだったんだ？　見つからないうちに逃《に》げなきゃと必死で、卵《たまご》の殻《から》のことなんて考えてなかった。

「ここに置きっぱなしにしちゃったんだ。で、誰《だれ》かが持ち去った」

クローバー同盟《どうめい》に違いない。マジシャンとナイチンゲールがあのあと、再確認《さいかくにん》しに戻《もど》ってきたんだ。で、機械を見つけて、ほかに隠《かく》す場所を思いつくまでとりあえずドアにカギを掛《か》けた。

時計の中の小部屋に割《わ》れた卵《たまご》の殻《から》を見つけてどう思っただろう？　何の卵《たまご》か、分かったかな？　機械のせいで卵《たまご》に何が起きたのか、気づいただろうか？　気づかれてたら、恐竜《きょうりゅう》の赤ちゃんがバスカヴィルホールの敷地内《しきちない》にいると思われてるはずだ。

そして今となっては、その赤ちゃんがどこにいるか、セバスチャンに知られている。

37

真夜中の訪問者《ほうもんしゃ》

やれやれ、また眠《ねむ》れない夜が始まるのか。アーサーはうんざりしていた。寝《ね》ないで考えなきゃいけない心配事がひと月ぶんくらいある。だけど疲《つか》れがすべてに勝っていつの間にか眠《ねむ》っていたらしい。物凄《ものすご》い音で目を覚ました。

頭がぼうっとしていたので、ジェラール准将《じゅんしょう》のトランペットかと思った。だけど目を開けると、部屋はまだ真っ暗。しかも楽器の音じゃない。悲鳴だ。この声は……。

「キッパー！」アーサーはガバッと起き上がった。

絡まるツタの間を通って差し込んでくる月明かりで、ドアの近くに人がいるのが見える。誰《だれ》か分からないけど、もがいているみたいだ。

「ジミー？　ジミーなのか？」

「ん？　どうかした？」眠《ねむ》そうな声がジミーのベッドからきこえてくる。

アーサーはブランケットをはねのけた。枕《まくら》の上で寝《ね》てたはずのキッパーがいない。くちばしをガチガチさせてる音がする。誘拐《ゆうかい》されそうになってるんだ！

「はなせ！」アーサーは人影《ひとかげ》に向かって突進《とっしん》した。拳《こぶし》を突き上げたけど、相手に振り下ろすほど近づけないうちに息をのむ音がして、呻《うめ》き声がつづいた。キッパーがくるくる舞《ま》い飛んできて、アーサーのおでこに激突《げきとつ》する。震《ふる》える翼《つばさ》をアーサーの両目の上でピタッとたたむ。

「キッパー、ちょ……どいてくれ……」

顔からキッパーの翼《つばさ》を引きはがそうともがいているうちに、ドアがバタンと閉まる音がした。誘拐犯《ゆうかいはん》が逃《に》げていく。

「僕《ぼく》が追う！」ジミーがアーサーの脇《わき》を駆《か》け抜《ぬ》けていった。

やっとキッパーを顔からはぎ取ると、脇《わき》にしっかり抱《かか》えてジミーのあとを追いかけた。ジミーが踊《おど》り場に立って首を横に振っている。塔《とう》はしーんとしている。

「誰《だれ》か分からないけど逃《に》げられた」ジミーが言った。

「誰《だれ》かは分かってる」アーサーは低い声で言った。「キッパーのことを知ってるヤツだ。最初から僕《ぼく》に反感を持ってるヤツだよ」アーサーは階段《かいだん》を下りようとした。

ジミーがアーサーのパジャマの襟《えり》を掴《つか》む。「待てよ。どこに行く気だ？」

「セバスチャンに決まってるよ！　今度という今度はやりすぎだろ」

「やめとけ、アーサー」ジミーがアーサーを引き戻《もど》した。「慎重《しんちょう》に考えるべきだ。キッパーは無事だった。だろう？」

「うん。だけど、キッパーがセバスチャンに噛《か》みついたからだ。それで手をはなすしかなかった」

「そうだ。だから、急いで行動する必要はない。セバスチャンだっていう確証もないしな」

「セバスチャンだよ。決まってるじゃないか」

「うん、だったら証拠《しょうこ》を探《さが》そう。そうすればそれを利用して、セバスチャンが先生に告げ口するのを阻止《そし》できる。向こうに弱みを握《にぎ》られてるのは確かなんだから、こっちもそれなりに対抗《たいこう》しないと」

アーサーは少し冷静になってくると、ジミーに引きずられるように部屋に戻《もど》った。ドアのカギを掛けたとき、寝《ね》る前にもかけたことを思い出す。そういえばさっき、ポケットはいとも簡《かん》単《たん》にピッキングしてたっけ。念のため、机《つくえ》の前のイスをドアまで運んでノブの下に押《お》し込《こ》んだ。眠《ねむ》れない。アーサーは窓《まど》の外をぼんやり眺《なが》めながら、キッパーの意外に柔《やわ》らかい背中《せなか》を撫《な》でていた。ときどきキッパーは小さく息をもらして口をパクパクさせながら、アーサーの胸《むね》にかじりついてくる。自分でもビックリだけど、すっかりこの子が可愛くなってしまった。どうやら情がうつったのはキッパーだけじゃなくて、アーサーのほうも同じらしい。この子をセバスチャンに渡《わた》すなんてことはできない。僕《ぼく》がさせない。

じきに微《かす》かな光が窓《まど》から差し込んできた。あと三十分もすれば、最初の朝日がツタのカーテンの間を通って部屋に入ってくる。部屋を見渡《みわた》したとき、床《ゆか》にブーツのギザギザの足跡《あしあと》が残されているのが見えた。

「ジミー!」アーサーは声を掛けた。どっちにしてもあと数分もすれば准将《じゅんしょう》の朝のセレナーデで起こされる。「ジミー、見て」

ジミーは朝日に目を細くした。「ん? 今度はなんだ?」

アーサーは泥《どろ》がついた微《かす》かなブーツの輪郭《りんかく》を指差した。ドアから自分のベッドへつづき、それからまたドアへ戻《もど》っている。「ブーツの足跡《あしあと》だよ」

ジミーが目をぱちぱちさせてるだけで何も言わないので、アーサーは続けて言った。「見えるよね？　誘拐犯《ゆうかいはん》のものだ。あとはこれを、セバスチャンのブーツと比べてみればいいんだよ！」

「よく気づいたな」ジミーが眠《ねむ》そうにいう。「さすがだよ」

そしてジミーは寝返《ねがえ》りを打って、また眠《ねむ》ってしまった。

38

ベイカー卿《きょう》の肖像画《しょうぞうが》

朝食の前に、アーサーはグローバーの部屋に行って墓石の拓本《たくほん》グッズを借りてきて、部屋に残っている一番クッキリした足跡《あしあと》を複写した。足跡《あしあと》をたどればセバスチャンの部屋に行き着くかもしれないと期待してたけど、階段《かいだん》には泥《どろ》がついた他の足跡《あしあと》がいっぱいついていてムリだった。

セバスチャンのブーツの跡《あと》のほうはどうやって複写すればいいか分からないけど、そのうちアイデアが浮《う》かぶだろう。ジミーと一緒《いっしょ》に本館に行くと、アーサーは食堂に急いだ。はやくセバスチャンの姿《すがた》を確認《かくにん》したい。片手《かたて》に包帯を巻《ま》いてないかな。噛《か》まれた傷《きず》を隠《かく》そうとしてるかもしれない。

だけど食堂に入る前に自分のメールボックスが目に入った。小さな封筒《ふうとう》が覗《のぞ》いている。アーサーは生徒たちの間をかき分けて手紙を取り出した。きっと母さんからだ。はやく読みたい。

だけど封筒《ふうとう》をひっくり返してみてビックリした。母さんからでも、家族の誰《だれ》からでもない。郵便《ゆうびん》で配達されたものでもない。住所はなくて、ただ「ミスター・アーサー・ドイル」という宛名《あてな》だけ記されていた。

ドイル君

今朝はわたしのオフィスで朝食を一緒《いっしょ》に食べよう。東棟《ひがしとう》の一番奥《おく》、一階だ。

ドクター・J・ワトソンより

「なんだ、それ?」ジミーが肩越《かたご》しに覗《のぞ》き込《こ》んでくる。

アーサーは顔をしかめた。「ワトソン博士からのメモ。オフィスに来いって」

「そう書いてあるのか? よく読めるな。ひどい字だ」

確かにジミーの言う通り、細長い字が垂直《すいちょく》によろよろ並《なら》んでいる。

「学者ってそういうもんじゃないかな」アーサーはふざけてみた。でも、ちっとも胸《むね》のざわざわはおさまらない。

「何の用だろう？」ジミーが尋《たず》ねる。

「さあ、さっぱり分からない。まさか、キッパーのことがバレたとか？」

「だったら朝食に誘《さそ》ったりしないんじゃないか。助手か何かにしたいのかも。ほら、ポケットとグレイ教授みたいにさ」

「かもね」そう考えるとちょっと心が軽くなる。「まあ、行ってみるか。キッパーの食べるぶん、こっそり確保しといてくれる？　もう少しでなくなりそうなんだ」

ジミーは頷《うなず》いて食堂に入っていった。アーサーは東棟《ひがしとう》の廊下《ろうか》に向かった。みんな食堂に行ってしまって、誰《だれ》も歩いてない。角を曲がって食堂からの音が届《とど》かなくなると、聞こえるのは自分の足音と心臓《しんぞう》がバクバクする音だけになった。キッパーは身動きもしないでポケットの中ですやすや眠《ねむ》っている。ズボンのポケットを叩《たた》いて、昨夜の残りもののチキンがちゃんと入っているか確認《かくにん》する。もし目を覚ましちゃったら鼻をかむふりをして廊下《ろうか》に出てこっそり食べさせれば大人しくなるだろう。

グレイ教授の誰《だれ》もいない研究室を、次にワトソン博士の教室を通り過ぎる。博士の教授室には行ったことがない。東棟《ひがしとう》の一番奥《おく》に来たのは一度だけ、フェルナンデス博士の歓迎会《かんげいかい》の夜、裏階段《うらかいだん》を使ってポケットを探《さが》しにきたときだ。

ギィイイイ。

アーサーはピタッと立ち止まった。頭の上の方から音がきこえてくる。

見上げると、いかめしい表情の男がこちらを見下ろしていた。

この男とは、前にご対面したことがある。

アーサーはハッとした。バスカヴィル・バグルの部室の壁《かべ》に貼《は》ってあったボードのイメージが浮《う》かんでくる。古い号の記事が貼《は》ってあって、その上に「未解決」と書いてあった。

ギィイイイ――――ッ。

えっ……まさか！

アーサーがその場から飛びのいて転がるのと同時に、ベイカー卿《きょう》の肖像画《しょうぞうが》が壁《かべ》から落っこちてきた。アーサーの頭に激突《げきとつ》せずに、床《ゆか》に落ちて物凄《ものすご》い音を立てる。

一瞬《いっしゅん》、アーサーは言葉もなく肖像画《しょうぞうが》を見つめていた。もう少しで三番目の犠牲者《ぎせいしゃ》になるところだった。

肩《かた》で息をしながら何とか立ちあがり、ズボンの埃《ほこり》を払《はら》う。それからキッパーが無事か、ポケットの中を覗《のぞ》いた。キッパーは寝《ね》ぼけまなこでこちらを見上げて、ふぅっと息をもらすと、そっぽを向いてまた眠《ねむ》ってしまった。

心臓《しんぞう》がバクバクいってる。頭の中がぐるぐる回っているのが分かる。今起きたことを必死で整理しようとした。

「誰《だれ》かいるのか？」

ふたりを殺そうとしたベイカー卿《きょう》の肖像画《しょうぞうが》が僕《ぼく》をめがけて落ちてきたのが、ただの偶然《ぐうぜん》のわけがない。しかもこの「アクシデント」が起きたのは、キッパーが誘拐《ゆうかい》されそうになった数時間後だ。バスカヴィルホールに来てたいしてたたないのにもう敵《てき》を何人かつくってしまったらしいけど、ベイカー卿《きょう》の肖像画《しょうぞうが》を敵《てき》に回した覚えはない。

廊下《ろうか》にはまだ誰《だれ》もいない。食堂まで音が届《とど》いたはずもない。そもそも食器の音やらおしゃべりやらであれだけやかましいんだから。

アーサーは落ちてきた肖像画《しょうぞうが》を覗《のぞ》き込《こ》んで、裏《うら》も確かめた。とくに変わったところはない。ゆっくりあたりを見まわして、床《ゆか》も天井も壁《かべ》も観察する。ごく普通《ふつう》だけど、肖像画《しょうぞうが》が掛《か》かっていたあたりの壁《かべ》に小さい穴《あな》が開いている。

壁《かべ》に近づいて、壁板《かべいた》を一枚《まい》ずつトントンやってみる。最初の二枚《まい》はしっかり感触《かんしょく》があったけど、三枚目《まいめ》はうつろな音がする。膝《ひざ》をついて板のふちをじっくり調べてみた。指で側面をなぞると、微《かす》かな出っぱりがある。ものすごく小さいつまみのようなものだ。ここにあると思って見なければ気づかないようなもの。アーサーはつまみを引っぱった。

壁板《かべいた》が開く。

覗《のぞ》き込《こ》むと、入り口はちょうど大人がひとり潜《もぐ》り込めるくらい。埃《ほこり》だらけの階段《かいだん》が三段《だん》あって、その先が小さな部屋になっている。幅《はば》も奥行《おくゆ》きも三メートルくらいしかない。

そういえば、アイリーンとジミーと一緒《いっしょ》に図書館で学校の古い地図を見ていたとき、司祭の穴《あな》があったな。そうか。あれは、この肖像画《しょうぞうが》の裏《うら》だったたんだ。

頭を突《つ》っ込んで、咳《せき》を我慢《がまん》する。空気がじめっとしていて、掘《ほ》り起こされたばかりの墓みたいな強烈《きょうれつ》な匂《にお》いがする。さっきまでここに誰《だれ》かいたんだ。細い棒《ぼう》を穴《あな》にとおして押《お》せば、簡単《かんたん》に肖像画《しょうぞうが》を落っことせる。

「そこにいるのは分かってるんだぞ！」

だけど暗闇《くらやみ》に目が慣れてくると、その部屋は空っぽなのが分かった。反対側の角に別の出入り口がある。アーサーは小石をつまんで、その出入り口に投げ込《こ》んだ。五回カンカンと音がして止まる。音はどんどん遠くなった。きっとあそこから通路が伸びて、別の出口に繋《つな》がってるんだ。

咄嗟《とっさ》に追いかけようとした。ついさっきまでここに隠《かく》れてたんだから追いつけるかもしれない。だけどライトがないし、出入り口の奥《おく》は真っ暗だ。もしかしたらこの先で待ち伏《ぶ》せされてるかもしれない。

司祭の穴《あな》をもう一度チェックして誰《だれ》もいないのを確認《かくにん》すると、アーサーは後ずさりして外に出て、木の壁板《かべいた》を閉《し》めた。肖像画《しょうぞうが》は誰《だれ》かが戻《もど》すだろう。ゴミとして処分《しょぶん》してくれたらもっといいんだけど。

アーサーは走ってワトソン博士の部屋へ向かった。ドアはあけっぱなしで、博士は小さな机《つくえ》の向こうに座《すわ》って広げた書類をじっと見つめていた。アーサーがドアをノックすると顔をあげて、どうぞと手招きした。

「アーサー、どうした？　思いがけないが嬉《うれ》しいよ」

「手紙を受けとったので。部屋に来るようにって」

ワトソン博士はぽかんとしてるし、朝食やお茶の用意がどこにもない。次に何を言われるかは、博士が口を開く前に分かった。

「手紙？　なんのことだ？」

39 ワトソン博士のアドバイス

「勘違《かんちが》いでした」アーサーは言った。

「どうやら何者かにいたずらされたようだな。だが、あまり楽しい種類のいたずらではなさそうだ」

アーサーは肖像画《しょうぞうが》のことを考えて答えた。「はい、まったく楽しくないです。お仕事の邪魔《じゃま》をしてすみません」

あのメモは、僕《ぼく》をひとり肖像画《しょうぞうが》の下を歩かせるために書かれたものだ。で、暗い部屋でじっとチャンスを待った。僕《ぼく》にケガをさせたり、それこそ殺したりしても構わないと思っている人間のしわざだ。何のために？　キッパーを自分のものにするため？　でも、キッパーが押《お》し潰《つぶ》される可能性だってあったのに。

ワトソン博士が書いていた紙に目をやる。インクが乾いてなくて光っている。チラッと見ただけで、きちんとしたきれいな字なのが分かる。さっきのメモの字とは似ても似つかない。

「ああ、これか？　すぐれた助言をくれる古い友人への手紙だよ」

博士は手紙をそっと端《はし》によせて、アーサーに机《つくえ》の前のイスに座《すわ》るように手招きした。「どちらにしても来てくれて嬉《うれ》しいよ。前から話を聞きたいと思っていたんだ。ここでの生活はどうかと思ってね」

「えっ？　どうしてですか？」アーサーは動揺《どうよう》を隠そうとしながら座《すわ》った。

ワトソン博士が机《つくえ》の向こうから、意味ありげな視線《しせん》を送ってくる。「こういう場所は……君のような家に生まれた子にとっては必ずしも居心地がいいとは言えないだろうからな。経済的《けいざいてき》な余裕《よゆう》がない家庭、とあえて言わせてもらおうか」

アーサーは顔がカーッと赤くなるのが分かったけど、気にしないようにして背筋《せすじ》を伸《の》ばした。「本当のことですからお気遣《きづか》いはいりません。僕《ぼく》は家族を恥《は》じてはいませんから」

「恥《は》じる必要などない。このような賢《かしこ》い子を育てたご家族だ」

不意にホームシックに襲《おそ》われて、アーサーは言葉が出てこなくなった。きょうだいと一緒《いっしょ》に暖炉《だんろ》の前でくつろいだり、キッチンで母さんとお茶を飲んだりできたらどんなにいいだろう。

「大丈夫《だいじょうぶ》です、先生」アーサーはウソをついた。恐竜《きょうりゅう》の赤ちゃんの姿《すがた》が頭にちらつく。これから立ち向かわなきゃいけない運命のことも。「本当に、僕《ぼく》のことはご心配なく」

ワトソン博士が頷《うなず》く。「それはよかった。さて、食堂に戻《もど》ったほうがいいんじゃないか。わたしの授業の前に朝食をすませておきたければ、だがね」

アーサーはドアのほうに向かいかけて、ふと立ち止まった。両手が反射的《はんしゃてき》にズボンのポケットに伸びる。なかに入っていたのは、にせものの手紙と、もうひとつ。小さくて尖《とが》ったもの。時計のなかからもちかえってきたクリスタルの欠片《かけら》だ。

前に図書館の地図コーナーに行ったのは、ワトソン博士のアドバイスだった。そこにあった古い地図で、司祭の穴《あな》やクローバー・ハウスの場所を見つけた。

そしてあの日、もうひとつ地図を見つけた。

ピンときて、アーサーは振り返った。「ワトソン博士？」

博士が、また書きはじめていた手紙から顔をあげる。「ん？」

「聞きたいことがあるんです。アイリーンとジミーと一緒《いっしょ》に図書館で地図を調べていたとき、学校の下に採掘坑《さいくつこう》があるように見える地図があったんです」

一瞬《いっしゅん》、博士がギクッとしたように見えた。それからまばたきをして、咳払《せきばら》いをする。「珍《めずら》しい発見をしたものだな。前にそんな計画があったのは知っている。ここに学校をつくるずっと前のことだ。その計画書がまだ残っていたとは知らなかったがね」

「では、採掘坑《さいくつこう》は存在《そんざい》しないんですか？」

「ああ。地下にその手の洞窟《どうくつ》があったとは聞いているが、計画が始まった直後に入り口が崩壊《ほうかい》して、それっきり完全に封鎖《ふうさ》されたはずだ。危険《きけん》すぎるし費用もかかりすぎるから、もう一度開こうということにはならなかった」

アーサーは頷《うなず》いた。「どんな種類の採掘《さいくつ》をする予定だったんですか?」

博士の顔に不安そうな影《かげ》がよぎる。「噂《うわさ》では、その洞窟《どうくつ》には強力な治癒《ちゆ》効果のある珍《めずら》しいクリスタルがあるということだったな。だが、そんなのはぜんぶたわごとに決まっている。どうしてそんなことを尋《たず》ねるんだ?」

「ただの好奇心《こうきしん》です」アーサーはポケットのなかのクリスタルをぎゅっと握《にぎ》り締《し》めて、必死で声に動揺《どうよう》が出ないようにした。

「きみは実に好奇心《こうきしん》旺盛だな」博士がしみじみいう。

アーサーが頷《うなず》いて廊下《ろうか》に出ていこうとしたとき、博士の声が追いかけてきた。

「アーサー」

振《ふ》り返ると、ワトソン博士が心配そうな顔をしてこちらを見ている気がした。「はい?」

「君は勘《かん》が鋭《するど》い。だから、このところこの学校にいくつか不思議な事件が起きていると話しても驚きはしないだろう。実に困《こま》った事件だ」

「はい、先生。ポケットとグレイ教授が襲撃《しゅうげき》されたとき、僕《ぼく》もその場にいましたから」

博士が頷《うなず》く。「バスカヴィルホールはただでさえ事件の多い場所だ。ここには多くの秘密《ひみつ》がある。どの秘密《ひみつ》に首を突《つ》っ込《こ》むかは、慎重《しんちょう》に選ばなければいけないよ」

40
稲光《いなびかり》ふたたび

アーサーが急いで朝食の席についた途端《とたん》、トビーがいつもの遠吠《とおぼ》えで、食事時間終了《しゅうりょう》の合図をした。

アーサーが急いで朝食の席についた途端、トビーがいつもの遠吠えで、食事時間終了の合図をした。

肖像画《しょうぞうが》が落ちてきたことを友だちに話したいけど、授業中はムリだ。しかもワトソン博士がいる前ではできない。何度かセバスチャンの方を盗《ぬす》み見て、罪悪感がちらついてないか確認《かくにん》した。だけどセバスチャンは朝からやけに大人しくて、右膝《みぎひざ》をしきりにさすってるし立ち上がるときは顔をしかめている。ワトソン博士の授業が終わると、セバスチャンは教室に残って脚《あし》のケガを診《み》てもらうことになった。数分後にグレイ教授の授業に足を引きずりながら来ると、アーサーをギロリと睨《にら》みつける。アーサーも睨みかえしてやった。落馬して膝《ひざ》をねんざするくらい、やったことを考えたら罰《ばつ》としてはまだまだだ。

グレイ教授の授業中、稲妻《いなずま》が光って遠くからゴロゴロ音が聞こえてきた。グレイ教授はいつになくそわそわして、期待感をあらわにしてイスからパッと立ちあがった。窓《まど》を急いで開けて、クラス全員にここから外に出るように叫《さけ》んだ。

アーサーも他のみんなも何がなんだかわからずにぽかんとしていると、グレイ教授が叫《さけ》んだ。

「ポケット、凧《たこ》を早く！」アーサーはその声で、そういう天候になったらベンジャミン・フランクリンの有名な実験を再現する約束をしていたことを思い出した。フランクリンは嵐《あらし》の中で凧《たこ》を飛ばして雷《かみなり》が電気だと証明した実験で、避雷針《ひらいしん》を発明した。

ポケットが窓《まど》から投げた凧《たこ》には、下に麻《あさ》とシルクのひもがついていて、てっぺんに針金《はりがね》がついていた。麻《あさ》ひもにはカギが結びつけられていて、教授は生徒たちに、シルクのひもが濡《ぬ》れないようにしっかり拳《こぶし》で握《にぎ》り締《し》めるようにと指示した。

「教授？　これって危険《きけん》じゃないんですか？」アーマッドが尋《たず》ねる。

「ベン・フランクリンはまだ生きている？」教授が叫《さけ》ぶ。

「生きてないと思います、先生！」アーマッドが雨音に負けないように叫《さけ》ぶ。雨はもうざんざんぶりだ。

ポケットが何やら叫《さけ》びはじめたけど、突風《とっぷう》できこえない。アーサーが持っていた凧《たこ》もその風にさらわれてしまった。アーサー、ジミー、アイリーンが凧《たこ》が空に舞《ま》いあがるのを見守っていると、稲妻《いなずま》がふたたび光った。

「見て！　ひもを見て！」アイリーンが叫《さけ》ぶ。

アイリーンが指さしている麻《あさ》ひもは、電気を帯びてピンと立っていた。

そこからの三十分は、忘《わす》れられない時間だった。アーサーはアイリーンとジミーと一緒《いっしょ》に走りながら、かわりばんこに凧《たこ》を持っては思い切ってカギに手を触《ふ》れ、その度に小さな火花が散るのを見た。

しばらくすると、みんなずぶ濡《ぬ》れで凍《こご》えきってしまった。嵐《あらし》はますます激《はげ》しくなり、空は真っ暗だ。アイリーンが本館の方を指さして走りだし、アーサーとジミーもあとを追った。地面はぐしょぐしょで、アーサーは滑《すべ》って転びそうになった。そのとき、気づいた。いまこそ、部屋についていたブーツの足跡《あしあと》の複写とセバスチャンの足跡《あしあと》を比較《ひかく》する絶好のチャンスかもしれない。セバスチャンを見つけてすぐ後ろにつければ、他の足跡《あしあと》と見間違《みまちが》えないはずだ。

雨の間に目をこらして、セバスチャンの姿《すがた》を探《さが》す。そのとき稲光《いなびかり》が暗がりを照らして、アーサーはハッキリ見た。森のなかからこちらをじっと見ている姿《すがた》を。黒い馬にまたがって、ダークグリーンのマントに身をつつみ、真っ直ぐにこちらを見つめていた。

緑の騎士《きし》！

雷《かみなり》が空に轟《とどろ》き、馬が後ろ脚《あし》で立ち上がる。馬の上の人はしっかりと鞍《くら》に座《すわ》ったまま、手綱《たづな》をぐいっと引いて森のなかへ戻《もど》っていった。そして、あっという間に姿《すがた》を消した。

アーサーは急いでアイリーンたちに追いついた。だけどまたしても、いま見たものを話す時間はない。セバスチャンが足をひきずって本館に入っていくとき、アーサーは正面の階段《かいだん》を上りはじめた。

「アーサー、何して……」アイリーンが呼《よ》びかけてくる横を、アーサーはさっさととおりすぎた。

生徒たちの間をぬって、セバスチャンの真後ろにつく。それから通り道を邪魔《じゃま》された子たちにぶつぶついわれてもおかまいなしに、膝《ひざ》をついてその日の朝とった複写を取り出した。セバスチャンがたったいまつけた足跡《あしあと》の隣《となり》に紙を広げる。視線《しせん》を素早く行き来させて、ふたつの足《あし》跡を比較した。

どちらも完全な形ではないから、しっかり一致《いっち》することはない。それでも、大きさと形は似ている。一致《いっち》するといってもいい。

あ、でも……。

アーサーが部屋で見た足跡《あしあと》は、右と左で差がなかった。どっちの足の複写をするか決める前に確認《かくにん》したから間違《まちが》いない。

だけどセバスチャンがいまつけた足跡《あしあと》には左右差がある。左足の跡《あと》のほうがどう見ても右よりもくっきりとしてる。

「足を引きずってるからか」アーサーはひとり言を言った。ガッカリだ。「右足に体重をかけてないんだ」

つまり、セバスチャンはさんざんひどいことをしているとはいえ、この件に関しては無実ということだ。昨日の夜、僕《ぼく》の部屋に侵入《しんにゅう》してはいない。

だったら、誰《だれ》だ？

41
疑《ぎ》惑《わく》とシルバー

アイリーン、ジミー、ポケット、グローバーが食堂の席につくとすぐ、アーサーはやっと今朝の出来事を小声で話した。みんな驚《おどろ》きの表情でじっと聞き入ってたけど、グローバーだけは天井を見あげて考え事をしてる。もっと興味を惹《ひ》かれることがあるらしい。

「つまり、誰《だれ》かがわざとアーサーの上に落とそうとしたってこと？　肖像画《しょうぞうが》を？」アイリーンが、アーサーの話が終わるとすぐ尋《たず》ねた。

「ウソみたいに聞こえるだろうけど、本当なんだよ。信じられないなら、あの秘密《ひみつ》の小部屋を自分の目で見てみるといい」

「信じてるけど」アイリーンが言う。「ただ、いいかげん大人に話したほうがいいんじゃない？　ワトソン博士とか校長とか」

アーサーは首を横に振《ふ》った。「肖像画《しょうぞうが》のことを話したら、他のこともぜんぶ言わなきゃいけなくなっちゃう」

「だけどアーサーにケガをさせようとしたりキッパーを誘拐《ゆうかい》しようとしたりしたのがセバスチャンじゃなかったら、いったい誰《だれ》なんだ？」ジミーが声を上げる。

「僕《ぼく》もそれを考えてた」アーサーが答える。森の中で見た馬に乗った人のことを思い出す。

きっとあれが緑の騎士《きし》だ。このタイミングで姿《すがた》をあらわしたのが偶然《ぐうぜん》のはずがない。クローバー同盟《どうめい》が連絡《れんらく》したのか？　探《さが》してた機械が見つかったって？

「ベイカー卿《きょう》の幽霊《ゆうれい》を除外《じょがい》するのはまだ早いんじゃないでしょうかね」グローバーがもっともらしくいう。どうやらずっと話を聞いてたようだ。

そのときハドソン副校長の声がして、話は中断された。副校長が、今夜特別な催《もよお》しがあると発表する。「魔法《まほう》のランタンショーが夕食後に行われます。ですから今夜の自習はなし。授業後すぐに夕食をとり、その後すぐにショーを楽しめば、まともな時間に就寝《しゅうしん》できますからね」

生徒たちはみんな、大喜びではしゃいでいる。アーサーにしてもこんな考え事さえなければ同じように楽しみにしてただろう。魔法《まほう》のランタンショーは一回だけ見たことがある。ランタンとガラスのスライドを使って、スクリーンに幻影《げんえい》を写しだす。見に行ったのは六歳《さい》のときだ。だけどいまは、ひとりになって考える時間がほしい。

ところが残念ながら、そうはいかなかった。

「わたしのシルバーのこと、ちゃんと伝えてくださいね！」料理長が奥《おく》から叫《さけ》ぶ。

「ええ、もちろんです」ハドソン副校長が言う。「料理長は、上等なシルバーの食器をいくつか盗《ぬす》まれたと考えているのです」

「考えてるんじゃなくて、分かってるんです！」

「もし、たまたま見つけるようなことがあったら、夕食までにわたしのサロンに届《とど》けてください」

「でなきゃ、ランタンショーは中止！」料理長が叫《さけ》ぶ。

「ランタンショーは中止にはなりません。準備していることですからね。ですが、シルバーを持っているなら返却《へんきゃく》してください。問いただしはしませんから」

料理長がイラッとして立ち去ると、午後の授業の時間になった。

「君か？　きみがシルバーをとったの？」アーサーはジミーに囁《ささや》いた。

ジミーが首を横に振《ふ》る。「今夜持っていく予定なものは別にある」

「今夜？　えっ、クローバー同盟《どうめい》の集会って今夜だっけ？」

いろんなことがありすぎて、アーサーはすっかり忘《わす》れていた。

「真夜中だ。つまり厳密《げんみつ》には、明日の朝だな」

「だけどさ、行けるわけないよね？」アーサーは言った。「さっき話せなかったんだけど、また緑の騎士《きし》を見たんだ。ほら、グレイ教授の授業中に。ジミー、緑の騎士《きし》が戻《もど》ってきたんだよ。それってクローバー同盟《どうめい》が機械を見つけたからだよね」

「まあ、クローバー同盟《どうめい》が機械を探《さが》してるのは知ってたし、だから……見つけたってことだな」

「うん、でもさ、分かるだろう？」アーサーは思わず大声になってしまい、慌《あわ》てて声を潜《ひそ》めた。「見つかったのはそれだけじゃない。キッパーの卵《たまご》の殻《から》も。そして、セバスチャン以外にキッパーのことを知ってる人物といえば……？　キッパーを誘拐《ゆうかい》しようとしたのがセバスチャンじゃなくても、昨日見たもののことをクローバー同盟《どうめい》にすぐに話したに決まってる。で、そこから推測《すいそく》して、キッパーを手に入れようとしてるんだ。ほら、『めずらしくて貴重《きちょう》なもの』が好きだろう?」そのとき新たなパズルのピースがピッタリはまって、アーサーは指をパチンと鳴らした。「そしてアフィアは、あの肖像画《しょうぞうが》が二度も落っこちたのを知ってる！　アフィアはクローバー同盟《どうめい》のメンバーだし……だからその話をしたのかもしれない。それで、僕《ぼく》をやっかい払《ばら》いするチャンスだと思ったんだ」

ジミーの表情がどんどん曇《くも》ってくる。

「もちろん、本当にぜんぶクローバー同盟《どうめい》の陰謀《いんぼう》なら僕《ぼく》も行かない」ジミーが声を潜《ひそ》める。「だけど、まだ分からないじゃないか。今夜までまだ、解明する時間はある」

アーサーだって、ジミーのいうことを信じたい。クローバー同盟《どうめい》はキッパーの誘拐《ゆうかい》に関係ないと思いたい。ジミーとふたりでクローバー同盟《どうめい》に入って、確実な成功への切符《きっぷ》を掴みたい。家族のためにどうしてもその切符《きっぷ》が欲しい。

そのとき、クローバー・ハウスできいたマジシャンの言葉を思い出した。

誰《だれ》ひとり、我々《われわれ》がどれほど大きな影響力《えいきょうりょく》を持っているか、想像もつかないだろう。

希望は捨《す》てたくないけど、やっぱりアイリーンが正しいんじゃないかという気がしてしかたない。少数の人間がそんなに大きな力をもつなんて、危険《きけん》なことなんじゃないか。

42
マジックランタンショー

その夜、准将《じゅんしょう》の授業のあとアーサーたちが食堂にやってくると、一年生のテーブルはすでに片《かた》づけられていた。五人一緒《いっしょ》に座《すわ》る場所がどこにもない。

「話さなきゃいけないことがあるの」ポケットが言う。「時計の中にあった石のことで発見があった」

「僕《ぼく》も、クリスタルの出どころが分かった」アーサーもいう。ランチのときは、ワトソン博士と話した内容を伝える時間がなかった。「ショーのあと、話そう」

ポケットは頷《うなず》いてテーブルの向こうに席を見つけた。アーサーもソフィアの隣《となり》のあいている席に座《すわ》る。

すでにスクリーンが設置されていて、夕日が沈《しず》むとハドソン副校長とストーン教授が壁《かべ》にとりつけられている燭台《しょくだい》をすべて消してまわった。すぐに、夜のとばりがおりてきた。光っているのは白いスクリーンの照明だけだ。

しばらくすると、スポットライトの中に船の画像があらわれた。船がしばらく海の波に揺《ゆ》られていたかと思うと、画像が切りかわる。今度は馬にのって草原を駆《か》け抜《ぬ》ける人。つぎは、舞《ぶ》踏《とう》会でくるくるまわるダンサーたち。

画像がかわるたびに、うわぁと声があがったり、拍手《はくしゅ》が起きたりする。ジミーはあくびを噛《か》み殺していた。この手のショーは何度も見たことがあってあきあきらしい。アーサーは気づいたら、この日初めてリラックスしていた。いろんなイメージで頭のなかがいっぱいになってくる。まるで絵本のページをめくっているみたいだ。しかもページごとに物語の内容がかわって絵が動く。ああ、妹たちに見せてやりたいな。キラキラ光りながら動く絵を見てビックリしたり大喜びしたりする顔が目に浮《う》かぶ。

子どもたちが丘《おか》をすべりおりる画像のあと、スクリーン上の光の円が一点に集中した。すると、ものすごく小さい列車があらわれた。円がまたどんどん大きくなるにつれて列車も大きくなって、ぐんぐん近づいてくるように見える。このままだとスクリーンを突《つ》き抜《ぬ》けて飛び出してきそうだ。キャッと悲鳴をあげる子もいる。

すると、本当に衝突音《しょうとつおん》がした。スクリーンの後ろから悲鳴があがる。そして、何やら重たいものが落ちる物凄《ものすご》い音が響《ひび》いた。スクリーンがまっ黒になり、部屋は暗闇《くらやみ》につつまれた。

アーサーはパッと立ち上がった。さらに悲鳴があがる。アーサーのまわりじゅうの子たちが何があったのか見ようと立ちあがったり隣《となり》の人にしがみついたりして、混乱《こんらん》が広がる。

「みなさん、落ち着いて」チャレンジャー校長の声がする。「慌《あわ》てず騒《さわ》がず、そのまま」

騒動《そうどう》のさなか、アーサーは隣《となり》に誰《だれ》かがスッと近づいてくるのを感じた。

「心配で……ほら、ちっちゃなお友だち、大丈夫《だいじょうぶ》?」リズムのあるアイルランドのアクセントで女の子が囁《ささや》く。

「ポケット？」まわりがやかましくてよくきこえない。ショーのあとで会う約束はしてたけど、心配で待てなかったのかな。

「あたしに決まってるでしょ」

ちっちゃなお友だちって……アーサーは上着を軽くトントンと叩《たた》いた。キッパーの感触《かんしょく》が分かる。丸まって眠《ねむ》ってるらしい。

「大丈夫《だいじょうぶ》だ。眠《ねむ》ってるよ」

そのとき、あらたな騒《さわ》ぎが起きた。今度はみんなが座《すわ》ってるテーブルで。グラスや食器が割《わ》れる音が響《ひび》く。

「こっちに誰《だれ》か来る」ポケットが言う。息を切らして怯《おび》えた声で、ポケットらしくもない。

「アーサー……また誘拐《ゆうかい》しようとしてたらどうしよう？」

アーサーはギクッとした。暗闇《くらやみ》の中でクローバー同盟《どうめい》のメンバーに包囲されてるところを想像して、焦《あせ》ってくる。

「その子、あたしにまかせて。アーサーのところにいなければ見つからないでしょ。あたしがちゃんと守っとくから」

またガチャンという音。近くで叫び声もする。

ポケットの言う通りだ。いくらストーン教授のボクシングの授業できたえてるとはいえ、真っ暗闇《くらやみ》で数に勝る相手からキッパーを守れる自信はない。安全な場所に隠《かく》しておくしかない。ポケットのエンドレスなポケットのひとつなら、最適じゃないか？

アーサーはスヤスヤ眠《ねむ》るキッパーを手の平にのせた。キッパーがポケットの両手にそっと包まれるのを感じる。

「はい、もう大丈夫《だいじょうぶ》。心配しないで。あたしのとこにいれば安全だから」

確かに。ポケットはタフで賢《かしこ》くて、どんなことをしてもキッパーを守ってくれるはずだ。スカートがさらさら揺《ゆ》れる音がして、ポケットが向こうに行くのが分かる。アーサーは攻撃《こうげき》されてもいいように身構えた。

だけど次の瞬間《しゅんかん》、壁《かべ》の燭台《しょくだい》がいくつか灯った。やっと手探《てさぐ》りで火を入れられたらしい。みんな、もといた席でじっとしている。ハリエットだけは水でもぶっかけられたみたいにまわりじゅうのナプキンを掴めるだけ掴《つか》んでいた。誰《だれ》にも包囲なんかされてない。キッパーを誘拐《ゆうかい》しようとのびてくる手はどこにもなかった。

ポケットはといえば……真っ暗になる前から座《すわ》っていた少し離《はな》れた席にいる。ついさっきまでここにいたのに、戻《もど》るのがはやすぎやしないか？

「ポケット」アーサーは呼《よ》びかけた。「ずっとそこにいた？」

ポケットがアイリーンと顔を見合わせる。「えっ？　なんで？　どこにいたっていうの？」してやったりというウィンクか、意味ありげな笑みを待っていたけど、ポケットは本気でポカンとしてる。

おかしい。

「みなさん、ご心配なく」ハドソン副校長が言う。「ランタンの使い手が器具につまずいて転んでしまっただけです」

「違《ちが》う！　押《お》されたんだ！」怒《おこ》った声がする。

「ですけど、我《わ》が校の生徒がそのようなことをするはずが……」

「いいえ、ありえます！　わたしの大切なシルバーを盗《ぬす》むくらいですからね！」料理長が叫《さけ》ぶ。

「ええいっ、就寝《しゅうしん》！」今度はチャレンジャー校長が叫《さけ》んだ。

イスを引く音がひとしきり続くなか、アーサーはじっと座《すわ》ったままだった。うすうす心の中ではっきりしてきたことを認《みと》めたくない。

人が少なくなってくると、ポケットが近づいてきた。「アーサー、どうかした？」

「キッパー、一緒《いっしょ》にいる？」

ポケットが目を丸くする。「えっ、だってアーサーと一緒《いっしょ》にいるんでしょ？」

ああ、やっぱり。

だまされた。キッパーを誘拐《ゆうかい》された。

43

匿名通報《とくめいつうほう》

ショックで口もきけないでいると、肩《かた》に手を置かれるのを感じた。振《ふ》り向くと、チャレンジャー校長が後ろに立っている。

「ドイル君、ちょっと話がある」

いつもの感じじゃない。あいかわらずのどら声だけど、何かが違《ちが》う。なんだか悲しそうだ。目も合わせてこない。

アーサーは必死で考えを整理した。キッパーがいなくなった。ポケットのフリをした何者かに誘拐《ゆうかい》された。そして今度は校長が、いやな知らせを伝えようとしているみたいな顔をしている。

「えっ……なんでしょうか?」アーサーはやっとそれだけ言った。不意に喉《のど》がカラカラになる。

「いいから来なさい」

アーサーはぼう然としたまま立ち上がった。仲間たちの視線《しせん》を感じながら、校長のあとをついてトボトボと食堂をあとにする。何度も上着のポケットに手をやって、キッパーがいたはずの場所を探《さぐ》る。誰《だれ》がキッパーを連れて行ったんだ? キッパーは無事なのか?

校長はほとんど振《ふ》り返らずにずんずん階段《かいだん》を上り、そのまま廊下《ろうか》を歩いていく。アーサーはまだぼうっとしていたので、どこへ向かっているのか気にしてなかった。だからドアの前に来てやっと気づいた。

バレンシア・フェルナンデス博士が研究室の真ん中に座《すわ》っている。ガス灯の明かりに照らされて、手を膝《ひざ》の上で組んでいる。アーサーが入っていくと顔を上げた。唇《くちびる》が引きつっている。

その顔を見て、アーサーはハッとした。頭がハッキリしてくる。

ずっとセバスチャンとクローバー同盟《どうめい》のことばかり考えていたけど、間違《まちが》ってたのかもしれない。

さっきキッパーを連れて行ったのは女の子、いや大人の女の人だったのかも。ポケットの声をかなりうまくマネしてた。もしフェルナンデス博士が、僕《ぼく》が卵《たまご》をロールパンとすり替《か》えたのに気づいてたら……ずっと探《さが》してて、時計の中に割《わ》れた卵《たまご》の殻《から》があるのを見つけてたら……生まれたての恐竜《きょうりゅう》の赤ちゃんがどこかにいることを知ってたはずだ。そして、取り返そうとした。

「博士だったんですか？」アーサーは尋《たず》ねた。

フェルナンデス博士は眉《まゆ》を寄せて、校長の方を見た。校長は窓《まど》の前を行ったり来たりしている。

「きみのトリックに気づいたのがわたしかって意味なら、失望させてしまうわね。実は、匿名《とくめい》の通報があったの」博士が言う。

アーサーはぎゅっと目を瞑《つぶ》って、また開いた。「えっ？　何のことですか？」

「しらばっくれなくてもいいぞ、ドイル君」校長がピシャリという。「ゲームオーバーだ。きみが恐竜《きょうりゅう》の卵《たまご》を盗《ぬす》んだことはわかっとる」

「匿名《とくめい》の手紙が来たの。わたしの卵《たまご》がにせものにすり替《か》えられてるってね。事実だと分かったとき、どれほどゾッとしたか分かる？　もちろん、すぐに気づいた。そんなことができるのは君しかいない。ここまで運ぶのを手伝ってもらったとき、カギが見つからなかった。三十分もしないでスペアキーを持って戻《もど》ってきて、この部屋にカギをかけた。卵《たまご》がここにあったのも、部屋にカギがかかってなかったのも、知ってたのはきみだけ」

校長が足をとめてアーサーを見つめる。その目に深い失望を感じて、アーサーは恥《は》ずかしさでいっぱいになった。「どうなんだ？　否定《ひてい》できるのか？」

アーサーは首を横に振《ふ》った。「いいえ、校長。でも……」

「どこにあるの？　卵《たまご》はどこ？」フェルナンデス博士が言う。

えっ、どういうことだ？　キッパーを連れて行ったのが博士なら、もう卵《たまご》はないのを知ってるはずだ。それに、キッパーが生まれたことをどうして秘密《ひみつ》にしてたのかとか、どうやって卵《たまご》をかえしたのかとかきいてくるはずだ。

「ドイル君」校長が言う。「人間の価値《かち》ってものは過ちによって決まるのではなく、犯した過ちを正すかどうかで決まる。いまが汚名《おめい》をそそぐチャンスだ。卵《たまご》はどこだ？」

アーサーは口を開いたけど、言葉が出てこない。

「言わないつもり？」博士の声がどんどんとげとげしくなってくる。

「それが……言えないんです」やっと言葉を絞《しぼ》りだす。「消えてしまったから」

「消えた？」博士がテーブルに拳《こぶし》を打ちつける。「まさか、貴重《きちょう》な出土品を盗《ぬす》んでおいて……わたしがこれまで発掘《はっくつ》した中で一番大切なものを盗《ぬす》んで、なくしたっていうの？」

話すべきか？　機械のこと、キッパーのこと、それからクローバー同盟《どうめい》の事も。ぜんぶ話したほうがいい？　喉《のど》から言葉が出かかったけど、証拠《しょうこ》がなかったらバカみたいにしかきこえないだろう。

あっ、時計！

あの不思議な機械が内蔵《ないぞう》された時計を見せれば、信じてもらえるかも。

「あの……実際に見ていただいたほうがいいかもしれません」アーサーは言った。

「見るって、何を？」博士がキツい口調でいう。

「お願いです、一緒《いっしょ》に来てください。この階にあるんです」

博士と校長が顔を見合わせる。校長が溜息《ためいき》をついた。「よかろう」

校長が先頭を歩き、博士がアーサーのすぐ後ろを歩く。アーサーは罪人みたいに廊下《ろうか》を歩いた。時計があった事務所のドアの前で立ち止まる。

「この中にあります」

「ここ？」校長が不満そうにいう。「よりによってこんなところで何を見せようっていうんだ？」

そう言いながらも校長は、マスターキーを差し込《こ》んでドアを開けた。

中を見て、アーサーの顔から血の気が引いた。

大時計があったはずの場所が、ただの壁《かべ》になっている。

ない。たったひとつの証拠《しょうこ》。たったひとつのチャンスが消えた。

「時計が……時計がここに……」アーサーは口ごもった。

「ああ、そうだ」校長が低い声でいう。「ベイカー卿《きょう》が大切にしていた柱時計を、修理に出すためにここに移動させた。直す技術があるのはひとりしかおらんからな。おそらく場所をうつして修理を進めておるんだろう。時計は無事だ。だが、それとこれとがどう……」

校長は不意に言葉を切ってスタスタ歩いていくと、床《ゆか》から何かを手でぬぐった。「わしのビスマス！　そうか、これもきみが盗《ぬす》んだのか！」

「へっ？　ビス……マス？」何がなんだか分からない。

「しらばっくれるなと言っただろう。昨夜、校長室に侵入《しんにゅう》があって、わしの希少金属コレクションからビスマスの大きな結晶《けっしょう》が盗《ぬす》まれた。これでハッキリした。きみが割《わ》ったのか？」

校長が手のひらを広げて、拾ったものを見せる。時計の中で割《わ》れてるのを見つけたのと同じ、不思議な石の欠片《かけら》だ。

「校長室に侵入《しんにゅう》なんかしてません。それにこの石は、昨日の夜より前からここにありました。僕《ぼく》が見つけたのは……」

「だからなんだっていうの？」フェルナンデス博士が遮《さえぎ》っていう。「恐竜《きょうりゅう》の卵《たまご》を盗《ぬす》んだことはもう認《みと》めたんだから。どんないいわけをしても、どんな説明をするつもりかしらないけど、信用なんかできない」

アーサーは反論《はんろん》しようとしたけど、なにを言っても無駄《むだ》だとさとった。機械はもうない。キッパーもいない。いまさら本当のことを言っても、ただのウソつきにしか見えないだろう。

「何もいうことはないのか？」校長が尋《たず》ねる。「どうしてわしのビスマスがここにあるのか、卵《たまご》をどうしたのか、説明できんのか？」

「ごめんなさい。そんなつもりじゃなかったんです」アーサーはかすれた声でそれだけ言った。

校長が深い溜息《ためいき》をつく。「フェルナンデス博士、ちょっとふたりきりにしてもらえるかな？」

博士はしばらくアーサーを睨《にら》みつけていたけど、黙《だま》って出て言った。

「正直、非常に驚《おどろ》いとる」校長が言う。こんな静かな声、初めて聞いた。いつもみたいにやかましいがなり声がきけたらどんなにいいだろう。「内心きみに……いや、もういい。終わったことだ。もちろん今後のことはわかっとるだろうな」

覚悟《かくご》していたことだ。でも、あらためて心がズシンと重たくなる。アーサーは頷《うなず》いた。「退《たい》学《がく》ですね」

「ほかに選択肢《せんたくし》はない。卵《たまご》を戻《もど》してくれさえすれば、残してやることもできたかもしれん。どうしても戻せんというんだな？」

「はい、校長。できないんです」消え入るようにアーサーは答えた。

「では決定だ。帰りの交通手段《しゅだん》は手配しておく」

「いつですか？」

校長がアーサーを見つめる。その目にあわれみの光が見える。「明日。明日の朝一番だ」

44
グレイ教授

校長につきそわれて、アーサーは塔《とう》に戻《もど》った。塔《とう》は塔《とう》でも処刑場《しょけいじょう》のあるロンドン塔《とう》に送られる気分だ。家族の幸せを願ってもうすぐ手が届《とど》くと思ってきたものがすべて、消えてなくなってしまった。なんてヘマをやらかしたんだ？　家に戻《もど》ったら、みんなどう思うだろう？　大きなことを成し遂《と》げる運命だって母さんは信じてくれてたのに、あっという間にただの役立たずになりさがってしまった。

恥《は》ずかしさでほっぺたがカーッと熱くなってくる。顔をあげると、心霊《しんれい》ペアのトーマスとオリーが歩いてくるのが見えた。ふたりともこちらをじっと見ているけど、表情がさっぱり読めない。

「フッド君とグリフィン君。部屋に戻《もど》るところか？」校長が尋《たず》ねる。

ふたりは頷《うなず》いたけど、目はまだアーサーに釘《くぎ》づけだ。やっと足音が遠ざかって行ったので、アーサーはホッとした。

「明日の朝、迎《むか》えにくる」校長が、塔《とう》の入り口に着くと言った。「荷づくりをしておきなさい。今夜は部屋を出ないように」

「はい、校長」

校長の顎鬚《あごひげ》がピクピクッとする。まだ何かいいたいことがあるみたいだ。でも喉《のど》の奥《おく》で低い音を立てただけで、回れ右をして暗闇《くらやみ》に消えていった。

アーサーは足を引きずるようにして、一段《だん》ずつ階段《かいだん》をあがって行った。やっと部屋に着いてドアを開けたとき、やれやれと思った。ジミーが、アイリーン、ポケット、グローバーと円になって座《すわ》ってる。

「もうッ、遅《おそ》いよ！」ポケットが声を上げる。

「こんなふうにしょっちゅう行方《ゆくえ》不明になるのはやめてもらいたいものね」アイリーンが言った。

ジミーは青白い顔をして、四人の中で一番動揺《どうよう》して見えた。しきりに足で床板《ゆかいた》をトントンやっている。

「どこにいたんだ？」

返事をしようと口を開いたけど、いきなり英語がしゃべれなくなってしまったように、言葉がひとつも出てこない。首を横に振《ふ》っただけで向きをかえてタンスの前に行き、ボロボロの旅行鞄《かばん》を引っぱりだして荷物をつめはじめた。

「旅行？　いいですねぇ、どこに行くんですか？」グローバーがのんびり尋《たず》ねる。

「アーサー、どうしたっていうの？　キッパーはどこ？」ポケットが言う。

アーサーは手をとめた。肩《かた》にそっと手がおかれるのを感じたからだ。アイリーンが心配そうな顔で後ろに立っている。「もういいから、何があったのか話して」

やっと、何とか言葉が出てきた。

「僕《ぼく》……退学《たいがく》になった」

「退学《たいがく》？」三人が同時に叫《さけ》ぶ。グローバーまで目をぱちくりさせている。

「だけど、どうして？　どういう理由で？」ジミーが立ち上がった。

「フェルナンデス博士に恐竜《きょうりゅう》の卵《たまご》を盗《ぬす》んだことを知られたのが理由だよ。匿名《とくめい》の通報があったそうだ」

やっぱりセバスチャンだったのか？　でももう怒《おこ》る気力も残ってない。おそらく生まれて初めて、ひたすら敗北感で打ちのめされていた。

「返却《へんきゃく》できないって言ったら、校長がこうするしかないって」

「どうしてキッパーを見せなかったの？」アイリーンが尋《たず》ねる。「あと時計も。フェルナンデス博士だってきっと、本物の恐竜《きょうりゅう》を見たら大喜びしてくれて、卵《たまご》のことで怒《おこ》ったりしなかったはずよ」

アーサーは両手で頭を抱《かか》えた。みんなの目が見られない。「時計があった部屋に連れて行ったんだけど、なくなってた。校長は修理のために移動したんじゃないかって言ってたけど、分かってないんだと思う。キッパーは……キッパーもいなくなった。ランタンショーの最中に連れてかれちゃったんだ。明かりがぜんぶ消えてるときに……ポケットだと思ったんだよ。ポケットがキッパーを守るからって連れてったと思ったら、違《ちが》ってた。誰《だれ》だか分からない」

ポケットとアイリーンが息をのむ。

「ひどい！　捕《つか》まえてやる！」ポケットが叫《さけ》ぶ。

「きっと見つける。それにアーサーの疑《うたが》いもはらす」アイリーンが言う。

アーサーは力なく首を振《ふ》った。さんざんな一日でたったひとついい点があったとすれば、自分のせいで友だちに迷惑《めいわく》をかけずにすんだことだ。「みんなにリスクをおかしてもらうわけにはいかない。それに、もう時間がないんだ。明日の朝いちで校長が迎《むか》えに来るから」

「時間はともかくとして……アイリーン、何かプランはある？」ジミーは窓《まど》の前を行ったり来たりしている。

「うん。えっと……」

アイリーンは口ごもった。プランはまだ詳細《しょうさい》をつめている最中らしい。

「とにかくキッパーと時計を見つけなくちゃ。盗《ぬす》んだのは同一人物に間違《まちが》いないと思う。証拠《しょうこ》さえ手に入れれば、校長だってきっと信じてくれる。ほんものの犯人が出てくれば、アーサーを退学《たいがく》にしようなんて思わないはずよ」

「アイリーンの言う通りだよッ」ポケットが声を上げる。「あの時計を盗《ぬす》む目的はただひとつ。自分が利用するため」

「キッパーを誘拐《ゆうかい》したのは、時計のなかの機械の仕組みを理解するヒントになるかもと思ったのかもしれないわね」アイリーンが考え込《こ》む。

アーサーは、ワトソン博士と話したことを思い出した。

「もしかしたら、仕組みの見当がつくかも。ワトソン博士からきいたんだけど、学校の地下に洞窟《どうくつ》があって、なんらかの治癒力《ちゆりょく》をもつクリスタルがたくさんあるらしい。博士はデタラメだって思ってたみたいだけど、きっと本当なんだよ。ポケットと一緒《いっしょ》に時計の中に入ったとき、クリスタルを見つけただろう?」

「うん、見つけたものはもうひとつ」ポケットが言う。「アーサー、もっと早く伝えたかったんだけど、ショーの前は時間がなかったから。アーマッドにあのとき見つけた石のこと、きいたの。そしたら……」

「ビスマスか」アーサーがかわりにいう。「ビスマスの欠片《かけら》が落ちていた。校長が言うには昨日の夜、校長室から盗《ぬす》まれたらしくて」

アーサーがジミーをチラッと見ると、ジミーは軽く首を横に振《ふ》った。今夜のクローバー同盟《どうめい》のテストのためにビスマスを盗《ぬす》んだりはしてない、という意味だ。「僕《ぼく》が用意したのはアーマッドのルーペだよ」ジミーがアーサーだけに聞こえるように囁《ささや》く。「地質学者が使ってる特別な拡大鏡《かくだいきょう》だ。お父さんからもらったそのルーペで、ビスマスを調べてくれた。フレームがゴールドとルビーでできてる貴重《きちょう》なものだ。それを貸してもらった」

ポケットは推理《すいり》に夢中でジミーのヒソヒソ話に気づいてない。「アーマッドがね、ビスマスに関してはありとあらゆる伝説があるっていってた。世界いち長もちする鉱石だって考えてる人もいるんだって。すごく強くて、宇宙《うちゅう》より寿命《じゅみょう》が長いんじゃないかって」

「そんなこと、ありえるのか?」アーサーが尋《たず》ねる。考えただけでも頭が痛《いた》くなってくる。

「アーマッドにきいてみなよ。だけどこれであの機械の仕組みが分かったかも！　基本的には永遠に存在《そんざい》する元素と、それから治癒力《ちゆりょく》をもつクリスタルに電流を送る。そのふたつの力が合わさると、電磁場《でんじば》が生まれる。その電磁場《でんじば》はどういうわけか……」

「恐竜《きょうりゅう》をよみがえらせる」アイリーンが息をのんだ。

「その通り」ポケットが頷《うなず》く。「保存《ほぞん》状態がかなりいい卵《たまご》ならね。機械は卵《たまご》をもとの状態に戻《もど》す電磁場《でんじば》をつくり出した。恐竜《きょうりゅう》がいまにも孵化《ふか》しそうってタイミングで偶然《ぐうぜん》あの不思議な青い土の中に卵《たまご》が埋《う》まったから。それをフェルナンデス博士が見つけた」

「その機械を利用しようと考える人間がいるとしたら、何が目的だろう？」ジミーが呟《つぶや》く。

「不老不死？」グローバーがいきなり口を開いた。

全員、ちらちらする光の中で、顔を見合わせる。

「考えてもみてください」グローバーが続けて言った。「永遠に何度でも自分の体をリセットできるんですよ」

そんなことがありえるんだろうか？　機械を手に入れて、死をまぬがれようとするなんて……永遠に？

「誰《だれ》が……誰《だれ》がそんなこと考えると思う？　この学校に、そんな不自然なことを考える人いる？」アイリーンが寒気がするみたいに腕《うで》をこすりながら言った。

ジミーが肩《かた》をすくめる。「僕《ぼく》はやってみてもいいかな。いや、不老不死じゃなくてさ」アイリーンに睨《にら》まれて、慌《あわ》てて訂正《ていせい》する。「だけど、少しだけ長生きできるチャンスがあったら普《ふ》通《つう》は飛びつくんじゃないか？」

アーサーはみんなの話がほとんど耳に入ってなかった。不老不死を望む人って誰《だれ》だろう？　死を克服《こくふく》した騎士《きし》の名を名乗ってる人とか？　伝説によると、頭を斬《き》り落とされてもあっさり拾って去っていったという騎士《きし》だ。

「緑の騎士《きし》」アーサーは呟《つぶや》いた。

機械を手に入れようとしている人物は、名誉《めいよ》と勇気のために伝説の騎士《きし》を名乗っているんじゃなかったんだ。緑の騎士《きし》が永遠の命の象徴《しょうちょう》だからだ。

ポケットが首をかしげる。「え、なんて？」

アイリーンとジミーはふたりして目を丸くしてアーサーを見つめている。ふたりはアーサーが誰《だれ》のことを言っているのか分かっていた。ポケットとグローバーにも説明しなきゃいけないけど、もう時間がない。しかもグローバーはここにきてボロボロの本をとりだして、なぜか意味不明なタイミングで読みはじめた。

「ポケット、その機械を動かすにはほかに何が必要だ？」ジミーが、アーサーがなんて説明しようか考えてるうちに尋《たず》ねた。

「なかにあるバッテリーは充電《じゅうでん》可能だから、ビスマスとクリスタルだけあれば大丈夫《だいじょうぶ》。あッ、あとはもちろん電気をとおすための導体」

「シルバー！」アーサーが叫《さけ》んだ。「シルバーは導電率が高いっていってたよね？」

アイリーンが息をのむ。アーサーと同じ結論《けつろん》にたどりついたらしい。「料理長が一番上等なシルバーを盗《ぬす》まれたっていってた！」

「溶《と》かして細い棒《ぼう》にすれば、簡単《かんたん》に電気を伝えるはずだよ」ポケットが言う。

アーサーは頷《うなず》いた。「そして、何者かが校長室からビスマスを盗《ぬす》んだ。あの機械をつかおうとしてる者だ」

クローバー・ハウスのレンガの壁《かべ》にあの時計がそびえたっているイメージが頭に浮《う》かぶ。あちこちにフードを被《かぶ》ったメンバー。緑のマントを被《かぶ》った男が前に出てきて……。

「ということは、まだ手に入れてないのはクリスタルだけか」ジミーが言う。

「クリスタルのことならたしか、シニアのほうのグレイ教授がどっかに書いてたはずです」

いきなり発言したのは、グローバー。みんなの視線《しせん》を感じて、グローバーがやっと本から顔をあげる。よく見るとグローバーが読んでたのは、前に見つけたといってた古い研究日誌《にっし》だった。グレイ教授のおばあさんが書いたものだ。小さい冊子《さっし》で、ページが黄色くなってボロボロだ。

「この筆跡《ひっせき》、解読するのに苦労しましたよ。実験に関するメモばっかり。正直、ガッカリでしたね。家族の秘密《ひみつ》を暴露《ばくろ》してるんじゃないかって期待してたのに。ああ、ここです。最後のほうに書いてあります。少なくとも、ワタシが手に入れた冊子の最後のほう。ラスト数ページはやぶれちゃってないんですよ」

「グローバー？　本題に入ってくれないかな？」アーサーが言う。

グローバーが広げたページに向かって目を細くする。「あ、うん。いいですか？『この特別なクリスタルを利用して周波数を安定させる試みは、大いに進展《しんてん》している。莫大《ばくだい》な充電《じゅうでん》レベルを得ることができそうだ。これまでのどんなものより高いレベルだ。しかしまだ、目的に見合うだけの最適周波数は見つかっていない』」

「グローバー、ちょっと見せてくれる？」ポケットが言う。

「取り扱《あつか》い注意です」

「ヘンなの。この筆跡《ひっせき》、あのグレイ教授のものとそっくり。子どもの頃左利きだったんだけど、むりやり右手で書かされるようになったんだって。どうしてもコツが掴《つか》めなかったっていってて……ほら、だからすごく汚《きたな》い字。いつもはあたしたち助手のひとりが口頭で伝えられた内容をかわりにメモしてるんだ」

アーサーはアイリーンの後ろにまわって、ポケットの肩越《かたご》しに覗《のぞ》き込《こ》んだ。

かなり読みにくい字。

だけど、かなり見覚えがある。

あっ。

不意にアーサーは、三つのことを理解した。

ひとつ目。日誌《にっし》の筆跡《ひっせき》は、「ワトソン博士」から送られてきた手紙の筆跡《ひっせき》とかなりよく似ている。肖像画《しょうぞうが》の下に僕《ぼく》をおびきよせた手紙だ。

ふたつ目。あの手紙を書いたのはグレイ教授ではないだろうか。そしてこの日誌《にっし》を書いたのも。

三つ目。時計のなかの機械は、最近つくられたものじゃない。それどころか、発明者によってすでに何度か使用されている。

45
アーサーのラストチャンス

「これを書いたのはグレイ教授のおばあさんじゃない。あのグレイ教授だ」アーサーは言った。

アイリーンが鼻の頭に皺《しわ》をよせる。「アーサー、だってこの日誌《にっし》、いつ書かれたものだと思ってる？　そんなはず……」

アイリーンはそこでいきなり言葉を切った。「あ……そういうこと」

ジミーが目を丸くする。「ああ……だけど、それなら理屈《りくつ》が通るな。あんなものをつくれる人、ほかにいるか？」

「それに校長がいってたんだ。時計を修理する技術があるのはひとりだけで、その人が移動させたんだって。そこまで信頼《しんらい》して任せるなんて、グレイ教授しかいない」

「ちょッ、ちょッ、ちょい待ち」ポケットが手を出して話をさえぎる。「アーサー、何の話？」

アーサーは咳払《せきばら》いをした。「バスカヴィルホールで三代に渡《わた》って教えてきたグレイ教授は、実はひとりしかいなかったってことだよ。グレイ教授もお母さんもおばあさんも、同一人物なんだ。グレイ教授は最初にこの学校に来たときにあの機械を発明して、それを使って何度も若《わか》返《がえ》ってきた。あの時計はこの学校のもとの所有者、ベイカー卿《きょう》のものだった。そしてベイカー卿《きょう》はここを売るとき、ひとつだけ条件を出した。今後ここを所有する者は時計のコレクションをしっかり保管するようにって。だからグレイ教授は、いつ戻《もど》ってきてもあの時計がここにあるって分かってたんだ。そしてたとえ誰《だれ》かが時計を開けたところで、まさかなかに機械が入っているとは思わない。とくにクリスタルやらビスマスやらが残ってなければね。きっとこの日《にっ》誌《し》のなくなったページに、作り方が書いてあったんじゃないかな」

ポケットが唇《くちびる》を噛《か》む。首を横に振《ふ》って言った。「ウソ。そんなのウソだよ」

アーサーは思い出してハッとした。「教授室でダゲレオタイプを見ただろう？　お母さんだといってたよね。ふたごみたいだった」

「つまり、まず機械を使って若返《わかがえ》る」アイリーンが推理《すいり》する。「それから何年か、バスカヴィルホールを離《はな》れた。そうするしかなかったのでしょうね。疑《うたが》われないようにするためには。そしてまた戻《もど》ってきて、前にいたグレイ教授と生きわかれた娘《むすめ》だと主張した。誰《だれ》もへんだって思わなかったでしょう。そっくりなんだから」

アーサーは息がつまりそうになりながら、やっと口を開いた。とうとう、ついに、すべてが結びついてきた。「だけど、グレイ教授の秘密《ひみつ》を見やぶったのは僕《ぼく》たちが初めてじゃなかった。いま学校に残っている中では僕《ぼく》たち、ってだけだ。何しろグレイ教授は、気づいた人間を始末する方法を見つけたからね。ふたりも。ひとり目は学生で、ふたり目は教授。そして昨日……僕《ぼく》も始末されそうになった」

「えっ、始末？　どうやって？」グローバーが声を上げる。いちおう遠慮《えんりょ》しているらしいとはいえ、期待に目を輝《かがや》かせている。

「昨日の朝、肖像画《しょうぞうが》が落ちてきたって話したよね？　あれは、前にも二度、人の上に落っこちてきてるんだ。何十年も前だけどね。どちらの場合も犠牲《ぎせい》になった人はケガがひどくて学校にいられなくなった。グレイ教授はきっと、僕《ぼく》が真相に近づいてるのに気づいて、ワトソン博士の名前で手紙をよこして、肖像画《しょうぞうが》の後ろに隠《かく》れて僕《ぼく》をぶっ潰《つぶ》すチャンスを待ってたんだ」

「そんなの、ひとつも信じられない」ポケットは震《ふる》えていた。「グレイ教授は世界的に有名な科学者だよ。しかも素晴らしい先生。グレイ教授は……この世界をよくしようと頑張《がんば》ってる。人類全体の未来のことを考えてる。なのに人を危険《きけん》な目にあわせるなんて、ありえない」

アーサーはズボンのポケットを手探《てさぐ》りした。あの手紙はまだ入ったままだ。ああ、本当はこんなことしたくない。信じてた大人に裏切《うらぎ》られるのがどんな気持ちか、よく分かるから。でも……アーサーは、恐《おそ》る恐《おそ》る手紙をポケットに向かって差し出した。

「この筆跡《ひっせき》、見てみて。ごめん」アーサーはそっと言った。

手紙を眺《なが》めるポケットの顔色が変わる。言葉もなく、手紙をアーサーに返して両手で頭をかかえた。そのうちぶつぶつひとり言をいいだす。声が小さすぎて誰《だれ》にもきこえない。

「やれやれ」グローバーがぼそっという。「せっかくグレイ教授の死亡《しぼう》記事を書いたのに、最初から書きなおさなくちゃですね」

そのときジミーが笑いだしたので、みんなビックリした。

「何がおかしいの？」アイリーンが尋《たず》ねる。

「グレイ教授は今学期で引退《いんたい》する予定だった。そのあとは姪《めい》と一緒《いっしょ》に暮《く》らすって話だっただろう？」

「ああ、でもグレイ教授には姪《めい》はいないはずです。ひとりっ子ですから」グローバーが言う。

「その姪《めい》のフリをして十年後に戻《もど》ってくるつもりなんだろうな」アーサーが言う。「姪《めい》だと言ったほうが疑《うたが》われにくい。誰《だれ》も聞いたことがない娘《むすめ》が急に出てきたらあやしすぎるから」

「周到《しゅうとう》に準備していたんだろうな」ジミーが続ける。「機械も、クリスタルもシルバーも、何もかも。なのに先を越《こ》されて、さぞ怒《いか》りくるっただろう。しかもその相手が恐竜《きょうりゅう》の赤ちゃんだと知って、キレまくったはずだ」

あ、そういうことか。アーサーの頭の中で、またひとつパズルのピースがカチッとはまった。

「機械の中でキッパーの卵《たまご》の殻《から》を見つけたのは、グレイ教授なんだ。それであやしいと思ってフェルナンデス博士の研究室にあるはずの卵《たまご》を調べた。で、ロールパンだと分かったから、匿《とく》名《めい》で通報した」

「でも、なんでキッパーを保護してるのがアーサーだって分かったわけ？」アイリーンが尋《たず》ねる。

うーん……あっ、そうか。「見たからだよ！　キッパーが生まれた次の日の授業で、胸《むね》ポケットから顔を出しちゃったのをグレイ教授に見られた。だけど、目の錯覚《さっかく》だとか何とかぶつぶつ言ってたんだ。すっかり演技にだまされたよ」

「まあ、その点プロだから」アイリーンが言う。

ポケットがまた顔を上げる。もう目が真っ赤だ。「なんで……なんで、キッパーを誘拐《ゆうかい》したの？」震《ふる》える声で言う。

アーサーは胸《むね》がズキンとした。

「これまでずっと、機械のことを隠《かく》しとおしてきたんだ」ジミーがアーサーの心を読んだようにかわりに答える。「ここにきてよけいな噂《うわさ》を立てられたくなかったんだろうな。キッパーのことが知れ渡《わた》ったら、どうしてだろうって話になる。最終的にはアーサーが説明をしなきゃいけなくなる。そんなことにならないうちにキッパーを始末する必要があった」

「そんなの、ありえないよ」ポケットがぶすっとする。悲しみが怒《いか》りにかわって、オーヴンにおきっぱなしにされていたパン生地みたいにガチガチになっている。拳《こぶし》を握《にぎ》り締《し》めてすっくと立ち上がると、窓《まど》のほうにずんずん歩いていく。

「どこに行くつもり？」アイリーンが、ポケットが窓《まど》に片足《かたあし》をあげたのを見て尋《たず》ねた。

ポケットは、あっという顔をしてこっちを振《ふ》り向いた。「確かに」そう言って溜息《ためいき》をつく。

「グレイ教授は僕《ぼく》を片《かた》づけようとしたけど失敗した」アーサーが言う。「しかも、他にも教授に目をつけているやつらがいた。それできっと、教授室を襲撃《しゅうげき》したんだよ。脅《おど》しだったんだ。確信はないけど、緑の……いや、誰《だれ》かしらが機械の存在《そんざい》を知って、奪《うば》おうと考えた。さぞかし焦《あせ》ってるだろうな。さっさと機械をもう一度使って、できるだけはやくここを出たかっただろうから」

「でも、できないよ」ポケットが言う。「またあのクリスタルを手に入れなくちゃムリだもん。もしクリスタルを持ってたら……とっくにいなくなってるはず」

「じゃあ、クリスタルがある洞窟《どうくつ》の入り口を見つけなくちゃ。ああ、間に合いますように」アイリーンが言う。

「もしかしたら見つかるかもしれない。当てがある。まずは本館に行く必要があるんだけど」

「だったら行こッ！　何ぐずぐずしてんの？」ポケットが声を上げた。

ジミーはアイリーンの懐中《かいちゅう》時計を横目で見た。十一時半。

「ジミー？　協力してくれる？」アーサーは尋《たず》ねた。

部屋にいた全員の視線《しせん》がジミーに注がれる。ジミーは真っ直ぐアーサーを見つめていた。ジミーの目がキラリと光った気がする。何か熱いものが。光のかげんかもしれないけれど。ジミーが顔をピクッとさせる。

アーサーにはジミーの気持ちがよく分かった。心のどこかで自分も、恐竜《きょうりゅう》の卵《たまご》をとったり機械を見つけたりしなければよかったと思っていた。そうすれば、クローバー同盟《どうめい》に疑問《ぎもん》なんかもたずにすんだ。今頃《いまごろ》は、あと少しでクローバー同盟《どうめい》に入れるという期待でいっぱいだったはずだ。権力《けんりょく》とお金と成功が約束された未来を手にできるって。

数日前なら、アーサーもそんな未来より大切なものなどないと思っていただろう。でもいまは、自分にとっての人生の問題は、学校で先生に出される問題よりもずっと答えるのがむずかしいんじゃないかと気づきはじめていた。何しろ、以前は正しかった答えが永遠にそのまま正しいとは限らないから。

とうとうジミーは溜息《ためいき》をついて言った。

「もちろん協力する。黙《だま》って見ていられるわけがないだろう？　罪もないプテロダクティルスの赤ん坊《ぼう》がいまにも殺されようとしているのに……歩くミイラの手によって？」

「ああ、ミイラのことなら……」グローバーが食いついてくる。

「グローバー、そういうのあとにして」ポケットがグローバーの手を掴《つか》んで窓《まど》ぎわに引っぱっていく。

アーサーもためらうことなく窓《まど》から外に出た。五人の姿《すがた》が暗い夜の闇《やみ》の中に消えていく。

これがバスカヴィルホールの最後の夜になりませんように。

46

追いあげるクローバー同盟《どうめい》

「ねえ、アーサー、どこを目指してるわけ？」アイリーンのイラッとした声が後ろから飛んでくる。

アーサーは先頭に立ってどんどん歩いていく。すっかり葉を落とした木々《きぎ》の間を冷たい風が吹《ふ》き抜《ぬ》けていく。見回りがいないかと目を走らせたけど、いまのところ、ドードーと似て非なるディーディーが五人の行く先を横切ろうとしてビックリしてグワッと鳴いて立ち止まっただけで、ジミーが手振《てぶ》りであっちあっちと指示すると森のほうに走っていった。

「僕《ぼく》の考えが正しければ、洞窟《どうくつ》の入り口は本館の中にある」アーサーは答えた。

「どうやって入るんだ？　カギがかかっているはずだ」本館の前まで来ると、ジミーが言う。

「うん、ポケットがどうにかしてくれるかなって期待してたんだけど」アーサーが言った。みんな、いっせいにポケットを見つめる。ポケットは服のポケットをパンパンやりはじめていた。

「えっとね、たしかこのあたりに……あッ、あった。これでいいや」

ポケットが正面玄関《げんかん》の前に進みでて、カギをカチャカチャやる。

「あいたよッ！」

五人がなかに入ろうとしたとき、後ろから声が響《ひび》いてきた。

「動くな」

アーサーがパッと振《ふ》り返ると、いつの間にか後ろに三人が立っていた。ふたりは仮面をかぶっている。そのふたりに挟《はさ》まれているのは、セバスチャン・モラン。三人とも息を切らしている。

「ドイル」仮面を被《かぶ》った背《せ》の高いほうが言う。マジシャンだ。「やっと見つけたぞ」

「アーサー、誰《だれ》なの？」ポケットが尋《たず》ねる。

アーサーは身構えた。

「知りたいのか？」ナイチンゲールの声だ。

「なっ……何してるんだよ、こんなところで？」アーサーはやっと尋《たず》ねた。

「お前と同じこと、だろうな」マジシャンが言う。「我々《われわれ》もグレイの機械を探《さが》している。そしてここにいるモランが、どこにあるかをお前が知っているはずだと教えてくれた」

ジミーがセバスチャンにぐっとつめよる。「セバスチャン、何を言ったのか話せ」

「ついさっきお前らが仲よく集まってしゃべってたのがきこえてきたもんでね」セバスチャンが言う。

「ドアの外で立ち聞きしていたのか？」ジミーが尋《たず》ねた。

「窓《まど》から外を見てたら、ドイルが校長に塔《とう》に連行されてくるのが見えたんだ。あんまり楽しそうに見えなかったから、なんだろうと思ってさ。で、ピンと来た。あのときお前のポケットから覗《のぞ》いてたあの気持ち悪いものと関係あるんだろうなってね。ほら、僕《ぼく》の馬をおどかしたヤツさ。退学《たいがく》になったってきいたあとはもういいかって思ったんだけど、いちおうそのまま聞いていた」

「そして十分情報を得たのち、我々《われわれ》のところに来たというわけだ。忠誠心《ちゅうせいしん》を示してくれた」ナイチンゲールが言う。

「そして今度はお前の番だ」マジシャンが続けていう。「ドイル、他の者たちを追い払《はら》い、機械を我々《われわれ》のところに持ってこい」

「アーサー、ねえ、どういうこと?」ポケットがじれったそうにいう。

「答えるな。去るようにいえ」マジシャンが命令する。

ところが、思いもよらないところから答えがもたらされた。

「この仮面を被《かぶ》ったやつらは、クローバー同盟《どうめい》とかいう秘密《ひみつ》結社のメンバーですよ」グローバーがとうとつにボソボソしゃべりはじめた。「何世代にも渡《わた》ってバスカヴィルホールで活動してきたグループです。卒業生は政治や法律《ほうりつ》や実業界で権力《けんりょく》を握《にぎ》り続けています。アイリーン、アーサー、ジミーはそこに入らないかと招待されていたんです。ワタシたちがここに来てすぐの頃《ころ》から入会するためのトライアルを受け続けています。ワタシが知っている限りでいうと、アーサーはクローバー同盟《どうめい》が緑の騎士《きし》と呼《よ》ばれる人物の指示で動いていることを把握《はあく》していますね。ワタシたちがいま探《さが》しているのと同じ機械を……」

「そこまでだ!」マジシャンがいらだちをあらわにする。

アイリーンはあいた口が塞《ふさ》がらないし、ジミーはショックでかたまっている。

グローバー、なんで知ってるんだ?

ポケットは傷《きず》ついた目でアーサーを見つめていた。その視線《しせん》がアーサーにグサグサつきささる。

「ごめん。話すべきだった」アーサーは呟《つぶや》いた。

「そこまでだと言ったはずだ」マジシャンがどなる。「機械があるところへ案内しろ、ドイル。

さもなければ、手荒《てあら》な手段《しゅだん》にうったえることになるぞ」

マジシャンが服のポケットに手を伸ばす。刃《は》がギラリと光るのが見えて、アーサーは心臓《しんぞう》が口から飛びだしそうになった。

「あれまあ……」グローバーが呟《つぶや》く。

アーサーは腕《うで》をぐっと掴《つか》まれた。

ポケットだ。アーサーを見つめる目には、さっきとは違《ちが》うキッパリした表情が見える。本館のドアに向かって、ちょんっと頷《うなず》いてみせた。

マジシャンがググッと近づいてくる。「そろそろ我慢《がまん》の限界だ」

「あたし、あんたのこと知ってる」ポケットがマジシャンに向かっていう。声が怒《いか》りに震《ふる》えている。「グレイ教授の部屋を荒《あ》らしたの、あんたでしょ。前にも一度、あたしを襲《おそ》おうとしたよね」

ポケットがそう言いながら、服のポケットのひとつに手を伸ばす。アーサーは、そこからガラスの小瓶《こびん》が出てくるのを見た。

「ポケット……」アーサーが呟《つぶや》く。

小瓶《こびん》の中で何やら黒いものがうごめいている。

「だから分かってると思うけど、あたし、そう簡単《かんたん》には怯《ひる》まないからッ」

マジシャンがうんざりして溜息《ためいき》をつく。「いよいよ手荒《てあら》なことをするしかなさそうだな」

その瞬間《しゅんかん》、ポケットが小瓶《こびん》のふたをあけて、中身をぶちまけた。ナメきって油断していた三人の追っ手に向かって。

「えっ……なんだ、これは?!」

「グローバーとあたしがコイツらを引きとめとくから三人で行って。キッパーはたのんだよッ」ポケットが囁《ささや》く。

セバスチャンがヒェーッと声を上げる。小さくて黒いものがセバスチャンの首をはい上がってるのが見える。ナイチンゲールが悲鳴をあげて、持っていたランタンを落っことす。

「はやく行って！」ポケットが叫びながら、さらなる武器が控《ひか》えている服のポケットに手をのばす。「前にも言ったでしょ。あたし、自分の身は自分で守れるからッ！」

痛《いた》みに呻《うめ》きながら、マジシャンが耳の上をうごめいていたものを払《はら》いのける。大きなアリ。ポケットが三人にぶちまけたのは、アリだった。しかも三人が必死でバシバシ振《ふ》り払《はら》おうとしているところからすると、噛《か》みつくタイプらしい。

ポケットの言う通りだ。僕《ぼく》がポケットを守ろうなんて、おかど違《ちが》いだった。だけどキッパーは僕《ぼく》が守ってやらなくちゃ。そしていま、キッパーは僕《ぼく》たちを待ってる。

47

暗闇《くらやみ》に向かって

アーサー、ジミー、アイリーンの三人はドアから本館に駆《か》け込《こ》んだ。そのまま走り続け、ベイカー卿《きょう》の肖像画《しょうぞうが》がかかっていた壁《かべ》の前でアーサーが足をとめた。肖像画《しょうぞうが》はいったん片《かた》づけられて、まだかかってない。

「アーサー、これからどこに向かうのかだけでも教えてくれない？」アイリーンが息を切らしながら言う。

アーサーはさっそくかがみ込《こ》んで、壁板《かべいた》を手で探《さぐ》って秘密《ひみつ》のドアを開けるための出っぱりを見つけた。あった、これだ。ドアが開く。

「急いで。誰《だれ》にも見つからないうちに」

アーサーはふたりに言いながら、奥《おく》で口をあけている穴《あな》を指差した。アイリーンとジミーが不思議そうに顔を見合わせて、真っ暗な隠《かく》し部屋へと入っていく。アーサーが部屋から持ってきていたキャンドルとマッチをとりだして火をつけた。黄色い光がアイリーンとジミーの怯《おび》えた顔を照らしだす。

「ここにグレイは身を潜《ひそ》めて、僕《ぼく》の上に肖像画《しょうぞうが》を落としたんだ。でも、壁《かべ》の裏《うら》に隠《かく》れていたのはこの部屋だけじゃない。見える？　こっちにトンネルが伸《の》びている。匂《にお》いもするだろう？」

アーサーは頭を低くしてトンネルの中へ入っていった。腰《こし》をかがめてやっと歩けるくらいの高さしかない。

「ジトッとした匂《にお》いがする」アイリーンが言う。

「湿気《しっけ》だけじゃない。この匂《にお》いは……土だ。泥《どろ》と粘土《ねんど》だ」ジミーが言った。

「うん、確かに」

アイリーンがキャッと悲鳴を上げた。「なんなの？　何か、脚《あし》をはい上がってきた！」

「ネズミだろうな」アーサーとジミーが同時に答える。

アイリーンが呻《うめ》き声を上げた。「アーサー、本当にここで合ってるの？　これでペストにでもなったら……」

そんなことは言われなくても百も承知《しょうち》だ。もし間違《まちが》ってたら……このトンネルがクリスタルの洞窟《どうくつ》に繋《つな》がってなかったら……これが、僕《ぼく》がバスカヴィルホールでおかした最後の過ちになる。

「待った！」ジミーが声を上げる。「これは？　こっちを照らしてくれ」

アーサーは振《ふ》り返って、ジミーの視線《しせん》を追った。

見つかったらどうしようとばかり心配していて、後ろにある壁《かべ》に壊《こわ》れかけたドアがあるのに気づいてなかった。

ジミーが取っ手らしき鉄の輪っかを引っぱると、ドアは抵抗《ていこう》するようにギィィィィというやかましい音を立てながら何とか開いた。アーサーがさっそく足を踏《ふ》みいれようとすると、アイリーンがひぃっと息をのんで慌《あわ》てて手首を掴《つか》んできた。

「アーサー、待って！　下！　下を見て！」

確かに。ドアの向こうは地面がない。もう少しで空中に足を出すところだった。

いま立っているのは断崖絶壁《だんがいぜっぺき》。

「これはなんだ？」ジミーが言う。

そーっとキャンドルを断崖《だんがい》の向こうに差し出してみると、さっきの隠《かく》し部屋くらいの広さの四角い空間が弱い光の中に浮《う》かび上がった。四隅《すみ》の上あたりに苗木《なえぎ》の幹ほどの太さのロープがついていて、下に向かってピンと引っぱられている。

「きっとこれを使って下におりるんだ。滑車《かっしゃ》みたいな仕組みになってるらしい」アーサーは言った。

「エレベーターってこと？　ニューヨークにはそういう乗りものができはじめてるって聞いたけど」アイリーンが尋《たず》ねる。

「うん、それだよ。グレイが隠《かく》し部屋に繋《つな》がるトンネルの存在《そんざい》を知ってるって分かったとき、不思議だったんだ。どうやって見つけたのか……あと、この場所を他の目的でも使ってるんじゃないかとも考えた。グレイはきっと、これで時計を運んだんだ。きっと、グレイが時計を保管してたあの事務所のどこかにもうひとつ秘密《ひみつ》の扉《とびら》があって、それがこのシャフトに直接繋《つな》がってるんだよ」

「つまり、この洞窟《どうくつ》の中に時計を下ろしたってこと？」アイリーンが尋《たず》ねる。「確かに理屈《りくつ》が通ってるわね。一度見つかってしまったから、誰《だれ》にも気づかれない場所に隠《かく》す必要があった」

「どちらにしてもクリスタルをとりに洞窟《どうくつ》に行く必要があったしね」ジミーも言う。「問題は……グレイがまだ下にいるのかどうかだ。エレベーター自体、上にあるのか下にあるのかも分からない」

「たしかめる方法はひとつだな」アーサーが太いロープを指さして、ジミーとアイリーンを見た。ふたりは、正気？　という顔でアーサーを見つめかえしている。

やれやれだけど、ときには正気を少し忘《わす》れるのも悪くないのかもしれない。多分、こんなワケの分からない問題に足をつっ込《こ》んでしまったら最後、それ以上にワケ分からないことをしなきゃ解決なんかできないんだろう。


数分後、アーサー、アイリーン、ジミーはそれぞれ、真っ暗闇《くらやみ》の中でロープをしっかりからだに巻《ま》きつけていた。おりるには両手をあけておかなければいけないので、キャンドルはトンネルの出口においていくしかない。おりはじめた直後だけは微《かす》かな明かりでまわりが見えたけど、そのうち月のない夜に星がひとつ光っているくらいになった。

「そこまで深くないはずだよ」アーサーは歯を食いしばって言った。

もちろん、確証なんかない。だけどそういうしかなかった。ジミーはどんどん呼吸《こきゅう》が浅くなってきてるし、アイリーンはここで死んでも誰《だれ》も遺体《いたい》を見つけてくれないねなどといいはじめたから。

「そろそろ限界かもしれない」ジミーが息切れしながらいう。

「塔《とう》の壁《かべ》をおりてるつもりになろうよ」アーサーはなんてことなさそうなフリをして言った。

とはいえ、いいかげん自分も不安に負けそうになったとき、かかとが硬《かた》いものに当たるのを感じた。

「何？　どうしたの？」アイリーンが声を上げる。

「エレベーター、見つけたかも」アーサーは答えた。

それと同時にドサッと音がして、気づいたらジミーが隣《となり》にうずくまっていた。

「二度と……ごめんだ」ジミーが呻《うめ》く。

アイリーンは音もなく着地したので、隣《となり》にいると気づいたのは声がきこえてきたときだった。

「ここに扉《とびら》があるみたい。なんか、下に蝶番《ちょうつがい》っぽいものがある」

アーサーはしゃがんで、エレベーターの上を手探《てさぐ》りした。するとすぐに、アイリーンの言う通りだと分かった。蝶番《ちょうつがい》がついた繋《つな》ぎ目がある。きっと扉《とびら》だ。

「ジミー、取っ手だかかんぬきだかがそのあたりに……」

「あった。ちょっとさがってろ」ジミーが言う。

ジミーが扉《とびら》を開けると、足元に四角いうす明かりがあらわれた。アーサーは指を口に当ててしーっと合図した。

明かりがあるということはつまり……。

ここにいるのは三人だけじゃないということだ。

48

機械のなかの少女

一番背《せ》の高いアーサーがまずエレベーターに降《お》りた。それからジミーとアイリーンに手を貸しておろす。音を立てないように気をつけていたけど、三人は目の前の光景に思わず息をのんだ。

あけっぱなしのドアの向こうに、広大な洞窟《どうくつ》が広がっている。天井から鍾乳石《しょうにゅうせき》が巨大《きょだい》な牙《きば》のようにたれさがり、ごうごうとさかまく川が中央に流れている。川の向こう側にランタンが円形に配置され、その光が壁《かべ》に反射《はんしゃ》して、うす紫《むらさき》色にきらめいていた。

クリスタルだ。壁《かべ》がぜんぶクリスタルでできている。

ジミーが小さなルーペをとりだして目に当てると、壁《かべ》をまじまじと眺《なが》めた。アーマッドのルーペだ。「間違《まちが》いない、ここだ」ジミーが小声で言う。

ランタンの円の真ん中に、黒い影《かげ》が浮《う》かびあがっている。目をこらしていると、もうひとつの影《かげ》があらわれた。アイリーンがアーサーの腕《うで》をぎゅっとする。

グレイが盗《ぬす》んだ時計と、グレイ本人だ。

三人はエレベーターからゴツゴツした岩場に出た。姿《すがた》を見られる心配はない。あのランタンの明かりの中にいたら、向こうからこっちは見えないはずだ。音さえ立てなければ気づかれずに近づける。

少しずつ距離《きょり》をつめていくと、グレイが片手《かたて》に袋《ふくろ》のようなものを持っているのが見えた。その袋《ふくろ》が……もぞもぞ動いている。しかも、小さな叫《さけ》び声を上げた。「ミャオォォォォーン！」

キッパー！

アーサーは咄嗟《とっさ》に走りだした。足音を立てないようにはしていたけれど、うっかり左足で小石を蹴《け》ってしまう。小石が転がっていく音が洞窟《どうくつ》の中に反響《はんきょう》した。

グレイがパッとこちらを振《ふ》り向く。

「お前か！」グレイが低い声でいう。

グレイはランタンの間をすり抜《ぬ》けて円の外に出ると、川のほとりに走って行った。キッパーが入った袋《ふくろ》を川の上に掲《かか》げて持つ。

「それ以上近づくな」グレイが冷たくいいはなった。

「その子をこっちによこせ。傷《きず》つけたら承知《しょうち》しない！」アーサーは叫《さけ》んだ。

「せいぜい自分を責めることだな。そもそもこんなことになったのはお前のせいだ！　それで退学《たいがく》になったんだろうが。てっきりチャレンジャーが朝まで閉《と》じ込《こ》めて明日には追いだすものと思っていたが。なんて手ぬるいヤツめ」

グレイは青い目をぎらつかせてアーサーを睨《にら》んでいる。その声は軽蔑《けいべつ》に満ちていて恐怖《きょうふ》は感じられなかったけど、肩《かた》が微《かす》かに震《ふる》えているのが分かる。もぞもぞ動く袋《ふくろ》を持っている手もぶるぶるしていた。

「じゃあ、自分にとって不都合な人間がいたら絵を落として始末するのが正解とでも？」

グレイが目を細くして睨《にら》みつけてくる。じりじりと川に近づいてくる。

「僕《ぼく》が話してみる」ジミーが呟《つぶや》いて、進み出てきた。

「教授」ジミーが落ち着いた声で言う。「どう考えても、現状どちら側から見ても……理想的とはいえません。だから、取り引きしませんか？　僕《ぼく》たちは、その恐竜《きょうりゅう》だけ戻《もど》ってくればいいんです。その子を返してくれさえすれば、すぐに立ち去って絶対に口外しません。教授のことも、教授の機械のことも」

「へーえ、だがね、そうはいかない。分かってると思うが、こいつがいたら何もかも台無しになりかねない。誰《だれ》もが疑問《ぎもん》に思うだろう。疑問《ぎもん》は疑《うたが》いに繋《つな》がる。疑《うたが》いがこちらに向くことは避《さ》けなければいけない。お前たちもいいかげん理解しろ。これは私利私欲《しりしよく》でやっているんじゃない。人類の進歩のためなんだ」

グレイが話しているうちに、アーサーは小さく数歩、さらに前に進んだ。

「どんな進歩だっていうの？」アイリーンが、グレイに負けずに冷たい声で言い放つ。

グレイの目がアイリーンに釘《くぎ》づけになっているうちに、アーサーはさらに小さく一歩、近づいた。

グレイがふんっとあざ笑う。「わたしが三世代に渡《わた》って成し遂《と》げてきたことを考えろ！」グレイが時計に向かってバサッと腕《うで》を振《ふ》る。「十世代あれば、どれだけのことができるか想像してみるがいい！　わたしの研究はまだ完結していない。電気の時代はまだ始まったばかりだ。

まだ、まわりに満ちている目に見えない力がどんなに強いか、分かってきたばかりなんだ」

「そしてその力を利用するのは誰《だれ》なんだ？」ジミーが尋《たず》ねる。「僕《ぼく》にはどうも、その機械はあなたの役にしか立ってないように思える」

グレイがジミーをあわれむような目で見る。授業中に当てたらトンチンカンな答えをしてきた生徒を見るみたいに。「せめて友だちのポケットを連れてくればよかったのにな。ポケットなら分かるはずだ」

「ポケットはぜんぶ知ってるわよ」アイリーンが言う。「もしポケットがここにいたら、あんたなんか今頃《いまごろ》火アリに噛《か》まれまくってるでしょうに」

グレイの顔に動揺《どうよう》が走るけど、すぐにまた不愉快《ふゆかい》きわまりないという表情になった。「こんな形で終わらせるのは残念だ、まったく。お前たち全員にとってだがね」

グレイの手首が曲がるのが見えて、袋《ふくろ》が手から離《はな》れた。アーサーはすかさず川を飛びこして突進《とっしん》していき、空中に手を伸《の》ばした。見事キャッチ！　袋《ふくろ》の端《はし》っこを何とか掴《つか》んだ。

「やった！」アーサーはつま先で川岸の岩場に着地した。

だけど次の瞬間《しゅんかん》、足が滑《すべ》った。すぐ目の前は、ごうごうと流れる深そうな川だ。アーサーは腕《うで》をバタバタさせてもがいた。もう少しでひっくり返るというとき、アイリーンがシャツの裾《すそ》を掴《つか》んで引き戻《もど》してくれる。

そのタイミングでグレイがふたりに突進《とっしん》してきた。体当たりされたアイリーンはもう少しでアーサーのシャツをはなしそうになり、アーサーは川にすべり落ちそうになる。

「ジミー！」アイリーンが叫《さけ》んだ。「機械を！　急いで！　二度とつかわれないように破壊《はかい》して！」

アーサーにはジミーの姿《すがた》は見えなかったけど、岩場を移動する足音がした。

その直後、グレイが怒《いか》りの叫《さけ》び声を上げてジミーのほうに走りだした。アイリーンとアーサーはそのすきに川岸から離《はな》れて、何とか体勢を立てなおした。

アーサーが袋《ふくろ》を開ける。何をおいてもキッパーが無事か、確かめたい。だけどアイリーンに手を掴《つか》まれてぐいっと引っぱられた。「アーサー、時間がない！　グレイを止めなくちゃ！」

ジミーが時計に石をぶつける。グレイが突進《とっしん》してきてジミーの襟首《えりくび》を掴《つか》み、時計から引きはがした。アーサーとアイリーンは間に合わなかった。グレイが時計の中に入ってドアをしめてしまう。

その途端《とたん》、機械がウィーンと音をたてて振動《しんどう》しはじめた。なかから光があふれてくる。アーサーがドアに飛びついてあけようとするけど、ビクともしない。さらに振動《しんどう》が激《はげ》しくなる。三人は、なんとか止める方法はないかとあらゆることを試した。ジミーが時計の横から蹴《け》りをいれ、アイリーンがもう片側《かたがわ》から押《お》す。アーサーはずっとドアをあけようとガタガタやっていた。

時計の針《はり》がますますはやくまわりはじめる。逆回転だ。

「あっ、見て！」アイリーンが叫《さけ》んだ。

時計の文字盤《ばん》の内側で炎《ほのお》が上がっている。ジミーが石をぶつけたあたりだ。塗《ぬ》ってあるニスに炎《ほのお》がうつって、火柱が上がった。

「まずい、離《はな》れなきゃ。爆発《ばくはつ》するぞ」ジミーが言った。

「だけどグレイがまだ中にいる！　焼死しちゃうよ」アーサーが言う。

時計のなかから悲鳴がきこえてきた。

「わたしたちの助けなんかいらないはずよ。考えてもみて、これをつくったの、グレイなのよ！　あけ方は分かってるはず。出てこようと思ったらいつだって……」

そのとき、ドアがバタンと開いてアーサーは飛びのいた。

今度は悲鳴をあげたのはアイリーンだった。

時計のなかから出てきたのは、グレイじゃない。グレイとは似ても似つかない。

少女だ。

赤い髪《かみ》が四方八方にツンツンしている。ついさっきまでおばあちゃんだったグレイ教授が着ていた黒いボタンの実験着の中に埋《う》もれている。

「どうしてくれるのよ！」少女が喚《わめ》く。「電流が！　電流が強すぎた！　時間がなくて調整できなかったから……」

「つべこべいってる場合じゃない！　すぐに逃《に》げなきゃ！」ジミーが叫《さけ》ぶ。炎《ほのお》はだんだん勢いを増して、時計のてっぺんから火花が散っている。

少女のグレイが振《ふ》り返って時計を見て悲鳴をあげる。「ああっ！　わたしの機械が！」

「ダメだ！」アーサーが少女の腕《うで》を掴《つか》んで引き戻《もど》そうとする。だけど少女はアーサーの手を振《ふ》り払《はら》った。

「じょうだんじゃない！　これは三世代ぶんの研究の成果なの！　水！　火を消さなきゃ！」

少女は深い水たまりに向かって走ると手のひらで水をすくい、時計にかけた。シューッと水が蒸発《じょうはつ》するだけで、炎《ほのお》は燃え続ける。

ジミーがアーサーの方を見て言う。「放っておくしかない。いくら言っても無駄《むだ》だよ。ほかに方法はない」

アーサーが最後に目にしたのは、喚《わめ》きちらしながら水をかけている少女の姿《すがた》だった。目が怒《いか》りに燃えさかってさえいなければ、妹たちとたいしてかわらない。だけど、ジミーの言う通りだ。このままじゃ、自分たちも命がない。アーサーは走った。胸《むね》にしっかりキッパーを抱《だ》きかかえて。アイリーンとジミーが前を走っている。

もう少しでエレベーターにたどりつこうというとき、洞窟《どうくつ》の中にドッカーンという音が響《ひび》き渡《わた》った。一瞬《いっしゅん》、まわりじゅうが真っ白に輝《かがや》く。それからあたりがぶきみなオレンジ色の光につつまれた。振《ふ》り返ると、天井が炎《ほのお》に包まれていた。時計も、そのまわりにある何もかもが、炎《ほのお》に飲み込《こ》まれている。グレイの姿《すがた》は見えない。

そのとき、足元がグラグラしはじめた。

「まずい！」アーサーが声を上げる。

洞窟《どうくつ》の奥深《おくふか》くからまたドカーンという音が響《ひび》いてきて、床《ゆか》にがらがらと何かが落ちてくる音がする。

「爆発《ばくはつ》だ」やっとエレベーターの前に着くと、アーサーは言った。「岩崩《いわくず》れが起きてるんだ」

「どうやって上にあがればいいんだ?」ジミーが言う。

「これでうまくいくことを願うしかないわね」アイリーンがドアの横にあったレバーを掴《つか》んで、全力で引いた。

「はやく乗って!」アイリーンが叫《さけ》ぶ。

三人が駆《か》け込《こ》むと、グワーンという音とともにエレベーターが動きはじめた。洞窟《どうくつ》がごろごろと崩《くず》れはじめ、何もかもが飲み込《こ》まれていく。

49

教授の帰還《きかん》

数秒後、三人は真っ暗なトンネルに着いた。正確にはもうひとり。キッパーがアーサーの首のくぼみにおさまって、爪《つめ》をにゅっと出してしがみつきながらミャオミャオ鳴いていた。

さっきエレベーターのシャフトに降《お》り立ったときのトンネルを通り越《こ》してさらにのぼったということは、校舎の本館の二階に出るはずだ。ジミーが気をきかせてランタンをひとつ持ってきたので、ドアは簡単《かんたん》に見つかった。ドアを出ると、グレイがつい最近まで機械を保管していた事務所だった。ロンドンのタペストリーの裏《うら》だ。

いつもならアーサーは、この部屋がこの前来たときからすっかりかわっているのにすぐに気づいていたはずだ。放置されていた部屋のカビ臭《くさ》さは消えていた。そのかわり、パイプの煙《けむり》の優《やさ》しい香りが漂《ただよ》っている。それに、机《つくえ》にはつやつやしたマホガニーの杖《つえ》が立てかけられて、その杖《つえ》のてっぺんには銀色のカラスの頭の飾《かざ》りがついていた。そのときのアーサーは、頭の中に考えなきゃいけないことが山ほどあって気づかなかったけれど。

三人はひと休みしたくても、できなかった。部屋の外から叫《さけ》び声が響《ひび》いてきて、窓《まど》から外をチラッと見ると芝生《しばふ》に人が集まっていたから。

「説明しなきゃいけないみたいだ」アーサーは言った。

夜明け前の校庭を見わたしながら、本館の階段《かいだん》を下りていく。クラスメートたちはまだパジャマ姿《すがた》で、温室の横に立っているハドソン副校長のまわりに集まっていた。トビーが心配そうにぐるぐるまわりながら、耳をピンと後ろにそらして鼻をくんくんさせて警戒《けいかい》している。

「あっ、ポケットとグローバー！」アイリーンが指差す先には、一年生の集団から少し離《はな》れたところに立っているふたりがいた。

ああ、よかった。ふたりとも無事だ。クローバー同盟《どうめい》の連中を引き留めてくれたせいでケガをしていたらどうしようかと思ってた。

「アーサー……！」

振《ふ》り返ると、ワトソン博士が近づいてきた。車イスの車輪を素早くまわして、顔が心配でひきつっている。

「君たち三人をずっと探《さが》していたんだ」博士が三人をじっと見る。ジミーのズボンは何か所も焦《こ》げている。アイリーンは顔に大きな引っかき傷《きず》をつくっていた。アーサーは、博士が自分をどう見てどう思ってるかは考えないことにした。校舎を出る前にキッパーにはポケットに隠《かく》れてもらったからまだよかったけど。

ワトソン博士が声を小さくしてきく。「どこにいたんだ？　大丈夫《だいじょうぶ》なのか？」

「ドイル！」

振《ふ》り返らなくても分かる。チャレンジャー校長が階段《かいだん》の上からこちらを睨《にら》みつけていた。まわりじゅうのざわめきが一瞬《いっしゅん》にしてしずまる。みんな、校長の方を向いた。

アーサーはゆっくりと階段《かいだん》の方に戻《もど》っていった。みんなの視線《しせん》をひしひしと感じながら。

「この騒《さわ》ぎはなんだ？　また君かね？」校長ががなり声でいって、校庭に集まった人たちの方にさっと腕《うで》を振《ふ》る。

アーサーはふーっと息を吐《は》いた。「はい、校長。だけど、説明させてください。今度こそ、本当のことを話します」

校長がボサボサ眉《まゆ》をクイッと上げる。「これだけのことをしでかしたからには、納得《なっとく》のいく説明をするつもりだろうな。さあ、行こう」

「あ、待ってください。ジミーとアイリーンも同席させてください。あと……フェルナンデス博士も」

校長がこわばった表情でアーサーを見る。「要求できる立場にいるとでも思っとるのか?」

「いいえ、でも、ジミーとアイリーンがいてくれたらうまく説明できると思うんです。あと、フェルナンデス博士にどうしても見ていただきたいものがあって」

アーサーは上着に手を伸《の》ばして、キッパーをポケットからすくい上げた。キッパーをしっかり胸《むね》に抱《だ》きよせて、校長だけが見えるようにする。

キッパーが校長に向かって目をパチクリさせた。校長も目をパチクリさせる。そして校長は咳払《せきばら》いをして叫《さけ》んだ。

「バレンシア・フェルナンデス博士!」


もし小説の登場人物だったら、フェルナンデス博士はプテロダクティルスの姿《すがた》を見た途端《とたん》気絶しているところだ。ところが実際は、博士はキッパーをじーっと見つめてから、くすくす笑いだした。

「信じられない。すごい。超《ちょう》ビックリ。まったく……」

そう呟《つぶや》いて、指を伸《の》ばしてキッパーを撫《な》でようとする。するとキッパーは、ガブッと噛《か》みつこうとした。

「でしょうね」フェルナンデス博士はやれやれと手を引っ込《こ》めた。だけど校長室にいる間、ずっとキッパーから目を離《はな》さなかった。

一時間後、アーサー、アイリーン、ジミーは黙《だま》って座《すわ》っていた。前にいるのは、チャレンジャー校長、フェルナンデス博士、ワトソン博士。ワトソン博士はアーサーたちの傷《きず》がすぐに治療《ちりょう》が必要かどうか確かめたくて校長室にやってきた。キッパーはまたアーサーの肩《かた》にちょこんとのっていた。爪《つめ》を立ててしがみついているので、いいかげん肩《かた》が痛《いた》い。

三人はすべてを語りおえたところだ。アーサーがバスカヴィルホールに着いた日に緑の騎士《きし》を目撃《もくげき》したことからはじまって、不運ともそうでもないとも言えないグレイ教授の死にいたるまで。大人三人は、開いた口が塞《ふさ》がらないという感じで黙《だま》って聞いていた。

「これで……ぜんぶです」アーサーが締《し》めくくって、友人ふたりのほうに不安な眼差しを向けた。

「確かなのか？　確実にその機械は壊《こわ》れたのか？」チャレンジャー校長が聞く。「それに、グレイ教授は本当に死んだのか？」

アーサー、アイリーン、ジミーは頷《うなず》いた。

「確かに聞いたのか？　クローバー同盟《どうめい》のメンバーが緑の騎士《きし》の話をしているのを？　本当なんだな？」

「はい校長、確かです」アーサーが答える。「それにこの目で二度、緑の騎士《きし》を見ました」

校長は大きなイスの背《せ》にもたれて、腕組《うでぐ》みをしながら長いこと天井に向かって眉《まゆ》を寄せていた。何を考えているのか知りたいけど、聞く勇気はない。

「で、そこにいるちっちゃな子は……キッパーは、どうするのがいいだろうね」ワトソン博士が沈黙《ちんもく》を破っていう。

「アーサーにすっかりなついてるんです」アイリーンが答えた。

「ええ、そうでしょうね。刷り込《こ》みで、ママだと思ってるんだから」フェルナンデス博士が言った。

「ポケットもそう言ってました」アーサーが頷《うなず》く。

「で、その刷り込《こ》みを消すにはどうすりゃいいんだ？　学校じゅうアーサーを追いかけまわされたらたまらん」校長ががなり立てる。

「学校じゅう？　エディンバラじゅうではなく？」ワトソン博士がからかうように言う。

アーサーは思わずクスリと笑いそうになるのを我慢《がまん》した。恐竜《きょうりゅう》を連れてかえったら母さんはどうするかなと想像したからだ。

フェルナンデス博士が唇《くちびる》を指でトントンと叩《たた》く。「アーサーのかわりのママを見つけなきゃいけないわね」

ジミーがアーサーを見て笑う。「聞いたか、アーサー？　ママだってさ」

フェルナンデス博士はひとりで考え込《こ》んでいる。「でも多分、他の人間は問題外ね。すっかり人間を怖《こわ》がるように教え込《こ》まれちゃったでしょうから」

フェルナンデス博士は、自分の船が海賊船《かいぞくせん》に襲《おそ》われたと告げられたとしてもこんなにガッカリしないだろうという顔をしていた。でも不意に、パッと顔を輝《かがや》かせた。「でも……やってみる価値《かち》はあるかも。エディ、ほら、わたしが最後の探検《たんけん》でもちかえってきたでしょう？　わかる？」

　チャレンジャー校長が頷《うなず》く。

「もしかしたら……うまくいくかもしれない。それどころか、大きな発見に繋《つな》がるかもしれない。最初の一歩になるといいけど。アーサー、盗《ぬす》みは感心しないけど、感謝しなければいけないわね」

　フェルナンデス博士がアーサーに笑いかける。アーサーは顔が赤くなりそうなのを必死でこらえた。

　うまくいかなかったけど。

「では……では僕《ぼく》、退学《たいがく》にならなくてもいいってことですか？」アーサーは尋《たず》ねた。

　フェルナンデス博士が校長の方を見る。

「キッパーにはアーサーが必要かもしれないわね」

　校長は溜息《ためいき》をついた。「残ってもらうしかないな、ドイル君。君は過ちをおかしたが、それを正すためにベストをつくしたのは分かった。それに正直君のおかげでかなり……楽しませてもらったよ」

「前も面白い場所だと思っていたがね。わたしたちもまだまだだったようだ」ワトソン博士が言った。

「でも、本当に？　本当に誰《だれ》も、グレイ教授のことを疑《うたが》ってなかったんですか？」アイリーンが身を乗り出す。

今度はワトソン博士とチャレンジャー校長が目配せする番だった。

「いや、疑《うたが》っていたよ」ドアのところから声がした。

みんな、いっせいにドアの方を見る。

ツイードのスーツにシルクハットというかっこうの背《せ》の高い人が立っていた。細くて高い鼻、尖《とが》った顎《あご》、珍《めずら》しい色のグレーの瞳《ひとみ》。

アーサーは自分の目が信じられなかった。あのときよりずっと若《わか》くて別人みたいだけど、エディンバラの石畳《いしだたみ》の道で会ったことがある。顎鬚《あごひげ》と杖《つえ》はないけれど。でも、このグレーの瞳《ひとみ》といたずらっぽい深い声を、間違《まちが》えるはずがない。

「あのときのおじいさん！　僕《ぼく》が石をぶつけた！　乳母車《うばぐるま》をとめてくれた！」

「おかげで一週間以上、たんこぶがズキズキしたもんだよ。君はケロッと忘《わす》れてるようだがね」その人がさらっと言う。

アーサーはぽかんとした。なんて言ったらいいか分からない。頭の中がぐちゃぐちゃだ。こんなこと、めったにないのに。こんな感じ、ちっとも嬉《うれ》しくない。

男の人が笑いたいのをこらえているように唇《くちびる》をピクピクさせる。そして、アーサーに向かって手を差し出した。

「シャーロック・ホームズだ。こんにちは、アーサー。会えて嬉《うれ》しいよ。再会と言ったほうがいいかな」

50
シャーロック・ホームズの調査

「おいおい、ホームズ！　こんなところで何をしてるんだ？」ワトソン博士が叫《さけ》んだ。

ホームズは笑った。「こんなところにいちゃダメか？」

「人里離《はな》れたスコットランドにあるミセス・マクドゥーガルのお屋敷《やしき》にとりついている幽霊《ゆうれい》の調査をしているんじゃなかったのか」

「まあね」ホームズはあいている肘掛《ひじか》けイスにどすんと座《すわ》った。「確かにもともとバスカヴィルホールから誘《さそ》いだされたのは、助けを求める不思議な興味深い手紙を受けとったからだよ。ミセス・マクドゥーガルはわたしに不可解きわまりない、そして超《ちょう》自然的でさえある事件の真実を解き明かすように依頼《いらい》してきた。事件は解決したよ。着いたその日のうちにね」

「しかし何週間も行ったきりだったじゃないか！」ワトソン博士が文句を言う。「ずっとその住所に手紙を書いてたんだぞ。きみだって返事をよこしただろう！」

「手紙は、信頼《しんらい》できる友人にリトル・ビグスビーで前もって受けとってもらっていたんだ。しっかり一通残らず受けとれるようにしてくれたよ」

「マクドゥーガルさんの事件をそんなにすぐ解決したなら、ずっとどこにいたんだね？」チャレンジャー校長が尋《たず》ねる。

「それに……どうやって解決したんですか？」アーサーは興味津々《しんしん》だ。

ホームズはアーサーの方を感心したように見た。「うん、実はね、ひとつ目の質問の答えはふたつ目の質問の答えの中にある。家の中を見てまわっているとき、掃除《そうじ》道具のロッカーにカギがかかっているのに気づいたんだ。掃除《そうじ》道具を収納《しゅうのう》する場所にカギ？　わたしは不思議に思った。そこで、押《お》し入った。ロッカーの中にはミセス・マクドゥーガルが隠《かく》していた仕掛《しか》け一式があった。衣装《いしょう》、照明、さらにはガタガタ音を立てるためのチェーンまで！　わたしの調査を長引かせるためにひと芝居《しばい》うつ準備万端《ばんたん》というわけだ。できるだけ長くわたしを引きとめる作戦だったらしい」

「だけど、どうして？」ジミーが尋《たず》ねる。目を細くしてホームズをじっと見つめていた。

「ああ、理由を聞くなら、どうしてわたしが解決しなければいけないような謎《なぞ》の事件をわざわざねつ造したのか、だな」ホームズがうなずきながらいう。

「ほんものの謎《なぞ》から目を逸《そ》らさせるため、ですね」アーサーが間髪《かんはつ》いれずに答える。ホームズの思考回路が自分とそっくりなので、人の考えをきいているというより自分の頭で考えているみたいだ。

ホームズが眉《まゆ》をクイッとあげる。「その通りだ、ドイル君。ミセス・マクドゥーガルは夫の死後、生活がかなり苦しくなってしまったそうで、どうしてもお金が必要だったと告白してくれたよ。わたしにちょっとしたショーを披露《ひろう》すれば見返りとして巨額《きょがく》の報酬《ほうしゅう》を出すとの申し出を断れる状況《じょうきょう》になかったそうだ。その申し出は匿名《とくめい》だったから、誰《だれ》の企《たくら》みかは分からないとのことだった。しかしわたしには思い当たるところがあった。そこで独自の調査をはじめた。ワトソンがここで起きている不思議な事件について詳《くわ》しく報告してくれていたのでね。結論《けつろん》には近づいていたが、確証が必要だった」

「グレイですね」アーサーが目を輝《かがや》かせていう。「そうなんですね？　グレイはホームズ先生が何もかも解き明かすんじゃないかと心配していた。機械を使って逃《に》げるチャンスを掴《つか》まないうちに、暴露《ばくろ》されるんじゃないかって」

「その通り」ホームズが頷《うなず》く。「それこそ、わたしが今夜しようとしていたことだ。まあ、すっかり先を越《こ》されてしまったようだがね」

ホームズが、アーサー、アイリーン、ジミーに向かってやられたよ、という風に笑う。

アーサーは、誇《ほこ》らしさではちきれそうだった。

「だがまあ、少しはわたしも役に立ったようだな。地面の揺《ゆ》れを感じたとき、洞窟《どうくつ》が崩壊《ほうかい》するんじゃないかと思ったんだ。それにはグレイが関係しているはずだとね。だからグレイに逃《に》げられないように、校舎の外にある洞窟《どうくつ》への出入り口を確認《かくにん》しておいたよ。たったひとつ残された出入り口だ」

「まだ出入り口があるんですか？」アイリーンが尋《たず》ねる。

「あった、と言ったほうがいいな。今ではもう、わずかな隙間《すきま》しか残っていない。グレイが通って逃《に》げるには小さすぎる」

「いいかげん就寝《しゅうしん》だ！」チャレンジャー校長が不意にがなり声を上げながら机《つくえ》をドンと叩《たた》いた

ので、全員飛び上がった。「明日がある。このわけのわからん騒動《そうどう》の残りを解決するのは明日でよかろう。三人とも、さっさとベッドに行きなさい。誰《だれ》かしら付き添《そ》いをつけよう。ここから塔《とう》まで君たちだけで歩かせたら、今度は学校の半分が爆発《ばくはつ》するんじゃないかと心配だ。やれやれだが、この学校の設計者が洞窟《どうくつ》が自壊《じかい》する可能性を予測していたのが不幸中の幸いだ。イングランドじゅう探《さが》しても、これほどがんじょうな建物は見つからんだろう」

アーサー、アイリーン、ジミーはクタクタで反論《はんろん》する気力もなかった。空にはもう夜明けの光が紫《むらさき》色の盗賊《とうぞく》のように忍《しの》び寄っていた。

「わたしが付き添《そ》います」フェルナンデス博士が言った。「ちょっと寄り道する必要がありますし」

三人は立ち上がって、フェルナンデス博士についていった。だけどアーサーにはまだ、どうしてもひとつだけ確かめておきたいことがあった。ホームズの隣《となり》で一旦《いったん》立ち止まって、誰《だれ》にも聞こえないように呼《よ》び掛《か》ける。

「ホームズ先生」アイリーンもジミーもさんざんな思いをしたのだから、必要以上の心配をかけたくない。「最後に残った入口はグレイ教授が通り抜《ぬ》けるには小さすぎるっておっしゃいましたよね」

「ああ、そうだよ」

アーサーが唇《くちびる》を噛《か》む。「あの……それ、子どもだったら通れますか？」

51

始まったばかり

午前中は休講になったので、眠《ねむ》れない夜を過ごした生徒たちもゆっくり目を覚ますことができた。アーサー、アイリーン、ジミーが十時頃《ごろ》に食堂に入っていくと、ギリギリ朝食に間に合った。まだ朝食を楽しんでいる生徒たちもいるし、校庭に散歩に出かけたり図書館で勉強の遅《おく》れをとり戻《もど》したりしている生徒もいた。

「おはよッ！　ずっと待ってたんだよ！」ポケットが三人の姿《すがた》を見るなり言うと、こっちこっちと手を振《ふ》る。グローバーと一緒《いっしょ》にいつもの場所に座《すわ》っているのを見逃《みのが》すはずもないのに。

三人はいつもの席につくと、甘《あま》くて濃《こ》い紅茶《こうちゃ》を飲みながら昨夜の出来事について報告しあった。ポケットは、教授室を襲撃《しゅうげき》されてからというもの念のために火アリをせっせと集めといたんだ、と説明した。次があったら容赦《ようしゃ》しないと待ちかまえていたのがズバリ的中、というわけだ。

「でも、怖《こわ》くなかったの？　ナイフ持ってたのに！」アイリーンが言う。

「あ、あれね、ただのペーパーナイフ。教授室でも同じの持ってたから。それでアイツだって分かったんだもん。ナイフだって思わせて脅《おど》かそうとしてたのにざんねーん」

「あのとき、ナイフ抜《ぬ》いてきたっていってたよね！」アーサーが抗議《こうぎ》する。

ポケットが肩《かた》をすくめる。「だってそのほうが盛《も》りあがるでしょ。それで……機械はどうなったの？　グレイ教授は？」

アイリーンが唇《くちびる》を噛《か》む。「ポケット……ごめんね。グレイ教授は亡《な》くなったの」

ほんとうに亡くなったのかな……アーサーは黙《だま》っていた。

ポケットの目に涙《なみだ》がみるみるたまる。アイリーンにつねられたみたいに。「グレイ教授は……ひどいことしてたのは分かるけど……でも、素晴らしい科学者だった。それに、いい先生だった。何があったのか、話して」

そこで三人は、洞窟《どうくつ》でのことをまた最初から説明した。ポケットは目に涙《なみだ》をためて聞いていたし、グローバーは喜びを隠《かく》そうと必死だった。

「死亡《しぼう》記事なら準備オッケーです」グローバーがアーサーに囁《ささや》く。「なんてラッキーなんでしょう。バグルは記事をすぐに出さなきゃですね！」

「ポケットとグローバーには感謝してる」アーサーが、ぜんぶ話しおえると言った。「君たちがクローバー同盟《どうめい》の連中を引き止めてくれなかったら、絶対間に合わなかった。最初から隠《かく》し事なんかすべきじゃなかった」

「もういいよ、アーサー。しょうがないよ。分かるもん」ポケットが言う。

「過ちを正すのに遅《おそ》すぎることはない」グローバーも頷《うなず》く。「死んでしまったら別ですけどね。その場合は遅《おそ》すぎる」

みんな、笑いころげた。そのはしゃぎっぷりが、料理長にとどめを刺《さ》した。もともと朝食がランチタイム近くまで延長《えんちょう》されるなんてことはあってはならないとジリジリしていたからだ。

五人は料理長に追い出されて、ドアをバタンと閉《し》められてしまった。

「そういえばグローバー、どうしてクローバー同盟《どうめい》のことを知ってたの？」アイリーンが、正面玄関《げんかん》に向かいながら尋《たず》ねた。

「えっ、それって秘密《ひみつ》だったんですか？　君らいっつも、図書館やら食堂やらでしゃべってましたよね」

「聞かれてないと思ってるときに限ってだけどね」ジミーがさらっと言う。

「ワタシ、母さんからよく耳がいいって言われてたんです」グローバーが満足そうに答えた。

「ねえアーサー、キッパーはどうなったのかまだ聞いてないよッ！」ポケットが外に出るなり尋《たず》ねた。風が強くてよく晴れている。

「自分の目で見てみるといいよ」アーサーは答えた。

キッパーにピトッとくっつかれてたときはよかったなあ。キッパーだって嬉《うれ》しそうにしてたのに。まあ、あの爪《つめ》を立てるのは勘弁《かんべん》して欲しいけど。

そのとき、アイリーンがピタッと立ち止まった。「うわ、今度は何？」

セバスチャンが階段《かいだん》の下で待っていた。昨日の夜と同じだ。目の下にくっきりとくまをつくって、いつもは完璧《かんぺき》にセットした髪《かみ》の後ろが跳《は》ねている。ポケットのアリがいい仕事をしたらしく顔は赤いポツポツだらけだ。

セバスチャンがアーサーを憎悪《ぞうお》に燃える目で睨《にら》みつける。

「最初に見たときからただのバカだとは思ってたけど」セバスチャンが、アーサーが近づいてくると言う。「昨日の夜にどれだけバカな決断をしたか、分かってないようだな」そう言って、今度はジミーの方を見た。「モリアーティ、お前にはガッカリしたよ」

ジミーがムッとした顔をする。顔から少し血の気が引いたように見える。

「クローバー同盟《どうめい》のメンバーの名前は校長に言ってない」ジミーは呟《つぶや》いた。「お前の名前もな」

言わないことを決めたのは、アーサーじゃなかった。セバスチャンに話を立ち聞きされたことを校長に話そうとしたとき、ジミーに遮《さえぎ》られた。とはいえアーサーも、ジミーの選択《せんたく》は賢明《けんめい》だと感じた。クローバー同盟《どうめい》のメンバーになるチャンスは放棄《ほうき》したし、今ではクローバー同盟を敵《てき》に回した。ジミーは起きてしまったダメージを最小限にしようとしてるんだ。相手の報復を避《さ》けるために。

「セバスチャン、僕《ぼく》らはこれ以上の面倒《めんどう》は避《さ》けたいと思ってる」ジミーがさらに言う。

セバスチャンはあざ笑った。「いまさら遅《おそ》いな」そう言い放って、アーサーをぐいっと押《お》しのけて階段《かいだん》を上がっていった。

階段《かいだん》の上で、白い服のふたり組が待っていた。

トーマス・フッドとオリー・グリフィン。

ふたりとも同じように憎《にく》しみのこもった目をして、顔には赤いポツポツがあった。

「ドイル、今後はせいぜい気をつけることだな」トーマスが言う。トーマスの声を聞いたのは初めてなのに、アーサーはすぐに分かった。マジシャン！

「怯《おび》えて暮《く》らすことね」オリーも口を開く。「母親が、大切な息子が無事に帰るのを待ってるんでしょう」

歌うような高い声。ああ、名前と短い髪《かみ》のせいでずっと男子だと思っていたけど、オリーがナイチンゲールだ。

「ご忠告感謝《ちゅうこくかんしゃ》するよ」アーサーは言った。「だけど自分の身は自分で守るから」ポケットの方を見てニコッとする。それから肩《かた》をすくめて、ふたりに背《せ》を向けた。仲間たちも同じく回れ右をする。

少しして振《ふ》り返ると、心霊《しんれい》ペアは姿《すがた》を消していた。


キッパーは森の中にある新しいおうちでぬくぬくしていた。幸せそうにミャアミャア鳴くキッパーを、ドードーと似て非なるディーディーがせっせと世話している。

「ディーディーはずっとここにひとりだったから」アイリーンが言う。「フェルナンデス博士は、ディーディーがきっとキッパーのママになってくれるって直感したのね。思いついてすごく興奮《こうふん》してた。恐竜《きょうりゅう》が爬虫類《はちゅうるい》より鳥に近いかもしれないという証拠《しょうこ》だって言って」

アーサーたちが来たのに気づくと、キッパーは巣からパタパタ降りてきて、しばらく上をぐるぐる回っていた。そしてアーサーの肩《かた》に降《お》り立って、首にガブリと噛《か》みついた。

「イタッ！」アーサーが叫《さけ》ぶ。

だけどキャロラインにさんざん噛《か》みつかれていたので、愛情の印だってことは分かっていた。

「よかったー、キッパーがここにいてくれて」ポケットが言う。「いつでも会いに来られるねッ！」

「大きくなってきたら、チャレンジャー校長、学校のみんなになんて説明するつもりだろう」ジミーが言う。食堂から食べものの方のキッパーを少し持ってきていたので投げてやる。

「それはおいおい考えればいいんじゃない」アイリーンが言う。

みんなはキッパーが、キッパーを次々《つぎつぎ》キャッチして食べながら、空中アクロバットを繰《く》り広げるのを眺《なが》めながら笑っていた。

だけどアーサーは、視線《しせん》の端《はし》っこでとらえたものに気をとられていた。

みんなにはよけいな心配かけたくない。そう思って、近くのイバラの茂《しげ》みに長くて黒い馬の毛が引っかかっていたことは黙《だま》っていた。あと、さっき起きた出来事のことも。

明け方、フェルナンデス博士に連れられてジミーとアイリーンと一緒《いっしょ》にディーディーの巣に来たとき、キッパーがなかなかアーサーから離《はな》れようとしなかった。仕方なくアーサーとフェルナンデス博士だけしばらく残って、アイリーンとジミーは部屋に向かった。そのうちフェルナンデス博士も木によりかかって、うとうとしはじめた。

だから馬の低いいななきを耳にしたのはアーサーだけだった。

馬に乗った緑の騎士《きし》はほとんど音を立てずに近づいてきた。気づいたら、苔生《こけむ》した地面の向こうからアーサーをじっと見つめていた。

アーサーはギクッとして、拳《こぶし》をつくって身構えた。だけど緑の騎士《きし》はそれ以上近づいてこない。灰色《はいいろ》の光の中で、フードを深く被《かぶ》ったままだけど、ぼんやりと青白い顔色をしているのが見えた。

「今夜のことをいつか後悔《こうかい》するだろう」緑の騎士《きし》が小さな声で言う。

「そうは思いません」アーサーは言った。

緑の騎士《きし》がうつろな笑みを浮《う》かべるのが見えた気がした。アーサーはゾクッとした。

「お前は分かっていない。何を始めてしまったのかを」

「分かってないかもしれないけど、そちら側につかなかったのは正しい選択《せんたく》だという自信があります」

エディンバラのあの日の午後も、自分が何をしたのか分かってなかった。乳母車《うばぐるま》が馬車に轢《ひ》かれないようにしたときだ。あのおかげで僕《ぼく》はここに、バスカヴィルホールに来た。何を選択《せんたく》するとどうなるのかなんて、誰《だれ》にも分からない。できるのは、そのときどきで正しい選択《せんたく》をすることだ。

「また会おう、アーサー。意外と早いかもしれないな」

緑の騎士《きし》は舌《した》をチッと鳴らすと、去っていった。

「アーサー、何それ？」ポケットが尋《たず》ねる。

「ん？　なんでもないよ」アーサーは身震《みぶる》いしそうになるのをおさえて、馬の毛を風にのせて飛ばした。

緑の騎士《きし》に会ったことはいずれみんなに話すつもりだけど、今日じゃない。チャレンジャー校長の言う通りだ。明日でも構わないことってある。

アイリーンはお父さんの懐中時計《かいちゅう》で時間を確認《かくにん》している。アーサーはその姿《すがた》をじっと見つめて、アイリーンが昨日の夜、どんなに機転が利いて恐《おそ》れを知らなかったかを思い出していた。僕《ぼく》が川に落ちそうになったときに掴《つか》まえてくれた。ジミーに時計を壊《こわ》すように言ったのもアイリーンだ。そのおかげでグレイに川に突《つ》き落とされずにすんだ。あんなに機敏《きびん》で勇敢《ゆうかん》なのは、生まれつきなんだろうか？　それとももしかして……訓練を積んでるとか？

だけどこっちの疑問《ぎもん》も、今日じゃなくて構わないな。

アーサーもそれっきり考え事をやめて、あとは友だちと楽しい時間を過ごした。そのうちみんなの指が寒さでしびれてきたので、図書館の暖炉《だんろ》の前であったまろうということになった。

「またね、キッパー！」アーサーは頭をポンポンしてやった。「またすぐに会いに来るよ」キッパーはキッパーをハグハグするのに夢中で、みんなが帰っていくのに気づいてないらしい。

森の端《はし》っこまで来ると、後ろで小枝がポキンと折れる音がして、アーサーはビクッとした。振《ふ》り返ると、ホームズ教授が数メートル先の森の中をスタスタ歩いている。

「ドイル君、少し話がある」ホームズが言う。

アーサーはみんなの顔をチラッと見て言った。「あとで追いつくよ」

「バスカヴィルホールに入っていきなり、散々《さんざん》な目にあったようだな」ホームズが言う。「思った通り、君を推薦《すいせん》して正解だった。スコットランドに行くことになったのはもともとグレイのせいだが、あの日きみがわたしの目の前にあらわれたのは運命だったのかもしれない。君がここに来たことを後悔《こうかい》してないといいんだがね」

アーサーは、あの日エディンバラの公園でアーサーの玉座《ぎょくざ》の上に立っていた自分の姿《すがた》を思い浮《う》かべた。チャレンジャー校長の飛行船が下りてくるのをギョッとして眺《なが》めていた自分を。あれからずいぶんいろんなことが起きた。あのときの自分が想像もしてなかったことが。

「後悔《こうかい》なんてしてません」

「そうか、よかった。何しろわたしたちにはまだまだやらなきゃいけないことがあるからね」

「えっ、どういう意味ですか？」

ホームズは立ち止まって、ポケットに手を伸《の》ばした。取り出したのは、白い布の切れ端《はし》。黒いボタンがひとつ、ついている。

「見覚えはあるか？」

アーサーはその生地をまじまじと見た。もちろん、見覚えがある。「グレイ教授の実験着です」

「ついさっき見つけたんだ。トンネルの入り口近くの枝に引っかかっていた」

アーサーの心臓《しんぞう》がドクンとする。「それってつまり……」

「ああ、さっき君が言った通りだ。岩が崩《くず》れたあとのあの狭《せま》い出入り口は大人では通れない」

ホームズが重々《おもおも》しい口調で言う。「だがどうやら、子どもならギリギリ通れるらしい」

アーサーは息をのんだ。「では、グレイはまだ生きている?」

「チャンスをうかがっているだろうな。復讐《ふくしゅう》を企《たくら》んでいる可能性が高いだろう」

「僕《ぼく》ももうひとつ、お話ししなきゃいけないことがあるんです」アーサーは緑の騎士《きし》に会ったことを話した。

話しおえると、ホームズはアーサーを長いこと見つめた。本館に戻《もど》って行く友だちの笑い声が微《かす》かに聞こえてくる。ああ、僕《ぼく》も一緒《いっしょ》に笑っていられたらどんなにいいだろう。こんなふうに晴れて気持ちがいい日に、何にも考えずに友だちと一緒《いっしょ》に楽しく過ごせたら。

「緑の騎士《きし》がいってたことは本当だったんですね?」アーサーは尋《たず》ねた。「まだ終わりじゃないんですね?」

「どうやらそのようだな。実際、まだ始まったばかりだ。そしてわたしの推測《すいそく》は、ほぼ正確だ」

アーサーはぶるっと震《ふる》えた。

また会おう、アーサー。意外と早いかもしれないな。

ホームズは、少しも恐《おそ》れている様子はない。アーサーの肩《かた》をトンと叩《たた》いた。「まあ、覚悟《かくご》しておけ、アーサー」ホームズは言った。ホームズの灰色《はいいろ》の瞳《ひとみ》は、好奇心《こうきしん》でキラキラ輝《かがや》いていた。唇《くちびる》には楽しそうな笑みが浮《う》かんでいる。

「獲物《えもの》が動きだしたぞ」

謝辞と解説

この物語を世に送り出す手助けをしてくださった全ての方々に、心からの感謝を捧《ささ》げます。まずはなんといっても、すばらしい家族へ。この大冒険《だいぼうけん》のあいだ私を支えてくれました。家族は、私が書くことができる、そして書き続ける理由です。アーサーも自分の家族について語っていたのと同じように、あなたたちは最もすばらしい存在です。

ワーキング・パートナー社の才能ある友人や同僚《どうりょう》たち、とりわけミシェル・コーポラに感謝します。あなたがいなければ本書は存在しませんでした。また、私に賭《か》けてくれたクリス・スノードンにも感謝します。第一巻のストーリーを形作るのを助けてくださったチームの皆さん――カレン・ボール、エリザベス・ギャロウェイ、ステファニー・レーン・エリオット、ダン・ジョリー、ジェームズ・ノーブル、サム・ヌーナン、クリスタル・ベラスケス――にも感謝します。

アーサーの物語を託《たく》してくださったコナン・ドイル財団、とりわけリチャード・ドイルとリチャード・プーリーには、コナン・ドイルの人生と遺産《いさん》に関する豊かで色鮮やかな洞察《どうさつ》をいただき、大いに助けられました。

前エージェントのサラ・デイヴィスは、すばらしいキャリアを締《し》めくくる仕事をしてくれました。現エージェントのチェルシー・エバリーは、期待以上のすばらしい支援《しえん》をしてくれました。

ハーパーコリンズの献身的《けんしんてき》なチーム――エヴァ・リンチ・コマー、カリナ・ウィリアムズ、エミリー・マンノン、アビー・ドマート、ローラ・モック、エイミー・ライアン、ジョン・ハワード、グウェン・モートン――と、常に私を信じて擁護《ようご》してくれたすばらしい編集者アリソン・デイには感謝の念が尽《つ》きません。あなたと長いあいだ一緒に仕事ができて幸せですし、このシリーズを続けられることが夢のようです。

ライツ・ピープルの皆さんには、世界中の読者がアーサーとともにこの冒険《ぼうけん》に参加できるよう尽力していただき、感謝しています。

本作を映像化するために尽力《じんりょく》してくれたマイケル・ディー、テレサ・リード、ダン・ジョリー、ジェームズ・ノーブル、そして、温かさと機知と情熱を持ちながら惜《お》しくも亡《な》くなられたミシェル・フォードに感謝を捧《ささ》げます。

本作の世界観を鮮《あざ》やかに描き出してくれたすばらしいアーティスト、イアコポ・ブルーノにも感謝します。

アーサー・コナン・ドイルに関する研究で欠かせない存在であるダニエル・スタショワーには、執筆《しっぴつ》する際の調査中に多くの質問に寛大《かんだい》に答えていただき、感謝いたします。

本書について早期にフィードバックやレビューをくれたアン・ウルスー、キャスリン・ラスキー、スコット・レイントゲンにも感謝します。

最後になりましたが、アーサー・コナン・ドイル本人に感謝を捧《ささ》げます。すべての読者と物語の語り手がたいへんな恩を受けています。あなたが大切にした正義、進歩、革新、そして誠実さを称《たた》えます。そして、アーサーに最初に物語を語ってくれた母、メアリー・ドイルにも感謝を。

アーサー・コナン・ドイルについて

アーサー・コナン・ドイルは一八五九年、スコットランドのエディンバラで生まれた。きょうだい、愛する母、アルコール依存症《いぞんしょう》の父という家族の間で、貧《まず》しい環境の中で育った。一八六八年、イングランドのランカシャーにある寄宿学校に送られた。この時期について後に語ることは少なく、そこで築いた友人関係について触《ふ》れることはほとんどなかった（ただし最近になって、モリアーティという名前の人物が同級生の中にいたことが発見された！）。校内を歩き回る日々の間に、どれほど奇妙《きみょう》でありえない出来事が起こったのだろうか？

ドイルはその後、エディンバラ大学の医学部に進み、医師になった。サウスシーに診療《しんりょう》所を開き、家族を支えるために十分なお金を稼《かせ》ごうとしたが、患者《かんじゃ》は少なかった。やがてひとりで診療所《しんりょうじょ》に座っているとき、シャーロック・ホームズという探偵《たんてい》を主人公にした物語を書きはじめた。ホームズの最初の物語を出版社に送ったときは、まさかその気難しい探偵《たんてい》、忠実《ちゅうじつ》な友人ワトソン博士、ジェームズ・モリアーティ夫人、ハドソン夫人、アイリーン・アドラー、メアリー・モースタンといった個性豊かな登場人物たちが、後に何百万人もの読者に愛されるようになるとは想像もしていなかっただろう。

ドイルはまた、『失われた世界』という、最初の本格的なSF小説でチャレンジャー教授を世に出した。フランスのエティエンヌ・ジェラール准将《じゅんしょう》の滑稽《こっけい》な冒険譚《ぼうけんたん》や、『ロドニー・ストーン』に描《えが》かれる賞金ボクサーたちの残酷《ざんこく》な世界は、ドイルの想像力の幅広《はばひろ》さと徹底《てってい》した調査の深さを物語っている。

ドイルは熱心なボクサーでスポーツマンでもあり、その精神を日常生活にも持ち込《こ》み、どんな不正にも恐《おそ》れず戦った。超常現象《ちょうじょうげんしょう》の可能性に魅了《みりょう》されつづけ、最終的には霊能者《れいのうしゃ》となり、死者は別の次元で生き続けていると確信するようになった。ドイル自身もまた、史上《しじょう》最も愛される架空《かくう》のキャラクターたちを生み出した人物として今も生き続けている。

アーサー・コナン・ドイルについて

アーサー・コナン・ドイルの世界における写真と絵

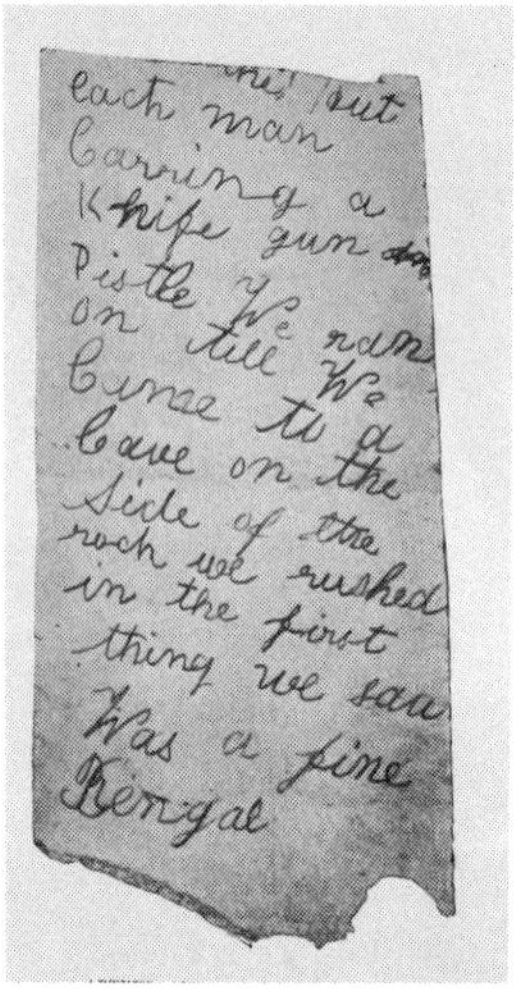

アーサー・コナン・ドイルの
六歳《さい》の頃《ころ》の直筆

アーサー・コナン・ドイル五歳《さい》の肖像《しょうぞう》
伯父《おじ》のリチャード・ドイルによる

アーサー・コナン・ドイルと妹たち

若きアーサー・コナン・ドイル

CONAN DOYLE

ストーニー・ハースト・カレッジ

アーサー・コナン・ドイル十二歳《さい》の肖像《しょうぞう》
伯父《おじ》のリチャード・ドイルによる

アーサー・コナン・ドイルと子どもたち

アーサー・コナン・ドイル十四歳《さい》
クリケットのユニフォームを着用

ABOUT ARTHUR

バスカヴィルホールのありえない物語 1

2025年1月　第1刷

著　アリ・スタンディッシュ
絵　イアコポ・ブルーノ
訳　代田亜香子

発行者　加藤裕樹
編　集　宮尾るり
発行所　株式会社ポプラ社
〒141-8210
東京都品川区西五反田3-5-8　JR目黒MARCビル 12階
ホームページ　www.poplar.co.jp

印刷・製本　中央精版印刷株式会社
デザイン　bookwall

ISBN978-4-591-18450-9　N.D.C.933　336p　20cm　Printed in Japan

P4900398